Marie Kneib

La Malédiction du Perroquet

Collection Imaginaire

Océan Royal et Mer Archaïque
Falaises Archaïques
Ile-des cannibales
Passe des Crocs d'ébène
Abbaye de la Grande Alessa
Las Hayas
Mer Archaïque
Cimetière de bateaux
Isla Tierna
Baie des Songes
Océan Royal
Ilésie
N
O
E
S

Chapitre 1 :

Un capitaine pas comme les autres

Les oiseaux, ils ont la vie plus dure que nous autres, pensait-il, à part les pies voleuses et les gros rapaces. En voilà une idée de faire des petites bêtes mignonnes, fragiles, comme des hirondelles de mer, quand l'océan c'est tellement brutal ? C'est beau l'océan, c'est gentil, mais ça peut devenir brutal, bougrement brutal en un clin d'œil.

Ernest Hemingway, *Le vieil homme et la mer*

Une déferlante s'abattit avec rage sur le pont du *Boréas*. Au milieu de la tourmente, la fière frégate faisait figure de frêle esquif. Chaque vague ébranlait un peu plus la charpente du navire, arrachant à la coque des crissements pitoyables. Perdu au milieu de la cohue des marins, Neven ne savait que faire. Jeune mousse tout juste enrôlé, il ne connaissait pratiquement rien à la vie en mer. Ses supérieurs aboyaient bien des ordres, mais un vent violent les emportait aussitôt au loin. Le reste de l'équipage n'était pas beaucoup mieux loti que lui. Ses compagnons improvisaient comme ils le pouvaient, essayant désespérément de maintenir le bâtiment à flot.

Un mur d'eau plus impressionnant que les autres vint arroser Neven de son écume. Les rafales de pluie s'étaient déjà chargées de changer ses vêtements en loques trempées, mais l'onde marine acheva de le glacer jusqu'à l'os. Déséquilibré par le roulis du bateau, il parvint à peine à rester sur ses pieds. Un éclat pourpre et azur accrocha alors son regard et Neven leva la tête vers les cordages. Un perroquet au plumage lustré se balançait sur une corde, nullement gêné par le chaos autour de lui. Il ouvrit le bec en grand et lâcha un grand bâillement légèrement ennuyé. L'animal se mit ensuite à lisser soigneusement ses ailes afin de déloger l'eau qui y coulait.

Cet instant d'inattention coûta cher à Neven. Le *Boréas* fit une brusque embardée sur le côté, poussé par une profonde lame de fond. La plupart des marins eurent le temps de s'y préparer, mais pas le mousse. Il trébucha et la force des éléments l'envoya rouler jusqu'à l'autre bout du navire, dans un cri d'épouvante. Neven passa par-dessus le bastingage, mais un réflexe salutaire lui permit de s'y raccrocher d'une main. Ses jambes pendirent dans le vide et, pendant un instant, il eut tout le loisir d'admirer l'abysse sombre et bouillonnant sous lui. Puis une poigne ferme se resserra sur son poignet et le hissa de nouveau à bord.

Il se retrouva nez à nez avec un colosse à la mine patibulaire, qu'il prit pour un démon apparu au milieu d'une bourrasque. Neven eut plus envie de fuir devant lui que de le remercier. Son sauveur avait le visage et les bras criblés de tatouages et de cicatrices, sans doute gagnés lors d'expéditions en mer. Tout en lui criait le pirate.

Le marin se mit à l'invectiver pour son incompétence. La tempête empêcha encore une fois Neven d'entendre ces réprimandes, mais l'haleine viciée de l'homme parvint bien jusqu'à lui, le faisant grimacer.

Comme tous les jours depuis qu'il avait mis pied sur le *Boréas*, Neven eut envie de pleurer sur le sort que lui avait réservé le destin. Lui qui se croyait promis à un grand avenir, il se retrouvait forcé de vivre parmi des canailles et des forbans de la pire espèce.

Cependant l'urgence de la situation se rappela vite à lui. Une nouvelle secousse fit trembler l'armature du navire et il s'empressa de courir à son poste. Sur le chemin, il croisa une femme à la silhouette longiligne et à l'air sévère. D'un pas décidé, elle se dirigea vers la proue, sans se soucier de la mer qui vomissait toujours sa colère sur le *Boréas*. Un bandeau rouge retenait ses longs cheveux noirs, les empêchant de voler devant ses yeux. Elle portait un luxueux pourpoint acajou brodé de fils d'or, miraculeusement épargné par les intempéries. Un tricorne pendait au-dessus de son front. Une voix retentit alors par-dessus la cacophonie marine, grave et rauque, assez pour que tout l'équipage s'arrête, figé comme des statues de terre cuite.

— C'est suffisant pour aujourd'hui ! Vous m'avez amplement prouvé votre incompétence et j'ai perdu assez de temps à vous regarder vous couvrir de ridicule. L'entraînement est terminé.

Le perroquet décolla des cordages et alla se poser sur l'épaule de la pirate. Au même moment, cette dernière claqua des doigts, avant de replacer les mains sur ses hanches. Aussitôt, la houle se calma, le vent retomba et la pluie s'atténua. Même les épais nuages amoncelés au-dessus du navire commencèrent à s'éloigner, laissant place à un soleil éclatant. De fauve hargneux qui arquait le dos et hérissait les poils, la mer se changea en chaton ronronnant sur son injonction.

— Je n'en reviens pas que vous soyez aussi incompétents ! À ce rythme-là, nous ne serons jamais capables de traverser la Mer Archaïque. J'étais déjà le capitaine du *Boréas* alors que vous nagiez encore dans vos couches et pourtant je n'ai jamais vu d'équipage aussi minable ! Si nous n'atteignons pas notre objectif dans les délais, aucun d'entre vous ne touchera à une seule pièce du trésor. Est-ce bien compris ?

La même voix tonitruante résonnait à nouveau, mais la bouche de la femme pirate demeurait close. Neven assistait à la scène avec gêne. Il savait très bien qui était celui qui s'exprimait ainsi et ce n'était pas la pirate. À ses yeux, il s'agissait d'un phénomène contre nature et malsain.

En effet, si l'équipage attendait avec angoisse la fin de ces remontrances, ce n'était pas aux lèvres d'un homme qu'ils étaient pendus, mais au bec du perroquet.

Les petits yeux noirs de la créature brillaient d'énervement. Il gesticulait en tous sens, lançant injures et imprécations à ses marins, en utilisant parfois des langages inconnus de Neven. Pendant un instant, Neven fut agacé de voir que cette créature impie maîtrisait un savoir que lui-même ne possédait pas. Il chassa néanmoins ce sentiment désagréable en se convainquant qu'il devait s'agir de dialectes sataniques. Il posa alors les mains sur ses oreilles, voulant se préserver de cette corruption auditive. Malheureusement pour lui, son geste attira le regard du volatile, qui abandonna son perchoir humain pour voler en cercles autour de Neven, toujours aussi rempli d'animosité.

— Tu crois peut-être que ces critiques ne te concernent pas, Neven ? Laisse-moi te remettre les idées en place. Aujourd'hui, c'était toi, le pire de tous, comme à ton habitude. Tu as de la chance que j'ai promis à ta mère de garder un œil sur toi. Si je ne tenais pas autant à mon honneur, je te débarquerais au premier port venu ! Et vous autres, pas la peine de ricaner. Vous ne vous en êtes pas beaucoup mieux sortis que lui, à la différence près que, contrairement à notre nouvelle recrue, vous êtes censés connaître la vie en mer. Allez, racailles ! Retournez à vos postes. Je ne veux plus vous voir !

Les marins obéirent, Neven y compris, pressés de s'éloigner de ce tyran à plumes. Le mousse repartit se perdre dans la masse de l'équipage, là où l'attendait quelque tâche pénible.

Excédé, l'oiseau fit lui aussi demi-tour et revint se percher auprès de la pirate richement vêtue. Celle-ci lui lança un regard ombrageux et plein de non-dits. Le volatile releva la tête en une mimique outrée.

— Pas de ça entre nous, Luiana. Je ne suis pas trop sévère avec eux, je t'assure. Ils ont besoin d'un capitaine ayant de l'autorité pour progresser. Tes pouvoirs sont une grande chance pour nous et ils permettent d'entraîner l'équipage, mais bientôt ils ne suffiront plus à nous garantir la maîtrise des eaux, tu le sais bien. Veux-tu que je te rappelle ce qui nous attend, sur la Mer Archaïque ? Krakens, serpents géants, vaisseaux fantômes et tout un tas d'autres créatures que je n'ose même pas évoquer... Et je dois faire face à tout cela avec une bande de boit-sans-soif[1] incapables de survivre seuls à une simple tempête. Tu t'en rends compte ?

Pour toute réponse, Luiana tapota gentiment le haut du crâne du perroquet. Le capitaine se laissa aller à cette caresse pendant un instant, espérant que le contact suffirait à chasser ses noires pensées. Puis il bouffa à nouveau les plumes, colérique, en voyant des matelots pointer le doigt vers l'oiseau et Luiana, légèrement moqueurs.

1. Ivrognes.

— Non, mais vous voulez que je vous aide, oui ? Remettez-vous au travail immédiatement. Ou vous vous retrouverez à éponger le pont jusqu'à la fin de vos jours !

La menace suffit à tous les disperser et le capitaine se retrouva de nouveau seul avec Luiana.

— Allons, ma douce, retournons à notre cabine. J'en ai assez vu comme cela et je crains de ne pouvoir en supporter plus.

Les prunelles d'onyx de sa compagne le tancèrent d'un regard dur. Il ne sut dire si elle réprouvait de le voir se décourager si vite, ou bien si c'était simplement le surnom qui l'importunait. Luiana avait toujours été quelqu'un de très fier. Malheureusement, il ne pouvait en avoir le cœur net.

— Excuse-moi si je t'ai froissée, Luiana. C'est juste que je suis las. J'ai l'impression que jamais je ne parviendrai à te rendre ta voix. Si tu savais à quel point ton chant de rossignol me manque...

Cette confession lui obtint un sourire de sa compagne. Le capitaine du *Boréas* en fut revigoré, bien que celui-ci ne soit pas tout à fait sincère. Le chant de la pirate lui manquait, mais certes pas les incessantes disputes de couple qui les opposaient avant qu'elle ne perde l'usage de la parole. Ce secret honteux, il le gardait jalousement, ne souhaitant pas perdre l'amour de sa bien-aimée. Coincé dans un corps de perroquet, il ne se trouverait pas une nouvelle conquête de sitôt. Le calme qui régnait sur le *Boréas* depuis que Luiana était devenue muette lui pesait, de toute manière. Devoir revêtir les traits d'un oiseau aussi, d'ailleurs.

Ils s'éloignèrent de la proue pour se diriger vers la cabine du capitaine, là où ils pourraient discuter en paix et s'accorder un peu de repos. Derrière eux, les marins s'assuraient de chasser l'eau restée coincée dans les voiles de perroquet[2], afin qu'elles puissent sécher au plus vite.

Autant dire que chacun y allait de son petit jeu de mots sur la dénomination des voiles et la nature du capitaine. Ce dernier pria Luiana d'accélérer le pas pour ne pas avoir à les entendre.

— Je n'en peux plus de tout ça. Quatre ans que nous supportons les effets de cette malédiction, toi et moi... Chaque jour, je regrette de m'être lancé à la recherche de ce trésor à Salariffe, tu sais ? Rien que de penser à ce qui se passera si nous ne défaisons pas ce maudit sort avant le prochain solstice d'été, cela me donne des sueurs froides.

---

2. Voile carrée située au-dessus du hunier.

La pirate échangea avec lui un regard entendu. S'ils ne déjouaient pas la malédiction à temps, elle garderait son handicap à jamais et lui ne redeviendrait jamais humain. Un destin peu enviable dont ils ne voulaient pas.

Ils atteignirent leur cabine avant que le perroquet n'ait pu se lancer dans un nouveau monologue désespéré. La porte grinça dans un chuintement de bois mouillé et le capitaine n'oublia pas de ronchonner sur le mauvais état de son navire. Il était très pointilleux quant à l'entretien du *Boréas* et il sortait de ses gonds à la moindre trace d'usure.

Luiana ne réagit pas à ses plaintes. Gérer les sautes d'humeur de Connor aurait été un travail de tous les instants et elle n'en avait pas la force.

Connor. Ce nom, Luiana devait être la seule à le connaître encore, tout comme elle était l'une des rares personnes de ce navire à se souvenir de ce qu'il était, avant la malédiction.

— Quand je pense que quatre années se sont déjà écoulées ! Il y a quatre ans, j'étais un grand pirate, craint et redouté sur toutes les mers du globe. Maintenant, regarde-moi ! Plus personne ne se rappelle qui je suis et les meilleurs éléments de mon équipage ont déserté pour m'abandonner, entouré d'une bande de minables. Même mes hommes n'ont plus de respect pour moi !

Luiana le laissa pleurnicher, le temps d'entrer dans la cabine et de se mettre à l'abri des oreilles curieuses de l'équipage. Le peu d'autorité que Connor possédait encore, il le perdrait bien vite, si quelqu'un le surprenait à se lamenter de la sorte.

Sans le soutien de Luiana, tout pouvoir lui aurait déjà échappé depuis longtemps. Sa compagne se battait pour lui, tenant le navire d'une main de maître. De nombreux marins l'avaient affrontée en combat singulier pour prendre le contrôle du *Boréas*, mais tous avaient échoué. Luiana s'assurait également qu'aucune mutinerie n'aboutisse. Connor lui devait énormément et il comptait bien rembourser sa dette envers elle, une fois la malédiction levée.

La cabine du capitaine reflétait ce passé glorieux, mais révolu. Ici, l'odeur de crasse et de sueur véhiculée par les marins n'entrait pas. À la place, la senteur veloutée d'encens et de bougies exotiques emplissait l'air. Le mobilier était taillé dans les bois les plus précieux et regorgeait de dorures et de moulures délicates. Les pieds de tables et de chaises représentaient des bustes de femmes dénudées et cependant élégantes, comme les déesses d'antan. Des pièces d'or traînaient un peu partout, au côté d'astrolabes, boussoles et compas. Une lanterne accrochée au plafond englobait le tout d'une lumière chaude et douce, faisant de la cabine un petit havre de paix coupé du monde.

Connor quitta l'épaule de Luiana pour gagner un perchoir confectionné spécialement pour lui. L'objet était un chef-d'œuvre de sculpture. Connor avait commandité un grand artiste pour réaliser cette petite merveille d'or et d'argent, façonnée à partir d'une dent de narval subtilisée lors de l'abordage d'un baleinier. Cette pièce d'orfèvrerie fine était décorée de scènes de combats épiques où pirates, cétacés et monstres marins jouaient le rôle principal.

Pourtant, en dépit de toutes ces fioritures, il restait avant tout un perchoir et le pied d'ivoire servait surtout de réceptacle aux fientes du perroquet, lorsque le capitaine ne pouvait aller se soulager au grand air.

— Tu dois penser que ce que je fais est inutile, que nous ne parviendrons jamais à briser le sort. Mais tu dois bien comprendre que je ne peux pas abandonner. Je ne veux pas finir ma vie sous cette forme honteuse. Quand bien même je mourrai lors de notre voyage sur la Mer Archaïque, au moins je ne succomberai pas en lâche. C'est bien là la dernière chose qu'il me reste.

Pour toute réponse à cette déclaration pleine de verve, Luiana lui tendit un biscuit. Connor hérissa ses plumes, très mécontent qu'elle ne le prenne pas au sérieux.

— Tu te moques de moi, c'est ça ? Femme de peu de foi ! Parfois, je me demande pourquoi je t'ai choisie, alors que du temps de mon triomphe, j'aurais pu avoir toutes les femmes du monde...

Il n'en fallut pas plus pour vexer Luiana. Elle retira sa main, tenant toujours le biscuit, puis s'en alla chercher un livre épais. Elle voulut s'écarter pour s'asseoir et se plonger dans sa lecture, mais Connor l'arrêta avant qu'elle n'ait pu faire trois pas.

— Attends, ne te monte pas la tête pour si peu ! Je ne voulais pas me montrer injuste avec toi, je te le jure. Puis-je tout de même avoir le biscuit, je te prie ?

Sa demande arracha un sourire à Luiana. Cet idiot de Connor ne changerait jamais.

L'équipage du *Boréas* manœuvrait le navire avec soin, ne désirant pas s'attirer à nouveau les foudres de leur capitaine. Ils quittaient le large pour mouiller dans la baie des Songes, une petite crique protégée par d'imposantes falaises, où la frégate serait à l'abri. Depuis plusieurs mois déjà, le *Boréas* côtoyait ces rivages paisibles, accordant à Connor le temps nécessaire pour préparer son équipage au grand voyage à travers la Mer Archaïque. Les îles qu'ils approchaient ne comportaient que mangroves recouvertes de palétuviers, préservant ainsi le bâtiment de toute attaque par la terre.

Neven n'avait toutefois pas le privilège de participer à l'agitation ordonnée et bien rodée qui régnait sur le pont. Une aussi noble tâche n'était pas de son ressort. À la place, ses bras ployaient sous le poids d'un seau lourdement rempli. En tant que nouveau venu, il écopait de toutes les basses besognes et les réprimandes du capitaine n'arrangeaient rien. La corvée la plus dégradante de toutes lui était donc échue : vider les pots de chambre de l'équipage.

Il sentit une goutte de sueur rouler entre ses omoplates, lui brûlant le dos aussi sûrement que les railleries des marins. Seuls les effluves nauséabonds flottant autour de lui tenaient ces vautours à distance. Neven vit la délivrance arriver lorsqu'il atteignit le bastingage. Dans un ultime effort, il déversa le contenu du baquet par-dessus bord. Ses muscles protestèrent vivement, mais il les ignora. Pas question de tout renverser pour devoir briquer le pont après, sa tâche était déjà assez pénible sans cela.

Il reposa le seau à terre, heureux d'être enfin délesté de sa charge, mais cet instant de béatitude ne dura pas. Bientôt, il se souvint que sa journée de travail commençait à peine. Quant à ladite journée, elle-même augurait toute une vie de labeur. Le désespoir resserra de nouveau son emprise sur Neven.

— Dis donc, p'tit mousse, tu en fais une tête ! Je sais bien que le Coco n'a pas été très aimable avec toi, mais il ne faut pas se mettre dans des états pareils.

Neven reconnut aussitôt le marin qui l'avait sauvé un peu plus tôt, mais il lui fallut quelques secondes pour remettre un nom sur ce visage balafré. Mishrad, si sa mémoire ne lui jouait pas des tours. Visiblement, les relents s'échappant encore du seau à côté de Neven n'avaient pas suffi à le tenir éloigné. L'instant d'hésitation de Neven fut accueilli par une grande claque dans le dos, si forte que le mousse faillit en perdre l'équilibre.

— Alors, p'tit, t'as donné ta langue au chat ? Ou au perroquet, peut-être ?

Mishrad éclata d'un rire gras, fier de sa blague. Neven poussa un profond soupir, désespéré de n'être pas mieux entouré.

— Tu n'as rien d'autre à faire, Mishrad ? J'ai du travail et je suis sûr que toi aussi.

Les mots de Neven sortirent avec plus d'amertume que prévu. Il savait pourtant que c'était dangereux pour lui. Le mousse était frêle comme une brindille, incapable de tenir tête aux mastodontes de l'équipage si une bagarre éclatait. Il n'avait rien d'un combattant, encore moins d'un pirate. Il possédait la peau pâle des hommes habitués à la vie en intérieur. De longues mèches dorées tombaient sur ses tempes, tandis qu'au milieu de son crâne, un duvet blond commençait tout juste à repousser, signe d'une ancienne tonsure. Même ses yeux verts paraissaient doux et amènes, en dépit de son agacement. Avec un physique pareil, Neven aurait dû faire profil bas et éviter les ennuis à tout prix, mais une petite voix intérieure le poussait à faire tout l'inverse.

— Allons, le mousse, on ne parle pas comme ça à ses aînés. Et pour ta gouverne, j'ai droit à des pauses, vu que moi, je n'ai pas déçu le capitaine.

— Nous avons tous déçu le capitaine. De toute manière, je ne pense pas qu'il serait ravi de te voir prendre ta pause alors que nous rentrons le *Boréas* dans la baie. Tu ne crois pas ?

— Ne joue pas les défaitistes, nous ne sommes pas tous aussi mauvais que toi. Quant au Coco, disons qu'il ne peut pas surveiller tout le monde. Après la tempête qu'il nous a envoyée, je considère que j'ai droit à un peu de repos.

Au nom de Coco, Neven fronça les sourcils. Si le capitaine attrapait Mishrad à l'appeler ainsi, le marin ne ferait pas de vieux os. Le mousse décida cependant de ne pas aborder ce sujet dans leur conversation. Ce serait le problème de Mishrad s'il se retrouvait dans des ennuis, pas le sien.

— Je n'aurais pas réussi à faire couler le *Boréas* à moi seul, n'exagère pas.

— Oh, te connaissant, je n'en suis pas si sûr. Tu as quand même un certain talent pour tout faire de travers. En tout cas, tu pourrais montrer un peu plus de reconnaissance à l'homme qui t'a sauvé la vie.

Ce qu'il n'aurait pas donné pour éviter d'être redevable à ce scélérat ! Neven se tint désormais appuyé contre le bastingage, ses corvées oubliées, concentré sur son échange avec le pirate.

— Tu ne m'as pas sauvé, Mishrad. Tout ceci n'était qu'une simulation. Personne ne serait mort.

— À ta place, je n'en serais pas si sûr. Au vu de tes talents de pirate, le Coco ne t'aurait peut-être pas repêché. Dans tous les cas, je t'ai évité une baignade bien désagréable. Je suppose que tu n'as même pas appris à nager dans ton monastère, hein ?

Neven baissa la tête. Il aurait dû être habitué à ce genre de piques, mais étrangement cela le blessait toujours autant. Ce n'était pas de sa faute s'il ne parvenait pas à s'intégrer à ce monde d'hommes rudes.

Pourtant, tout le destinait à la piraterie. Lors d'une traversée en bateau, la mère de Neven s'était retrouvée emprisonnée par des pirates. Il n'avait pas fallu attendre longtemps avant qu'elle ne se joigne à l'équipage des forbans et devienne une combattante redoutable.

À la naissance de Neven, une idée saugrenue lui était cependant venue : celle de donner une bonne éducation à son fils. Alors au lieu de le laisser grandir sur un navire, au milieu des canons, des cordages et des pistolets, elle l'avait envoyé au monastère. Cette abbaye se trouvait sur les terres du roi d'Ilésie et pratiquait le culte de la déesse Alessa, si bien que l'adolescent ne tarda pas à prêter allégeance à ces deux entités. Neven y apprit aussi les arts de la parole et de l'écriture, ainsi qu'à bien se comporter. Des connaissances utiles, certes, mais pas essentielles au quotidien d'un pirate. Contrairement à la maîtrise d'un couteau ou d'un mousquet.

Neven aimait sa vie au cloître, entre le silence des livres et le chant des prières, mais il avait dû dire adieu à tout cela après que sa mère se fut éteinte, fauchée par un boulet de canon. Elle s'était toujours crue invincible, comme protégée par une aura divine et n'avait donc pas pris la peine de mettre d'argent de côté, préférant le dépenser dans de grandes beuveries. Tous les ans, elle revenait au monastère payer les frais de pensionnat de son fils avec un butin souvent acquis la veille.

Sans le sou, Neven ne put garder sa place à l'abbaye, malgré son désir de poursuivre ses études. Néanmoins, sa déveine ne s'arrêta pas là. Dans un bref instant de lucidité, juste avant de mourir, sa mère avait assuré son avenir en demandant à un perroquet pirate de prendre soin de lui.

À son arrivée sur le *Boréas*, Neven était un garçon précieux. Les moines lui avaient inculqué le mépris de la piraterie et il éprouvait une certaine honte à devoir vivre au contact de ces voleurs. En ce qui concernait Connor, c'était pire encore. Quand Neven avait appris qu'un homme se cachait derrière l'animal, la nouvelle l'avait horrifié. Il s'était cru confronté à un véritable démon. Même maintenant, il se sentait toujours mal à l'aise en présence du capitaine, mais également un peu vexé que cet animal à plumes ait plus de charisme que lui.

— Au risque de te déplaire, si, justement, je sais nager. En revanche, peut-être que tu aurais de meilleures manières si tu avais toi aussi suivi les enseignements du Quatuor Sacré. Et alors tu ne m'importunerais pas pendant que je travaille.

— Allons bon, ne fais pas ta mauvaise tête ! Je t'aide juste à passer le temps plus vite en t'apportant une distraction dans ton travail.

Neven préféra ne rien répliquer. Mishrad voulait l'accompagner dans son travail ? Eh bien qu'il en soit ainsi ! Le jeune mousse prit le chemin de la descente[3], résistant de justesse à l'envie de bousculer le marin au passage. Le pirate le suivit, de toute évidence décidé à lui empoisonner l'existence.

Après l'entraînement du matin, une forte odeur d'humidité, d'algue et de renfermé régnait dans les ponts inférieurs. Les vagues y avaient même charrié un poisson qui gisait mollement au milieu du passage. Plusieurs marins s'étaient regroupés autour et une bagarre éclata vite pour savoir qui aurait le privilège d'en faire son repas. Les pirates avaient souvent le ventre creux et refusaient de laisser une telle aubaine leur filer sous le nez.

Pendant un bref instant, Neven eut l'espoir que Mishrad se mêle lui aussi à la rixe. Le truand jugea néanmoins la bataille perdue d'avance et resta sagement éloigné du conflit. Continuer à enquiquiner le dernier venu à bord lui semblait une perspective bien plus alléchante.

Neven prit le chemin des quartiers de nuit des marins, nid de rat puant la transpiration et l'alcool. Pour le mousse qui s'évertuait à conserver un mode de vie sain, ce lieu ressemblait à l'enfer. Souvent, il préférait se glisser hors de cette pièce horrible pour vivre ses nuits en solitaire. Sa petite taille l'aidait à passer inaperçu et ses absences se faisaient rarement remarquer.

Neven saisit à bras-le-corps un nouveau seau empli d'immondices. Il fronça les narines, tentant d'ignorer l'odeur de charogne qui s'en dégageait. Il avait la gorge fragile et déjà, il pouvait sentir la nausée approcher. À cela s'ajoutait une propension naturelle pour le mal de mer qui n'arrangeait rien.

— Allez, gamin. Respire par la bouche et ça devrait bien se passer.

Neven faillit répondre par une remarque acerbe, mais il s'arrêta vite, stupéfait. Mishrad venait d'empoigner un seau lui aussi, avec beaucoup moins de difficultés que Neven. Le mousse leva un sourcil blond, étonné. Il ne s'attendait pas à cela.

— Attends, je peux savoir ce que tu es en train de faire ?

— Ça ne se voit pas ? J'aide les plus démunis, comme l'a ordonné le grand Enekan, ou une autre connerie du genre. Moi qui croyais que ton éducation n'avait tourné qu'autour de ces bondieuseries ?

---

3. Panneau d'entrée muni d'une échelle pour accéder à l'intérieur de la coque.

Neven cligna des paupières plusieurs fois pour vérifier qu'il n'était pas en plein rêve, éberlué. Jusque là, il avait cru Mishrad trop dépravé ou trop idiot pour seulement connaître le nom d'un des quatre grands dieux.

— Tu veux dire que tu essayes vraiment de te montrer amical envers moi ? Sans rire ?

— Il faut bien que quelqu'un le soit.

D'un coup d'œil, Neven lui fit bien comprendre qu'il n'était pas prêt à avaler ça et s'engagea sur la route menant au pont principal.

Distrait par leur conversation, il oublia de regarder où il mettait les pieds. Sa chaussure se prit dans une latte branlante et le mousse partit en avant. Mishrad le rattrapa par le bras, l'empêchant de tomber et de renverser le contenu de son seau au sol.

— Regarde un peu où tu vas, gamin ! On dirait que tu as deux pieds gauches. Et, d'accord, je ne suis pas complètement désintéressé, je l'avoue. Le Coco a promis une meilleure part du butin à celui qui t'aiderait à mieux t'intégrer à l'équipage. Et tu me connais, je ne crache jamais sur un peu d'or. Allez, donne-moi ça, tu n'as pas le bras pour porter une charge pareille.

Mishrad lui enleva son seau et le souleva comme s'il ne pesait rien.

Quelques minutes plus tôt, Neven se serait énervé face à l'explication du marin. Au lieu de quoi il demeura calme, ne pouvant résister à la tentation de se montrer opportuniste. Si Mishrad lui offrait de faire son travail, Neven n'allait pas cracher dessus.

Et si son camarade se faisait réprimander quant à son laxisme concernant ses propres tâches, ce serait encore mieux.

Des miettes de biscuit plein le bec, Connor étudiait une carte avec attention. Ses serres glissaient sur le vieux parchemin et il s'évertuait à ne pas l'abîmer d'un coup de griffe malheureux. Grâce à ce précieux parchemin, il saurait comment se rendre à Las Hayas, un comptoir légendaire perdu au cœur de la Mer Archaïque dont personne jusqu'alors ne connaissait l'emplacement exact. De quoi réapprovisionner ses cales, mais aussi, avec un peu de chance, recruter des pirates dignes de ce nom avant de se lancer dans la dernière étape de leur périple.

Non loin de là, Luiana était assoupie dans le grand lit de Connor, blottie entre des draps de lin. Elle avait bien besoin de se remettre de ses efforts. Sa compagne recourait trop souvent à ses pouvoirs et cela l'affaiblissait. Connor n'aurait pas dû lui en demander tant.

De sa patte griffue, il agrippa un compas, puis essaya d'effectuer des mesures sur sa carte. À part mettre en danger l'intégrité du papier jauni, il n'arriva à rien. Il laissa retomber l'instrument, frustré de ne pouvoir préparer correctement l'expédition qui allait bouleverser sa vie.

Pour ne rien arranger, son ventre commença bientôt à crier famine, brisant sa concentration. Le biscuit donné par Luiana n'avait pas suffi à apaiser sa faim dévorante. Il savait pourtant qu'elle ne lui offrirait rien de plus. La bougresse profitait de sa transformation pour le soumettre à un régime strict.

Par chance, Connor avait depuis longtemps découvert le moyen de tromper son ennui et son appétit.

Il s'envola jusqu'à se poser près de la fenêtre de sa cabine, un hublot rond bordé de métal doré ; rien que du fer peint pour imiter l'or, en vérité. À l'aide de ses griffes et de son bec, il parvint à descendre la poignée jusqu'à ce que la vitre s'ouvre. Le capitaine avait longuement travaillé cette technique et désormais, plus aucun mécanisme ne lui résistait. Tant pis si cela lui laissait un goût métallique sur la langue.

Il s'élança dans les airs, avant d'aller planer au-dessus des haubans de son navire. S'il y avait un avantage à posséder le corps d'un perroquet, c'était bien de pouvoir voler. Dans ces moments, Connor avait l'impression de dominer le monde entier.

Il ne pouvait cependant pas s'éloigner loin. Un oiseau exotique tel que lui ne ferait pas long feu seul en pleine mer. Il partit se mêler à d'autres perroquets. Il les avait fait mener à bord peu après sa transformation. Beaucoup de rumeurs couraient à ce sujet, les marins allant jusqu'à dire qu'il se plaisait mieux parmi ses congénères que parmi les hommes. Rien n'était moins vrai. Seulement, cela lui permettait d'aller espionner son équipage sans que nul ne s'en rende compte, y compris Luiana.

De son œil vif, il repéra bientôt Mishrad et Neven, en pleine conversation sur le pont. Sa colère redoubla en voyant que le mousse avait réussi à refourguer son travail à un autre. Par les dieux, ce n'était pas ainsi que le petit allait s'endurcir et devenir un vrai pirate !

Il se força néanmoins à réprimer ses humeurs et à se poser gentiment sur l'épaule du mousse. Connor adopta alors l'air le plus bête de son répertoire et pencha la tête sur le côté. Il attendit un instant, puis voyant que Neven ne lui portait aucune attention, il mit sa dignité de côté et lui assena un coup de bec. Cela attira l'œil du mousse sur lui et Connor s'exclama d'une voix volontairement aiguë et désagréable :

— Biscuit ! Coco veut biscuit ! Donne, donne !

Le jeune homme ne réagissant pas, Connor entreprit de lui pincer les doigts, jusqu'à ce qu'il accède à sa requête. Il avait déjà testé cette méthode maintes fois, sans jamais en être déçu.

— Tu n'es peut-être pas dans les petits papiers du capitaine, mais ce Coco-là a l'air de bien t'apprécier, ma parole !

Le rire gras de Mishrad déplut tout autant à Neven qu'au capitaine. Si Connor connaissait ce surnom que lui donnait son équipage, il ne l'affectionnait pas pour autant. Il préféra néanmoins se montrer magnanime, une fois de plus. Qu'il agisse avec trop de cruauté et ses hommes pourraient bien se mutiner. Il avait le moyen de se venger de Mishrad sans faire appel à son autorité de capitaine, après tout. Il se jeta sur le marin et se mit à picorer son visage et ses mains avec énervement, le tout en piaillant :

— Biscuit, biscuit ! Coco veut !

— Cette créature du diable ne va pas nous lâcher, ce n'est pas possible ! Va-t'en, sale bête !

Connor ne relâcha pas ses efforts et Neven se retrouva plié en deux de rire, face à l'hilarité de la scène. Mishrad tenta tant bien que mal d'agripper l'oiseau pour l'éloigner de lui, mais Connor était trop rapide et futé pour se faire avoir de la sorte.

— Toi, au lieu de te moquer, tu pourrais plutôt m'aider à me débarrasser de cette bestiole.

— Je voudrais bien, Mishrad, mais nous n'avons pas le droit de toucher aux perroquets. Ordres du capitaine.

— Tu as de la chance que j'ai besoin d'or, gamin, ou tu te serais déjà pris un coup de pied aux fesses... Ah non ! Pas les cheveux, espèce d'oiseau de malheur ! Tiens ! Le voilà, ton satané biscuit !

Connor poussa un cri de victoire et se jeta sur le gâteau offert de force par le marin. Il commença à le picorer gaiement, tout en tendant l'oreille à la conversation entre le mousse et le pirate. Il aimait savoir ce qui se tramait au sein de son équipage.

— Ça m'apprendra à faire des réserves, tiens. C'est ça, régale-toi, imbécile de piaf !

— Allons, ne fais pas cette tête. Je suis certain que le capitaine t'offrira une meilleure part du butin, s'il découvre que tu nourris ses perroquets.

Connor releva la tête, outré à cette idée. Offrir une plus grande part du butin à un marin ! Et puis quoi encore ? Ces incapables étaient déjà payés bien trop cher. Ils ne méritaient pas un denier de plus !

— Toi, le mousse, tu pourras l'ouvrir le jour où tu serviras à quelque chose sur ce navire. En attendant, tu ferais mieux de respecter les plus hauts gradés que toi.

— Désolé si j'ai du mal à te respecter alors qu'un simple perroquet arrive à te maltraiter, rétorqua à nouveau le mousse avec cynisme.

— Tu devrais faire attention, petit. Je t'ai empêché de tomber à la baille tout à l'heure, mais cela pourrait toujours s'arranger !

Leur dispute fut interrompue par un toussotement énervé. Neven et Mishrad se retournèrent comme un seul homme, pour se retrouver en face du maître-canonnier, le second de Connor. Ils furent aussitôt pris d'angoisse, sentant qu'ils allaient recevoir une vive réprimande.

— Vous deux, je peux savoir ce que vous faites, à bayer aux corneilles ? Je croyais que tu devais aider le cuistot à éplucher ses légumes, Mishrad. Alors, tu te dépêches d'y aller, avant que je ne t'y traîne moi-même. Quant à toi, Neven, tu nous as déjà causé assez de soucis pour aujourd'hui. Tu ne crois pas ?

Les deux matelots hochèrent aussitôt la tête et se confondirent en excuses, avant de filer rejoindre leurs postes respectifs. Pris de court, Connor dut s'accrocher à l'épaule de Mishrad de toutes ses griffes. Vexé de se faire ballotter et malmener ainsi, il faillit s'envoler à la recherche d'un hôte moins capricieux. Il changea néanmoins d'idée en comprenant que rester avec Mishrad était le meilleur moyen de se rendre jusqu'à la coquerie[4], là où il pourrait se gaver jusqu'à satiété. Une chance qui ne se représenterait sans doute pas deux fois.

Du coin de l'œil, Neven regarda son coéquipier partir à l'autre bout du bâtiment. Il aurait dû se réjouir du départ de Mishrad et, pourtant, il pressentait déjà que les idioties du pirate lui manqueraient.

Neven poussa un profond soupir et se remit à l'œuvre. Il avait trop de travail et pas assez de temps pour s'encombrer l'esprit de regrets ridicules.

4. Cuisine.

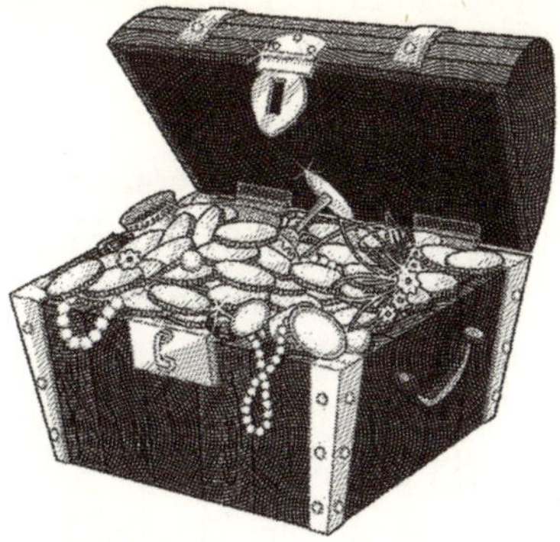

Chapitre 2 :

Le prix de la gourmandise

Certains pirates s'assuraient l'immortalité par de grands actes de cruauté ou de bravoure. D'autres en amassant de grandes richesses. Mais le capitaine avait depuis longtemps décidé qu'il préférait, en fin de compte, s'assurer l'immortalité en évitant de mourir.

Terry PRATCHETT, *La huitième couleur*

Connor allait passer une nuit épouvantable, à la suite de cette journée.

Pourtant, tout avait bien continué. Perché sur l'épaule de Mishrad, le perroquet s'était donc infiltré jusqu'aux cuisines, l'eau à la bouche, ou plutôt au bec. Cet eldorado culinaire regorgeait de denrées aux senteurs délicieuses, qui le changeaient de la sempiternelle odeur d'alcool et de crasse qui régnait sur le *Boréas*. Mille saveurs appétissantes arrivèrent jusqu'à lui dans une bourrasque et il lui sembla qu'il n'aurait pas assez d'une vie pour les humer toutes. Les rumeurs disaient que la nourriture en mer était toujours infecte, mais le *Boréas* faisait exception à cette règle.

Lors d'un raid, Connor et son équipage étaient parvenus à mettre la main sur un jeune chef des plus doués. Ce dernier avait rapidement accepté le poste de coq, plutôt que de finir lui-même haché menu. Coriandre, cardamome, curcuma, il n'y avait pas une épice qu'il ne maîtrisât point à la perfection. Il accueillit néanmoins Mishrad avec froideur, les bras croisés sur son tablier.

— Tu étais censé être là il y a une heure.

— Je sais, je suis vraiment désolé Yrvain. Je te jure que je vais me racheter et…

— Je n'ai pas de temps à perdre avec toi. Les casseroles à récurer sont dans le coin, là-bas. Je veux que tout soit fini dans une heure.

Le cuistot avait beau être plus jeune que Mishrad et moins imposant, ses ordres ne souffraient pas de réplique. Le marin soupira et se dirigea vers l'immense pile que venait de lui indiquer son supérieur.

Connor en profita pour s'éclipser discrètement, se laissant tomber de l'épaule du pirate. Il se déplaça ensuite en marchant, suivant Yrvain à pas de loup. Il quitta la première pièce, remplie de vaisselle sale, pour pénétrer dans une autre, où étaient regroupés les tonneaux de nourriture. Il se posta à l'ombre d'un d'eux, d'où il guetta les déplacements du cuisinier. Dès qu'il ouvrait un couvercle ou qu'un fruit tombait sous ses griffes, Connor se jetait avidement dessus, tout en prenant soin de ne pas se faire repérer.

Il ne se gêna pas pour profiter de ce paradis gustatif et s'empiffra autant qu'il le put. De toute façon, il partait du principe que tout sur le *Boréas* lui appartenait. C'était son droit de se servir dans les cuisines pour échapper aux caprices injustes de Luiana.

Une fois son méfait accompli, il rejoignit sa cabine sans un bruit. Il trouva Luiana encore endormie et put donc refermer la fenêtre sans que sa compagne ne sache rien de sa petite expédition aux cuisines. Ensuite, il retourna sur son perchoir, afin de digérer son repas.

Il se félicita pour sa jugeote, très fier de lui-même. Mais dès le soir venu, il paya cher ses excès.

Un horrible mal de ventre le cueillit au beau milieu de son sommeil, le réveillant dans d'atroces douleurs. Pour ne rien arranger, la mer décida de se déchaîner et de faire tanguer le navire à lui en retourner les tripes.

Le bon sens ordonna à Connor de se rendre sur le pont pour aller soutenir ses bons à rien de matelots et s'assurer qu'ils ne couleraient pas le *Boréas*. Il n'en trouva néanmoins pas la force, le ventre encore trop lourd de son orgie de fruits et de gâteaux en tous genres. Au lieu de sortir à l'air libre, il demeura fermement ancré à une table, un petit gobelet de fer posé devant lui pour qu'il puisse y déverser le contenu de son estomac. Une nouvelle secousse atteignit la cabine et il sentit un goût de bile remonter à sa bouche.

— Luiana, par pitié, fais quelque chose. Demande à la mer de se calmer, je ne sais pas, moi. Mais si tu ne fais rien, je...

Un haut-le-cœur força Connor à se taire. D'une main secourable, Luiana vint caresser ses plumes afin de lui offrir un peu de réconfort. Elle lui indiqua qu'elle était impuissante à contrer la rage de l'océan d'un mouvement de tête. Au même instant, Connor fut accablé par une nausée, si bien qu'il ne remarqua pas son geste.

Le *Boréas* continua d'être ballotté avec force par la houle et tout le mobilier commença à trembler. Connor se mit à glisser le long de la table. Trompé par un vieux réflexe, il essaya de s'accrocher à tout ce qui l'entourait, oubliant que ses ailes ne fonctionnaient pas comme des mains. Sa tentative se solda par un échec cuisant et il s'affala sur la table la tête la première. Connor se frotta le bec et reprit maladroitement appui sur ses pattes. Il étira ses ailes et vérifia chaque plume une à une. Il craignait trop que l'une d'elles ne s'abîme. Se retrouver coincé au sol dans ce corps d'oiseau fragile était l'une de ses hantises.

— Tu t'en fiches de me voir souffrir, alors ? Par la malepeste, j'ai l'impression que cette satanée tempête est en train de redoubler. J'espère pour toi que ce n'est pas l'une de tes petites vengeances mesquines, ou tu vas me le payer !

Luiana le fusilla du regard et à nouveau, elle secoua la tête. Cette fois, le capitaine saisit ce qu'elle voulait lui dire.

— Attends, tu n'arrives pas à contrôler cette tempête ? Le *Boréas* pourrait vraiment sombrer ? Tonnerre, c'est une catastrophe ! Il faut que j'aille superviser l'équipage, avant que ces imbéciles ne gâchent tout ! J'ai passé tellement de temps à m'occuper de ce navire, il est hors de question qu'il coule à cause de trois malheureux coups de vent ! Je vais...

Une vague plus imposante que les autres vint à nouveau assaillir le *Boréas*. Luiana tituba sous l'impact et Connor faillit lui aussi chuter. Cette fois, il eut la bonne idée d'accrocher ses serres au bois de la table, ce qui lui permit de ne pas être emporté.

Il se crut en sécurité, jusqu'à voir le gobelet de fer arriver vers lui à toute allure. Connor tenta de l'éviter, mais il ne fut pas assez rapide. L'objet le heurta en pleine tête et sa vision vacilla, avant qu'il ne perde complètement connaissance.

— Tu crois qu'il est mort ?

— Comment voudrais-tu que je le sache ?

— Ben, c'est toi le toubib, Ed, t'es censé savoir ces choses-là. Je croyais que t'étais allé dans une grande université et tout...

— Je suis allé à l'université royale de médecine, oui. Mais j'y ai appris à soigner les humains. Pas les animaux et encore moins les perroquets. Ces bestioles sont extrêmement rares, en Ilésie.

Connor ouvrit les yeux dans un grognement, tout cela pour se retrouver sous le nez d'un homme brun à la figure allongée. Un monocle était accroché à son œil gauche. Derrière le verre, un œil bleu l'examinait avec attention. Une blouse usée et constellée de taches brunâtres recouvrait les épaules du médecin.

Dans le dos d'Ed, il aperçut un grand ciel azuré, au milieu duquel trônait un soleil éclatant. Connor n'y comprenait plus rien. N'aurait-il pas dû faire nuit ?

— Je ne parlerais pas comme ça du capitaine, si j'étais toi. Luiana te regarde déjà d'un drôle d'air. Elle doit s'inquiéter pour lui. Il paraît qu'elle lui est restée fidèle même après qu'il se soit changé en oiseau. Une drôle de bonne femme. Mieux vaut ne pas être dans ses mauvais papiers.

Malgré la douleur qui résonnait dans son crâne, Connor tourna mollement la tête, essayant d'apercevoir Luiana. Pourquoi sa compagne se serait-elle fait du souci ? Il peinait à comprendre la conversation de ses hommes.

Il ne trouva pas Luiana, mais son regard se posa sur l'interlocuteur d'Ed. Il reconnut vite Mishrad, empêtré au cœur des ennuis, comme toujours. Son haleine avinée agressa Connor et il voulut s'en éloigner, tout cela pour découvrir qu'il était retenu par des mains graisseuses. Celles du médecin, sans doute. La tête de Connor dodelina encore un instant et il demeura dans un état second. Sans cela, Ed aurait écopé d'une vilaine morsure pour avoir sali ses plumes.

— Ma tête... Morbleu, que s'est-il passé, cette fois ? J'espère pour vous que mon navire est toujours en bon état...

— Le capitaine est vivant ! s'écria Mishrad.

Des exclamations de joie accompagnèrent cette nouvelle, mais également quelques grognements de déception. L'esprit encore embrumé, Connor ne put distinguer quels marins se moquaient de lui, ce qu'il regretta amèrement. Il ne pourrait les punir à la hauteur de leur manquement et cela le chagrinait. À ses yeux, le respect était quelque chose d'essentiel, surtout sur un navire-pirate.

— Oui, je suis vivant et je vais te livrer aux requins si tu ne m'expliques pas rapidement ce qui est arrivé à mon bâtiment !

Connor dut attendre quelques minutes avant que sa menace ne fasse effet, sûrement le temps que Luiana fasse les gros yeux aux concernés. Elle faisait bien plus peur à l'équipage que ce petit perroquet rouge aux élans de colère imprévisibles.

— Il y a eu une tempête, capitaine et quelque chose vous a assommé. Un objet qui a dû glisser d'un meuble, ou quelque chose comme ça. Nous avons demandé à Luiana, mais ce n'est pas facile de communiquer avec elle. Ed a bien essayé de la faire écrire, mais elle n'a jamais appris, la pauvrette. Alors...

Mishrad s'arrêta en pleine tirade, le visage blême. Connor en conclut assez rapidement que le terme de pauvrette ne devait pas être au goût de sa compagne. Cela suffit néanmoins à raviver ses souvenirs, au prix d'une migraine de plus en plus effroyable. De quoi le mettre de bonne humeur.

— Oui, je m'en souviens, maintenant. Par pitié, dites-moi que rien n'est arrivé au *Boréas* pendant que j'étais inconscient !

Un silence de mort s'installa. Quelques matelots gênés se raclèrent la gorge. Connor se redressa et prit son envol, avant d'aller d'un marin à l'autre, à la fois furieux et paniqué.

— Qu'avez-vous encore fait, bande d'abrutis sans cervelle ? Quelles horreurs avez-vous fait subir à ma pauvre frégate ? Je vous préviens, si elle ne peut plus prendre la mer, je vous charcuterai tous, jusqu'à ce que vous ne puissiez plus mettre le pied sur un navire !

Malgré son apparence d'oiseau, le ton assassin de Connor parvint à rendre la menace intimidante et ce sans l'aide de Luiana. Les hommes amassés face à lui fixèrent tous leurs pieds, n'osant lui apprendre la vérité. Le premier qui relèverait la tête subirait à coup sûr son courroux, ainsi que celui de sa compagne. Silencieuse, elle se tenait toujours dans l'ombre, prête à frapper.

L'équipage préférait se faire houspiller mille fois par un perroquet en colère que d'avoir affaire à une pirate aguerrie, munie d'un sabre au tranchant affûté.

Une ambiance pesante s'installa, jusqu'à ce que Mishrad soit pris d'un éclat de génie. Il donna un coup de coude à Neven, puis chuchota à l'oreille du mousse :

— Tu devrais lui dire, toi. Le capitaine ne t'aime déjà pas, de toute manière. Alors, un peu plus ou un peu moins… Tu nous rendrais un fier service à tous.

— Ce n'est pas juste ! Pourquoi est-ce que ce serait à moi, de…

L'indignation de Neven causa sa perte. Contrairement à Mishrad, il ne parvint pas à réguler l'intensité de sa voix et son cri outré ne passa pas inaperçu à l'oreille de Connor. Aussitôt, les petits yeux noirs et mesquins du capitaine se posèrent sur le pauvre adolescent. Neven fut pris d'une subite envie de fuir. Mais au beau milieu de l'océan, il n'y avait nulle part où aller.

— Neven. Encore toi ! Puisque tu souhaites tant t'exprimer, peut-être voudras-tu bien m'expliquer ce qui s'est passé la nuit dernière ?

Un vent de soulagement souffla sur le reste de l'équipage. Les marins savaient désormais que la tempête ne s'abattrait pas sur eux. Quant à Neven, il tremblait plus que le *Boréas* en pleine tourmente. Mishrad dut le secouer par les épaules pour qu'il reprenne ses esprits.

— Dépêche-toi de répondre, gamin. Il ne faut pas faire attendre le capitaine.

Neven fut tenté de se retourner pour le frapper, mais avec ses muscles et sa carcasse digne d'un cachalot, Mishrad ne ferait qu'une bouchée de lui. Sans compter que le capitaine n'apprécierait sans doute pas un tel comportement. Il se résigna donc à tout avouer à Connor.

— Le… Le *Boréas* n'a rien, mon capitaine. Nous sommes parvenus à le maintenir à flot, malgré les intempéries. En revanche, nous avons dû faire face à un autre problème…

En entendant cela, le cœur de Connor reprit un rythme normal. Son navire bien aimé n'avait rien ! Une bouffée de joie l'envahit et il dut se retenir pour ne pas effectuer un véritable ballet aérien sous le coup de l'euphorie.

— Par tous les dieux ! Pourquoi tirez-vous une tête d'enterrement pareille, si le bateau n'a rien ? Vous allez finir par me faire avoir une attaque avant l'heure, bande d'idiots ! Bon, quel est ce problème qui vous turlupine, alors ?

— Pour tout vous dire, nous avons en effet pu empêcher le navire de couler. Sauf que pour cela, nous avons dû faire certains… sacrifices.

À ce mot, Connor examina son équipage, à la recherche de matelots absents. Grâce à ses petites expéditions incognito, il connaissait le nom et le visage de tous ses hommes. Ses craintes furent apaisées lorsqu'il découvrit que pas un ne manquait à l'appel. Même les chats embarqués pour chasser rats et souris paressaient toujours sur le pont, tandis que ses perroquets caquetaient en chœur, faisant concurrence aux mouettes. À première vue, tout semblait en ordre.

— Ne raconte pas de bêtises, petit. Je vois bien que vous êtes tous là. Maintenant, parle sans détour. Je veux savoir quel est le véritable problème.

— Je ne voulais pas parler de pertes humaines, capitaine. En fait...

Neven prit une grande inspiration pour se donner du courage. Le moment fatidique était tout proche et Mishrad, loin de lui apporter son soutien, s'était reculé afin d'échapper à la colère du capitaine. Le mousse chassa néanmoins sa peur et se lança :

— Nous avons pu résister à la tempête, mais seulement en délestant le navire de certaines charges, capitaine. Comme nous allons bientôt devoir parcourir des mers infestées de monstres marins, nous avons préféré garder les canons. Nous avons également choisi de conserver les tonneaux de vivres ainsi que le bétail à bord, vu que notre voyage s'annonce fort long. Bien évidemment, nous n'allions pas forcer des hommes à mourir noyés, alors...

— Abrège, petit. Sois concis et dis-moi simplement ce que vous avez jeté à la mer.

— Le trésor. Nous avons jeté le trésor.

Connor se sentit trembler d'indignation. Il ouvrit le bec et le ferma plusieurs fois d'affilée avant de retrouver la parole. Par le passé, il avait connu des hommes prêts à se trancher une jambe, plutôt que d'abandonner une seule pièce de leur magot. Jamais, au grand jamais, il n'aurait cru voir un jour des pirates prêts à abandonner leur butin à l'océan !

— Mon trésor... Vous avez jeté... Attendez ! Quelle partie du trésor, au juste ?

Connor se rappela les montagnes d'or et de joyaux qui s'élevaient dans ses cales. Il avait toujours préféré garder son trésor près de lui, sur son navire, plutôt que de l'enterrer sur une île déserte, là où n'importe qui pourrait le lui voler. En plus, il craignait toujours d'en oublier l'emplacement exact et pas question pour lui de dresser une carte du lieu. Ces papiers finissaient toujours par tomber entre de mauvaises mains et en un rien de temps, la marine royale s'emparait du trésor.

Dans sa jeunesse, Connor n'avait pas ce genre de problèmes. Il dépensait tout en filles, en rhum et en jeux dès qu'il touchait terre. Sa rencontre avec Luiana l'avait forcé à dire adieux aux amours d'un soir, puis sa malédiction s'était mise entre lui et sa passion pour les dés et les cartes. Ne restait donc plus que le rhum, qu'il ne pouvait consommer qu'à très faibles gorgées, à cause de sa constitution fragile. Et encore fallait-il trouver quelqu'un qui veuille bien lui en donner.

Il secoua la tête, tentant tant bien que mal de reprendre ses esprits. Il était peut-être sonné, mais ce n'était pas le moment de partir dans de grandes divagations.

— Vous n'avez pas bien compris, capitaine. Nous avons dû nous débarrasser du trésor dans son intégralité. Enfin, il doit bien encore rester une pièce ou deux qui traîne, mais pas bien plus.

— Vous avez fait quoi ! ?

Le perroquet rugit avec toute la force de ses cordes vocales. Le regard de Luiana bouillonna également d'une fureur froide, qu'elle ne pouvait exprimer par la parole. Tout son corps se tendit en une promesse de mort et de souffrance, prête à frapper si Connor lui en donnait l'ordre. Confronté à cette vision, l'équipage fit un pas en arrière, apeuré.

Seul Neven demeura pétrifié, incapable de se soustraire à l'œil accusateur de Connor. Il n'avait pas lui-même participé à ce sacrilège, pourtant le capitaine parvenait à le faire se sentir honteux. Lorsque la tempête avait éclaté, Neven avait cédé à la peur et était parti se réfugier dans la cale. Il craignait trop de tomber à nouveau à la mer, sans personne pour le rattraper, cette fois.

— Ce n'est pas possible ! Les efforts de toute une vie, réduits à néant ! Est-ce que vous savez le temps que cela m'a pris, pour réunir toutes ces richesses ?

— Une vie entière ? proposa innocemment Neven.

Il regretta très vite d'avoir relevé l'absurdité de la question du capitaine. Aveuglé par la colère, Connor se laissa aller à ses instincts les plus primaires et couvrit le crâne du jeune mousse de coups de bec cruels. Il fut si brutal qu'une légère balafre s'ouvrit sur le front de l'adolescent. Connor s'arrêta aussitôt, envahi par le remords. Il devait protéger Neven et le préparer à la rude vie d'un pirate, pas s'en prendre à lui gratuitement. Le capitaine fut néanmoins trop fier pour s'excuser de son emportement et sa rage continua de le guider.

— Alors, comme ça, tu veux faire de l'esprit ? Ce trésor, je l'avais préparé en prévision du long voyage qui nous attend sur la Mer Archaïque. Nous aurions pu faire escale au port de Las Hayas et profiter de toutes les merveilles de cette grande cité. Les locaux nous auraient accueillis comme des rois et nous aurions pu festoyer durant cette halte ! Au lieu de quoi, nous devrons nous dissimuler tels des rats. Sans or pour corrompre la milice, nous ne pourrons approcher de leurs côtes sans risque ! Tout cela, par votre faute ! Des années de préparation fichues en l'air : vous vous en rendez compte ?

Neven préféra reculer sagement. De toute façon, Connor semblait l'avoir oublié, pris d'un coup de folie. L'oiseau voltigea en tous sens, réalisant d'étranges cabrioles. Cela le mena presque jusqu'en haut du mât, mais il finit par descendre en piqué juste après avoir aperçu une silhouette aux cheveux bouclés. Il y avait certains membres de son équipage qu'il estimait encore et qu'il ne voulait pas décevoir en se comportant n'importe comment.

Connor retourna donc se blottir auprès de Luiana et la pirate passa ses doigts entre ses plumes en une caresse apaisante et compréhensive. D'un regard assassin, elle accusa l'équipage de l'avoir mis dans cet état. Elle pointa sur les matelots un doigt autoritaire et tous comprirent aussitôt qu'ils avaient intérêt à regagner leur poste. Et fissa.

Ils partirent tous le sourire aux lèvres, même s'ils tentèrent de dissimuler au mieux leur joie, heureux d'avoir échappé à une sanction plus rude. Ils avaient tous craint une punition bien plus stricte et définitive. Aller rejoindre le trésor au fond de l'océan, par exemple. Le capitaine avait plutôt bien pris la nouvelle.

D'un pas nonchalant, Mishrad reprit le chemin des cuisines, très content de lui-même. Il n'eut cependant pas le loisir de se réfugier dans la cale, loin des élans de colère du capitaine. Neven l'attrapa par la manche de sa chemise, bien décidé à régler ses comptes avec lui. Les yeux vert d'eau du mousse vibraient de frustration et ce sentiment le submergea encore un peu plus lorsque le pirate lui offrit un sourire narquois.

— Un problème, p'tit mousse ? Tu n'as pas l'air dans ton assiette.

— Non vraiment ? Peut-être que je t'en veux de m'avoir livré au capitaine, va savoir ? Tu n'es qu'un lâche et un égoïste. Surtout qu'il me semble que c'est toi qui as proposé de balancer le trésor à la mer, si je ne m'abuse. Tu aurais pu assumer tes actes !

— J'ai assuré mes arrières, rien de plus. Il n'y a rien de personnel contre toi, là-dedans. Tu es simplement le dernier venu. Alors, forcément, je suis moins attaché à toi qu'aux autres. Et pour le trésor, il s'agit de rumeurs, rien d'autre.

— Comme si j'allais te croire ! Et même si c'est vrai, tu m'as quand même tendu un piège !

— Les grands mots, tout de suite. Si tu veux tout savoir, la vérité, c'est que le capitaine ne te fera jamais de mal. Je ne sais pas pourquoi. Peut-être qu'il en pinçait pour ta mère et que tu es son fils illégitime, ou un autre truc du genre. En tout cas, il n'ordonnera jamais à Luiana de s'en prendre à toi. Cela pourrait t'offrir une bonne place au sein de l'équipage sans avoir à trop trimer, tu sais ?

— Je suis en sécurité avec lui, hein ? Alors, tu peux m'expliquer pourquoi j'ai ça ?

Neven porta la main à la plaie sur son front. Celle-ci suintait encore. Mishrad haussa les épaules, ne trouvant pas la remarque du mousse très pertinente.

— Ne me dis pas que tu vas pleurer pour si peu ! C'est à peine une égratignure, ce que tu as là ! Moi, je te parlais de vraies punitions. Te retrouver avec une balle entre les deux yeux, par exemple. Enfin, si tu veux, je peux aller demander à Ed et il te donnera de quoi te soigner.

Mishrad lui offrit un grand sourire amical, ce qui déconcerta Neven. Le mousse choisit d'accepter la proposition du marin, un peu à contrecœur. Il n'appréciait peut-être pas les pirates, mais il allait bien devoir s'intégrer à l'équipage du *Boréas* s'il voulait survivre.

— Admettons que tout ce que tu dis est vrai. Tu te rends compte que j'aurais très bien pu te dénoncer au capitaine, sous le coup de la pression ? Si tu veux mettre de telles combines en place, alerte-moi à l'avance, la prochaine fois.

— Tu ne m'aurais quand même pas vendu au capitaine !

— Si j'y avais pensé, je l'aurais sûrement fait, crois-moi. J'en ai assez de me faire rabaisser par tout l'équipage, toi y compris. Je n'ai peut-être pas grandi sur un bateau, mais j'essaye de m'adapter au mieux. Ce serait agréable si je n'étais pas le seul à faire des efforts.

— Des efforts ? Tu passes ton temps à pleurnicher sur ton sort ou à nous regarder de haut, je te ferais remarquer. Tout ça parce que tu te crois doté d'une meilleure éducation que nous autres, pirates. Les moines t'ont peut-être mis de jolies idées dans la tête, gamin, mais ici, c'est la loi du plus fort qui prime. D'ailleurs, si tu connaissais mieux ton histoire, tu les adulerais un peu moins, tes amis religieux. Ils ont abandonné toutes les côtes d'Ilésie aux pirates dans mon genre, pour aller se cacher comme des couards dans les montagnes. Ils n'ont même pas osé se battre pour leurs dieux ou pour leurs terres, alors je ne vois pas ce qu'ils ont de supérieur à nous. Enfin, je ne veux pas t'embêter avec mes histoires de vieux loup de mer. Contente-toi d'essayer d'être un peu plus ouvert d'esprit et nous ferons de même.

Mishrad finit son discours d'une bonne tape sur l'épaule de Neven. Un relent de grog et de carottes pelées émanait de ses mains et il arracha à Neven une grimace de dégoût qu'il réprima à grand-peine. Il se fit toutefois la promesse de laver sa chemise dès que Mishrad se serait éloigné. Pour le moment, il devait se montrer amical avec le pirate.

Certes, quitter son monastère, l'odeur des vieux grimoires et les vitraux de la chapelle sacrée avait constitué une véritable épreuve pour lui. Néanmoins, il n'avait jamais traité ses compagnons aussi durement que Mishrad le prétendait.

— J'ai essayé d'être correct avec vous, à mon arrivée ! Je vous ai parlé des Saintes Écritures ! Je n'y peux rien, si vous êtes décidés à demeurer des rustres incultes et pécheurs.

— Voilà, c'est à cause de ce genre de comportement que tu ne peux pas t'intégrer à nous. Désolé de briser tes illusions, ce n'est pas en m'insultant que tu vas me donner envie d'être de ton côté.

— Je n'insulte personne. Je ne fais qu'énoncer une vérité somme toute évidente !

— Eh bien, si j'étais à ta place, je les garderais pour moi, mes vérités. Ne va pas te plaindre si tu finis avec une balle entre les deux yeux, à force de prendre les autres de haut.

— Je ne te prendrais peut-être pas de haut, si tu n'étais pas un ignare !

Le visage de Mishrad se ferma et Neven se dit, mais sans doute un peu tard, qu'il n'aurait pas dû autant le provoquer. Le marin ne pipa mot. À la place, il saisit Neven en dessous des épaules, l'empêchant de battre en retraite.

— Qu'est-ce que tu fais, Mishrad ? Attends, je me suis mal exprimé, je ne voulais pas...

Neven n'eut pas le temps de s'excuser que, déjà, Mishrad le soulevait loin au-dessus du sol. Le mousse poussa un petit cri paniqué et il agita les jambes, tentant désespérément d'échapper au pirate.

— Arrête, je suis désolé ! J'ai le vertige. Repose-moi, je t'en supplie !

À la grande surprise de Neven, Mishrad lui obéit. L'adolescent posa une main sur sa poitrine, le temps de reprendre son souffle.

— Pourquoi est-ce que tu as fait ça ? J'ai cru que tu allais me tuer !

— Je l'ai fait pour que tu arrêtes de t'en prendre à plus fort que toi sans y réfléchir à deux fois. Crois-le ou non, mais je trouve ta présence plutôt distrayante. Je n'ai pas envie de repêcher ton cadavre après une bagarre qui aurait mal tourné.

En un instant, le mousse perdit toute sa verve et il fit un pas en arrière. Mishrad hocha la tête.

— J'aime mieux ça.

Neven ne put se résigner à donner raison à Mishrad. Il marmonna donc de nouvelles imprécations contre lui, trop doucement pour que le marin puisse le comprendre. Malheureusement pour lui, le pirate fut tout de même assez futé pour saisir la nature de ses murmures.

— Tu me prends vraiment pour un imbécile, ma parole ! Très bien, puisque tu insistes, je vais te donner la preuve que je ne suis pas aussi inculte que tu le prétends. Parlons de ces dieux que tu vénères tant, ce fameux Quatuor Sacré. Ils sont tous membres d'une même fratrie et ont passé leur jeunesse à se battre les uns contre les autres, avant de mettre fin à leurs rivalités pour lutter contre des êtres maléfiques. La plus âgée, Alessa, règne sur toutes les créatures célestes. Selon les textes sacrés, elle est pleine de bonté et de compassion. Son frère Enekan est un dieu guerrier. Il combat les hérétiques, à la tête d'une gigantesque armée. Nous avons ensuite Yesmin, le dieu qui a œuvré à la création de l'Humanité. Il a aussi persuadé sa famille de se montrer magnanime envers les hommes, ainsi qu'à les laisser accéder à la civilisation, contrairement au reste du règne animal. Et pour finir, il y a le cadet, Solal. Lui, son truc, c'est plutôt de commander le mouvement des astres. Selon les légendes, c'est lui qui permet aux marins de se diriger grâce aux étoiles. Les écritures les plus récentes prétendent également qu'il est un farouche ennemi des pirates et autres fripouilles sillonnant les mers. Voilà, est-ce suffisant pour te convaincre ? Ou bien peut-être dois-je encore développer un mythe en détail ?

Neven demeura sans voix, soufflé par la démonstration de Mishrad. Tout ce qu'il venait de dire était juste. Le mousse se pinça, de peur de se trouver en plein songe, puis il dut réaliser que ce n'était pas le cas. Le marin connaissait véritablement la base des textes sacrés.

— Comment as-tu appris tout cela ? Je croyais pourtant ces dieux inconnus en dehors des frontières ilésiennes !

D'une main amusée, Mishrad tapota sur la tête de Neven, le tenant à distance. Les yeux du mousse brillaient d'impatience, alors qu'il se réjouissait d'avoir enfin trouvé quelqu'un avec qui discuter.

— Ne t'emballe pas trop, petit. Je connais les détails de l'alessisme, mais je n'en ai rien à faire, de toutes ces histoires de dieux à dormir debout. Rien que des sornettes, si tu veux mon avis. Pour ce qui est de l'endroit où j'ai appris tout cela, je ne vois pas pourquoi je te le dirais. Tu t'es très mal comporté avec moi, après tout.

Neven grinça des dents face à l'attitude fanfaronne de Mishrad. Forcément, il fallait que cet idiot ait le dernier mot. Comme si cela ne suffisait pas, le pirate le décoiffa de nouveau en prenant un air supérieur.

— Allez, sans rancune, gamin. J'espère que cela te servira de leçon et que tu sauras faire preuve de plus de tact, à l'avenir. Je continuerais bien à bavarder avec toi, mais le maître-canonnier risque de me tomber dessus si je ne me rends pas vite aux cuisines. Bonne chance pour la suite et à la prochaine !

Mishrad s'empressa de déguerpir, avant même que Neven n'ait pu lui faire ses adieux. Il tourna la tête et vit l'ombre de leur supérieur qui se dessinait déjà au coin du navire. Le mousse détala à son tour pour se remettre au travail, avant que ce colosse ne le remarque et n'aille le dénoncer au capitaine.

Il n'en demeura pas moins troublé par les révélations de Mishrad.

Chapitre 3 :

À l'abordage !

Et une fois pour toutes, permets-moi de te dire et de t'affirmer : mieux vaut naviguer avec un bon capitaine ombrageux qu'avec un mauvais capitaine hilare.

Herman Melville, *Moby Dick*

Pendant encore toute une semaine, le *Boréas* demeura à quai dans la baie des Songes. Le départ approchant, l'équipage devint de plus en plus fébrile. Les matelots s'évertuaient à dresser un inventaire détaillé des provisions, afin d'être certains de ne manquer de rien une fois au grand large. Eau douce, bois de chauffe, tonneaux de viande séchée, ils dénombrèrent tout avec une précision remarquable. Neven participa lui aussi à cet effort cyclopéen et il put cette fois mettre à l'œuvre ses talents de comptable, développés à l'abbaye de la Grande Alessa.

Ces quelques jours furent également marqués par la morosité du capitaine. Après la perte de son trésor, Connor avait sombré dans la mélancolie. Il passait la plupart de son temps enfermé dans sa cabine aux côtés de Luiana, ne trouvant même plus la force d'aller quémander de la nourriture à son équipage.

Neven n'hésita pas à tendre l'oreille pour s'informer des rumeurs à bord du *Boréas* et il découvrit rapidement que la grogne montait parmi les marins. Beaucoup reprochaient au capitaine de ne pas assumer son rôle. Certains allaient jusqu'à dire que c'était de sa faute s'ils avaient dû abandonner le trésor. Mais, par-dessus tout, ils arguaient qu'un oiseau ne pouvait diriger un navire et qu'il aurait fallu destituer Connor depuis longtemps.

Cette atmosphère de mutinerie s'amplifia de plus en plus, tandis que l'heure du départ approchait. Neven se chercha une cachette dans les cales, au cas où de véritables combats éclateraient, mais la menace de Luiana dissuada finalement les comploteurs et le *Boréas* prit tout de même la mer.

La frégate quitta les bras protecteurs de la baie des Songes pour s'élancer vers l'immensité de l'océan. La plupart des pirates fixèrent l'îlot verdoyant avec mélancolie, tandis qu'ils le voyaient s'éloigner. Une fois en pleine mer, les pouvoirs de Luiana ne suffiraient plus à contrôler les humeurs de celle-ci et ils se retrouveraient vulnérables. Cette perspective ne réjouissait personne à bord.

Au cours des préparatifs, la route du mousse avait croisé plus d'une fois celle de Mishrad. Ils saisissaient chaque occasion de se chahuter et attiraient souvent sur eux l'attention de Luiana ou du maître-canonnier, qui les rappelaient sèchement à l'ordre. Ils les avaient tant agacés que le mousse et le pirate s'étaient retrouvés chargés de nettoyer le pont, au grand déplaisir de Mishrad.

— Tout ça, c'est de ta faute, espèce de gamin arrogant ! Ah, quelle idée j'ai eue, de vouloir être gentil avec toi ! Dès que je m'approche de toi, je m'attire des ennuis.

— Je ne t'ai jamais rien demandé, que je sache. Si tu m'avais laissé tranquille, tu n'en serais pas là !

Leur querelle faisait assez de bruit pour réveiller un mort, mais elle ne troubla pas le reste de l'équipage, désormais habitué à leurs coups de sang. Mishrad balayait le pont avec rage, agressant violemment le bois de sa serpillière. Contrairement à lui, Neven conservait son sourire. Il avait déjà connu des corvées plus pénibles, si bien que cette punition ne lui en semblait pas vraiment une.

Au bout d'un moment, Mishrad finit par se résigner à sa tâche. Il se tut et ils travaillèrent en silence, seulement dérangés par le roulis de l'océan. Du moins, jusqu'à ce qu'un éclair rougeoyant surgisse au-dessus de leurs têtes :

— Biscuit ! Donne à Coco, donne !

— Tiens, il est de retour, celui-là ! commenta le mousse, impassible.

Mishrad ne réserva pas le même accueil à l'animal. Il effectua de grands moulinets avec les bras, dans l'espoir de déloger le perroquet qui y avait élu domicile.

— Dégage de là, sale bête ! Je passe déjà une mauvaise journée, pas question que tu me voles encore un gâteau de plus. Ouste ! Va donc voir ailleurs.

— Je ne pensais pas que tu étais mauvais au point de t'attaquer à un oiseau innocent, Mishrad. Pas étonnant que tout le monde te prenne pour une brute, si tu t'acharnes à martyriser ce pauvre Coco.

La raillerie de Neven fut assez mal reçue par son camarade, toujours occupé à se dépatouiller du volatile. Le fameux Coco, Connor de son véritable nom, se montrait bien trop têtu pour abandonner le premier. Il agrippa ses serres à la chemise de toile blanchâtre du pirate, bien décidé à y rester.

— Je n'y peux rien. C'est cette sale bête qui n'arrête pas de me casser les oreilles ! Allez, va voir ailleurs !

Mishrad continua à malmener l'oiseau, plus obstiné encore que Connor. Ce dernier se résigna à voleter jusqu'à l'épaule de Neven, les plumes tout ébouriffées. Là, il se tint tranquille et bouda en silence. Il entama une longue toilette afin de se donner une allure plus distinguée, mais également pour que l'état de son plumage ne mette pas Luiana sur la piste de ses petites excursions.

— Bravo, tu lui as fait peur ! Tu devrais faire attention, le capitaine pourrait te jeter aux fers pour ça. Il tient beaucoup à ses perroquets, à ce qu'il paraît. Ils sont un peu comme une deuxième famille, pour lui.

Connor ricana sous cape. Une famille ! Et puis quoi encore ? Il n'avait pas le moindre désir de se mêler à cette bande de volatiles bruyants et agaçants. Non, ce qu'il voulait, c'était pouvoir tenir à nouveau un mousquet en main, se gorger d'alcool jusqu'à plus soif et embrasser Luiana lorsque l'envie lui en prenait.

De plus, les autres perroquets le jaugeaient toujours d'un air moqueur, comme s'ils sentaient que Connor n'était pas des leurs. Rien que pour cela, il les tenait en horreur.

— Le capitaine, le capitaine… Si tu veux mon avis, il sera bientôt fini, le capitaine. Il n'y a qu'à regarder l'équipage qu'on se coltine, à commencer par toi. Tous les meilleurs gars sont partis voir ailleurs et ils ont sûrement eu raison. Parfois, je me dis que j'aurais dû faire comme eux, lorsque j'en avais encore l'occasion. Mais comme je suis une bonne pâte, j'ai eu la bête idée de vouloir rester fidèle à mon équipage et à mon capitaine, en dépit de sa transformation. Ah, quel imbécile j'ai été !

Neven s'arrêta aussitôt de récurer le sol. Les paroles de Mishrad avaient réveillé sa curiosité.

— Attends, tu veux dire que tu as connu le capitaine du temps où il était encore humain ?

— Oui et pas qu'un peu. Alors, ça t'en bouche un coin, hein, gamin ?

— Je dois bien reconnaître que je ne m'y attendais pas. Je pensais qu'à part Luiana, tout son équipage avait déserté, à cause de sa malédiction. Mais alors, dis-moi, comment était-il ? Avant, je veux dire ?

Neven prit soin de ne pas révéler le fond de sa pensée. Il avait jusque là cru que Mishrad n'était qu'un ivrogne sans grand talent, recruté par Connor par manque de matelots. Il garda pour lui cette vision peu flatteuse, ne désirant pas se brouiller avec le pirate. Malgré ses réticences premières, il s'était habitué à sa présence.

— Ah, en ce temps, le capitaine, c'était quelque chose ! Tu vois, il...

— Navire en vue, à six heures !

Le cri de la vigie interrompit leur conversation et frustra la curiosité de Neven. Le mousse posa une main au-dessus de son front pour tenter de distinguer le navire à l'horizon, mais il ne vit rien. Il ne s'en étonna guère. Waëlle était réputée pour avoir une vision hors de commun. Cette jeune femme blonde à la voix stridente ne quittait pratiquement jamais son poste d'observation. Elle semblait toujours à l'affût, de jour comme de nuit. En dépit de sa beauté, son élocution aux accents éraillés avait tenu à distance les matelots qui s'improvisaient séducteurs d'un soir.

— Parsembleu, ce n'est pas possible d'avoir une voix de crécelle pareille. Dire que je me plaignais du perroquet !

— Nous sommes sur le point de croiser un autre bâtiment et voilà tout ce qui te vient à l'esprit, Mishrad ? Je n'y crois pas ! Il faut se dépêcher de prévenir le capitaine !

— Ne t'emballe pas, p'tit mousse ! Le capitaine va être prévenu, mais par des personnes plus importantes que toi et moi. Le maître-canonnier, par exemple. Ce bon vieux Jack ne manque jamais à son devoir. De toute manière, tout ce que le Coco va faire, c'est nous ordonner de virer de cap pour éviter l'affrontement. Alors retourne à tes balais, il ne se passera rien d'intéressant aujourd'hui. Notre cher capitaine est bien trop ramolli pour ça.

Les paroles du marin réveillèrent la colère de Connor. Ramolli ! Lui ! Ah, ils allaient voir s'il était ramolli, ces imbéciles !

— Je pense quand même qu'il faudrait prévenir le capitaine ! Imagine que ce soit un bateau de guerre du roi d'Ilésie et qu'il nous prenne en chasse !

— Tu écoutes ce que je te dis, p'tit ? Ce n'est pas à nous de le faire, un point c'est tout !

Neven et Mishrad reprirent vite leurs chamailleries, pour le plus grand bonheur de Connor. Il en profita pour sauter discrètement du bras du jeune mousse, puis retourner à sa cabine. Il sut jouer habilement avec les courants aériens, retrouva rapidement le chemin de sa fenêtre. Assez pour que Luiana ne se doute pas de sa petite escapade, tout du moins. Sa compagne semblait alerte. Elle devait avoir entendu l'avertissement de Waëlle, elle aussi.

— Allons dehors, vite ! Si un navire se dirige vers le *Boréas*, nous n'avons pas de temps à perdre !

Luiana hocha la tête et obéit à l'injonction de Connor. La pirate sortit sur le pont, le perroquet volant à ses côtés, trop excité pour demeurer sur son épaule. Il était envahi par le frisson et l'adrénaline qui précédaient un combat.

Il s'éleva jusqu'en haut du mât, ses ailes vibrant d'une énergie toute nouvelle. Il y trouva Waëlle, les sourcils froncés et une longue-vue à la main. Elle avait les yeux plissés et la mâchoire figée par la concentration. Cela ne l'empêcha pourtant pas de remarquer l'arrivée de l'oiseau, alors même qu'une volée d'aras rouges l'entourait déjà. Les perroquets appréciaient sa présence, alors qu'ils fuyaient les pirates dans le genre de Mishrad.

— Capitaine, je vous attendais. Que voulez-vous savoir ?

— Dis-moi de quel type de navire il s'agit. Je veux savoir si nous avons les capacités de l'attaquer et si cela en vaut la peine.

— Ah, vraiment ?

L'étonnement de la vigie agaça Connor. De toute évidence, elle aussi s'attendait à ce qu'il choisisse la fuite. Il était temps qu'il remette tout ce petit monde à sa place, en leur montrant ce qu'était un capitaine, un vrai !

Perché sur le plus haut point du navire, le perroquet se crut soudain le maître de l'océan qui s'étendait sous lui. Les cris des mouettes devinrent acclamations à sa gloire, le *Boréas* se fit château imprenable, tandis que la mer se mua en un vaste royaume. Une fois la chasse entamée, le chant des canons jouerait très bien le rôle des trompettes.

Néanmoins, Connor dut revenir à la réalité un instant, le temps d'interroger Waëlle sur ce mystérieux navire.

— Bien sûr. Me prends-tu donc pour un mauvais capitaine ?

— Je vous prends surtout pour un homme qui préfère rester loin des ennuis. Un trait assez inhabituel chez un pirate, certes. Mais nous nous y sommes faits, l'équipage et moi.

Connor le prit très mal. À ses yeux, ce n'était là qu'une jolie formule pour ne pas le traiter de lâche ou de couard. Était-ce donc ainsi que le voyait tout son équipage ? Sa réponse fut pleine d'amertume.

— Je n'ai pas agi ainsi de bon cœur. Pendant un temps, j'ai dû faire profil bas, mais tout cela prend fin aujourd'hui. Alors, dis-moi ce qu'il y a à savoir sur ce bâtiment !

— Il s'agit d'un navire marchand, capitaine. Il porte les couleurs de la compagnie de commerce d'Ilésie et n'est escorté par aucun navire de guerre. Nous pourrions facilement l'aborder.

À cette nouvelle, Connor trépigna de joie. Il ne lui restait plus qu'une question à poser à sa vigie, même s'il sentait déjà que la réponse serait positive. La journée s'annonçait excellente.

— Vogue-t-il plus rapidement que nous ?

Waëlle jeta un rapide coup d'œil à ses calculs effectués à l'aide de son loch [5].

— Non, capitaine. Le *Boréas* est assez rapide pour le distancer sans problème. Nous pourrions lui lancer la chasse. Ou disparaître avant même qu'il ne nous repère, selon votre convenance.

— Disparaître ? Je ne crois pas, non. Waëlle, ceci est notre chance de nous refaire. Ce navire sera à nous avant le coucher du soleil, ou je ne suis pas un homme !

— Capitaine, c'est-à-dire, que...

— Oh, ça va ! Ce n'était qu'une façon de parler. Tu m'as très bien compris, espèce d'effrontée !

Connor ne perdit pas plus de temps à s'entretenir avec la vigie. S'il reconnaissait les talents de Waëlle, il n'avait pas vraiment d'affinités avec elle. La jeune femme paressait le plus souvent en haut de son mat, sans se préoccuper de ce qui pouvait bien se passer en dessous d'elle. Cependant, elle savait se réveiller de ses longues siestes pile au bon moment ; Connor suspectait un pacte maudit d'être à l'origine de ce don.

Toutefois, étant lui-même très sensible à la question, il s'était toujours abstenu d'évoquer ce sujet délicat avec elle. Mishrad et elle comptaient parmi

5. Appareil servant à mesurer la vitesse d'un navire.

les rares marins de son ancien équipage à lui être demeurés fidèles après le désastre de Salariffe.

Mais ce n'était pas le moment de s'appesantir sur le passé.

Connor descendit du mât en piqué, avant d'aller se poser sur les haubans. Il se plaça assez proche du sol, afin que tous ses hommes puissent l'entendre. Il ouvrit le bec, prêt à se lancer dans un grand discours, mais, au tout dernier moment, il fut pris de trac. Cela faisait des mois qu'il n'avait plus mené d'abordage. L'espace d'un instant, il se demanda s'il en était encore capable.

Plus que jamais, il prit conscience de son pauvre corps d'oiseau maigrichon. Le rouge criard des plumes de son ventre était ridicule et il tuait le temps en quémandant des biscuits à son équipage. Peut-être s'était-il fourvoyé lui-même, à vouloir se convaincre qu'il était toujours un grand pirate. Peut-être n'était-il plus qu'un oiseau pitoyable qui se prenait pour un homme.

Non, il ne devait pas penser ainsi. Il allait rabattre le caquet de son équipage et ses hommes verraient qui était le vrai maître des mers, ici.

— Écoutez-moi bien, bande de pleutres ! Vous avez tiré au flanc pendant assez longtemps. Il est l'heure pour vous de reprendre du service ! Je vous offre un navire plein à craquer de merveilles venant des terres orientales. Alors, au boulot ! Déployez les voiles et que ça saute ! Nous devons prendre de la vitesse pour le rattraper !

Pendant un bref instant, Luiana fut déboussolée. Puis, elle dégaina son sabre et sourit d'un air sombre, mais ravi. Ses rêves d'action allaient enfin être assouvis.

Une main se leva cependant au milieu de la foule des marins. Connor crut qu'il allait faire une crise de nerfs. Ne pouvaient-ils pas lui obéir, tout simplement ?

— Vas-y, parle. Mais j'espère pour toi que ta question en vaut la peine !

— Eh bien, capitaine, l'équipage aurait une requête à vous soumettre. Nous voudrions décider de cela par un vote. C'est une pratique moderne très en vogue, vous savez et…

Connor devint blême de colère et Luiana raffermit la prise sur la garde de son sabre. Prévoyant le drame qui s'annonçait, Mishrad recula et emporta Neven avec lui. Le plus jeune essaya de protester en lui écrasant le pied, mais sans succès. Son mentor autoproclamé s'était attendu à une telle résistance de sa part.

— Tu ferais mieux de rester un peu à l'écart, le mousse. Il risque d'y avoir du grabuge.

Mishrad possédait un certain don pour déchiffrer les expressions du perroquet et il pressentait les ennuis à venir. Son intuition se révéla d'ailleurs vite fondée.

— Voter ?! Non, mais pour qui me prenez-vous ? Votre mère ?! Préparez-vous à l'abordage ou vous irez nourrir les requins, foi de perroquet !

Pendant un bref instant, l'équipage tout entier hésita. Les hommes se balancèrent d'un pied sur l'autre, chacun se demandant s'il valait mieux risquer sa vie lors d'un abordage, ou encore d'une mutinerie. L'appel de l'or en fit basculer certains ; le regard carnassier de Luiana se chargea du reste.

— Oui, nous sommes désolés, capitaine. C'est juste que, sur le moment, cela nous avait paru à propos. Mais nous avons dû nous tromper et...

— Je ne veux pas en entendre parler ! Les voiles ne vont pas se déplier toutes seules. Allez, au travail, espèces de rats de cale ! Chargez les canons et plus vite que ça. Oh et surtout, n'oubliez pas de vous munir d'une arme, cette fois. Je sais que vous êtes des incapables, mais tout de même !

Sur son ordre, tout l'équipage se mit en branle. Les matelots grimpèrent aux cordages pour libérer les voiles de perroquet dans une grande explosion blanche. Les boulets de canon passèrent de main en main. On achemina avec précipitation les gargousses[6] jusqu'aux batteries. Chacun enfonça de la bourre et une balle dans le canon de son pistolet, avant de vérifier que le coutelas à sa ceinture était bien aiguisé. Luiana patrouillait au milieu des pirates, s'assurant qu'aucun lâche n'aille se cacher au fond de la cale. Pour triompher de leur proie, ils auraient besoin de tous les hommes disponibles.

Depuis le ciel, Connor surveillait tout ce remue-ménage. Bientôt, les trois mâts du navire ennemi commencèrent à apparaître à l'horizon. C'est alors avec une joie non dissimulée qu'il ordonna :

— Maintenant, hissez le pavillon noir !

— Allez, le mousse, voilà un boulot pour toi, lui intima Mishrad.

Il poussa Neven en avant et le jeune homme s'exécuta, quoiqu'un peu tremblant. Même cela, il craignait de le rater. Ses mains glissèrent sur la corde épaisse, mais le drapeau se mit toutefois à flotter haut dans le ciel. C'était la toute première attaque à laquelle il participait, alors voir s'élever ce rectangle sombre avait une saveur toute particulière pour lui. Il adressa rapidement une prière au dieu Solal pour implorer son pardon, se sentant coupable de prendre part à une telle opération.

---

6. Sacs en tissu contenant une charge de poudre à canon.

Le cri outré du capitaine l'extirpa néanmoins très vite de sa transe.

— Parsembleu, qui a fait ça ? Je vous préviens, si je trouve le responsable, il va passer un sale quart d'heure !

Neven ne comprit pas immédiatement la raison de l'emportement du capitaine. Puis il leva les yeux vers le pavillon et tout devint clair. En lieu et place de la traditionnelle figure squelettique et des os croisés se tenait un crâne de perroquet. Une figure à l'air sauvage et belliqueux, certes, mais un perroquet tout de même.

Neven aperçut Mishrad en train de rire dans sa manche, alors même qu'il s'évertuait à nouer la corde qu'il avait en main. Le mousse n'eut pas le moindre mal à l'imaginer être à l'origine d'un tel coup fourré.

Mais Connor oublia toutefois vite cette farce de mauvais goût. Le *Boréas* fendait les flots à toute allure, se rapprochant de sa cible. Bientôt, Neven put distinguer les visages apeurés de leurs adversaires. Sur la coque du navire marchand, il put lire le nom de *Belle d'Orient*. Les marins de la compagnie orientale donnaient tout ce qu'ils avaient pour permettre à leur vaisseau d'échapper aux pirates. Les premiers coups de canon furent échangés et le *Boréas* prit rapidement l'avantage.

— Ils ont choisi de fuir, capitaine ! annonça Waëlle depuis son poste.

— Parfait ! Vous entendez ça ? En face, nous n'avons que des couards qui tremblent face à nous ! Montrez-leur qu'ils ont raison de vous craindre !

Neven dégaina son pistolet de sa ceinture et il le serra fort entre ses doigts. Le grand moment approchait. Il était sur le point de livrer sa toute première bataille. L'adrénaline coulait à torrents drus dans ses veines et son cœur tambourinait à toute allure. Il crut d'ailleurs avoir une attaque, lorsqu'une main puissante se posa sur son épaule. Il se calma en comprenant que ce n'était que Mishrad, comme toujours.

— Utilise plutôt ça, p'tit. Avec cette arme, tu auras peut-être une chance de survivre.

Sans cérémonie, le marin lui fourra une petite dague entre les mains. Neven examina son présent d'un air circonspect. Le couteau possédait une lame dentelée et son manche en bois était vieux et usé par les années. Le mousse crut tout d'abord que Mishrad se moquait de lui, une fois de plus.

— Un pistolet est plus puissant. Je n'ai pas besoin de ça !

— Toi, tu es nouveau en mer, ça ne fait aucun doute. Quoique, dans l'absolu, tu as raison. Une arme à feu est plus puissante qu'un couteau. Le problème, c'est que tu ne peux tirer qu'un seul coup avec. Après, il faudra que tu recharges ton mousquet. En pleine mêlée, tu seras mort avant d'y parvenir. Sans compter que, si ta poudre est humide, la balle ne partira même pas. Tu pourrais toujours utiliser la crosse de ton pistolet comme d'une massue, mais crois-moi, ça ne vaudra jamais une bonne lame. Ton mousquet, il ne te servira qu'au tout début du combat.

D'abord méfiant, Neven finit par boire les paroles de Mishrad avec avidité. Il comprit vite que, derrière ses apparences négligées, se cachait en réalité un homme plein de savoir. Ses enseignements différaient peut-être de ceux prodigués par l'abbaye de la Grande Alessa, mais ils l'aideraient bien plus pour demeurer en vie.

— Oh, merci beaucoup ! Je ne savais pas cela. Je ne connais pas grand-chose aux armes, mais je vais faire de mon mieux pendant la bataille.

— Essaye surtout de rester en vie et de ne pas t'éloigner de moi. Au point où j'en suis, voilà un autre conseil pour toi. Ce ne sont pas les pirates les plus féroces ou les plus zélés qui montent en grade, mais ceux qui survivent assez longtemps pour obtenir une promotion. Alors, oublie les grands actes de bravoure pour te racheter aux yeux du capitaine. D'ici quelques minutes, nous serons plongés au milieu d'un véritable enfer de cris et de sang. Tu n'as pas envie d'y laisser ta vie juste pour faire tes preuves.

Tout ceci ne rassura pas Neven, mais il ne put interroger Mishrad sur ce qui allait suivre. Ce court moment d'accalmie prit fin lorsque le *Boréas* arriva à la hauteur de la *Belle d'Orient*. À présent que les navires se retrouvaient flanc à flanc, il distingua parmi l'équipage quelques hommes en uniforme. Neven reconnut les officiers au service du roi d'Ilésie. Sa première pensée à leur égard fut qu'ils se ressemblaient tous, avec leur air hautain, leur visage poudré et leur regard froid. Il sut aussitôt qu'il valait mieux se tenir éloigné d'eux.

— Des gars de la marine royale, il ne manquait plus que ça ! Ces types-là sont très entraînés et ils adorent bouffer du pirate.

— Je les connais, j'ai grandi en Ilésie. Il fut un temps où je les acclamais lorsqu'ils paradaient dans les rues. Je sais qu'ils sont dangereux.

— Ce sera toujours ça de moins à t'enseigner, p'tit mousse. Ne t'inquiète pas, tu vas vite apprendre à les détester autant que moi, ces vermines des mers !

Avant que la bataille ne débute, Connor s'installa sur la barre, d'où il put observer d'un œil critique chaque action du timonier. Celui-ci, victime de remarques acerbes du capitaine était un homme de petite taille, aux cheveux grisonnants et aux joues suintantes de sueur. Tout le monde l'appelait Le Vieux et comme il n'en avait jamais pris ombrage, le surnom lui était resté.

Connor ne lui rendit vraiment pas la tâche facile, critiquant chacune de ses décisions. Il tenta même de diriger lui-même le navire une ou deux fois, avant de se rappeler qu'il ne pouvait accomplir pareille chose avec ses ailes. Par chance, Le Vieux connaissait bien son métier et il exécuta sa manœuvre à la perfection. Le *Boréas* se rapprocha assez de sa proie pour que l'attaque débute.

— Allez ! À l'abordage et pas de quartier ! Souvenez-vous que vous êtes des pirates et pas des pucelles. Pensez à tout l'or qui vous attend !

Aussitôt, les grappins fusèrent vers le pont de l'autre navire et s'accrochèrent à son bastingage. Les marins de la *Belle d'Orient* tentèrent bien de les décrocher en hâte, mais il y en avait trop pour qu'un tel effort soit couronné de succès. Bientôt, les premiers pirates du *Boréas* sautèrent à bord du navire adverse, Luiana à leur tête. À la lumière du soleil, son sabre rutilait autant que ses yeux d'obsidienne et elle n'hésita pas à s'élancer droit vers un officier de la marine royale, ses lèvres grandes ouvertes sur un cri de guerre muet.

Les premiers coups de pistolet partirent bientôt et une volée de traits mortels s'abattit sur le pont de la *Belle d'Orient*. L'air humide empêcha un grand nombre d'armes d'ouvrir le feu, comme l'avait si bien prédit Mishrad. Malgré cela, plusieurs hommes s'effondrèrent, une tache rouge à la poitrine. Neven lâcha un hoquet horrifié face à ce spectacle d'épouvante. Dire que d'ici quelques minutes, lui aussi serait au cœur de ce carnage...

— T'inquiète pas, p'tit. Ce sera moins impressionnant une fois que tu seras en pleine bataille. Tu verras, tu n'auras même pas le temps de penser. Ça te fera du bien, à toi qui réfléchis trop.

Neven aurait voulu trouver une pique cinglante à lui renvoyer, mais la peur paralysa sa langue. Au moment de sauter sur le pont adverse, la terreur lui bloqua également les jambes. Il faillit rester immobile sur le *Boréas*, à regarder les deux camps s'entre-déchirer, mais Mishrad en décida autrement. Il attrapa le mousse par le bras et bondit avec lui.

Rien n'aurait pu préparer Neven au paysage atroce qui l'attendait à bord de la *Belle d'Orient*. Un relent de sang et de mort s'était déjà emparé du navire marchand. Les lames s'entrechoquaient dans une même mélodie macabre, tandis que les cadavres s'accumulaient sur le pont. Pour progresser, Neven fut forcé d'enjamber les corps, malgré son dégoût. Plus tard, il aurait une pensée pour eux et recommanderait leurs âmes au Quatuor Sacré. Sur le moment, il ne songea qu'à sa propre survie.

Il décida de ne pas prendre de risques et suivit Mishrad à la trace, se sentant plus en sécurité à proximité du pirate. Par chance, les marins de la *Belle d'Orient* semblaient tous s'être déjà trouvé un adversaire et ils laissèrent donc Neven tranquille. Même ainsi, progresser sur le navire se révéla être un véritable défi. Les coups d'épée pleuvaient tout autour de lui et les flaques de sang transformaient le pont en une pataugeoire aussi glissante que répugnante.

Devant lui, Mishrad se montra courageux, mais pas téméraire. Il choisit ses ennemis avec soin, se jetant toujours sur les plus faibles. Le plus souvent, il se contentait d'ailleurs de les assommer, ne souhaitant pas répandre la mort inutilement. Pour cela, il se servait de la crosse de son arme, comme il l'avait expliqué à Neven un peu plus tôt. Son sabre, il le réservait pour les marins qui tentaient de l'agresser. La plupart du temps, Mishrad parvenait à retourner leur élan contre eux avec assez d'habileté pour qu'ils viennent s'embrocher sur sa lame.

Neven continua à courir près de lui, refusant de se retrouver seul en pleine cohue. L'effort lui brûlait les poumons, mais il ne faiblissait pas. Les moines lui avaient bien assez parlé du jugement des Dieux pour qu'il craigne la mort plus que tout.

— Baisse-toi, le mousse !

Neven ne réfléchit pas et roula aussitôt à terre. Une lame passa juste au-dessus de sa tête et il se félicita d'avoir fait confiance à Mishrad. Toutefois, son adversaire n'abandonna pas aussi facilement. Il chargea droit vers Neven, alors que le jeune homme en était encore à se relever.

Les événements s'enchaînèrent à une vitesse folle et Neven ne parvint même pas à distinguer le visage de son agresseur. Dans la confusion, tout lui sembla flou, mais il eut néanmoins le réflexe de porter la main au pistolet accroché à sa ceinture. Il oublia toutes les recommandations de Mishrad et tira, désespéré. Par chance, le coup partit, mais il ne fit que frôler son ennemi, égratignant sa joue. Neven lâcha également son arme, surpris par la force de la déflagration. L'autre homme eut un sourire satisfait et le mousse fut choqué par la blancheur de ses dents. Il était plutôt habitué à voir des pirates à la dentition cariée ou rongée par le scorbut.

Neven ne savait pas ce que cette pensée venait faire là. L'esprit prenait d'étranges chemins, lorsqu'on se retrouvait confronté à la mort. Le jeune matelot essaya bien de saisir le couteau offert par Mishrad, mais il était trop tard. Son ennemi fonçait déjà sur lui, plus rapide qu'un boulet de canon.

Au lieu de l'attaquer, l'homme s'arrêta en pleine course, à un mètre à peine de Neven. Pendant un instant, le jeune mousse ne comprit pas d'où lui venait cette chance insolente. Puis il aperçut une silhouette rouge et bleue voler au-dessus de la tête de son adversaire, distribuant des coups de bec et de serres avec férocité.

— Je ne te laisserai pas toucher à mon mousse, foi de Coco ! Hum, je veux dire, de capitaine ! Ce navire est désormais à nous. Toute résistance de votre part sera futile !

L'effet de surprise dura une seconde, puis le combattant saisit son sabre. Il s'apprêtait à découper l'oiseau en deux, mais Neven l'en empêcha, régi par son instinct. Il se jeta sur l'homme et planta son couteau dans son ventre. Ses doigts tremblèrent sur le manche tandis que la lame pénétrait les tissus mous. Son adversaire tomba à genoux et Neven s'écarta aussitôt de lui, de peur de se prendre un coup. Connor lui lança un regard appréciateur, avant de s'en aller aider d'autres pirates en péril.

— Bien joué, gamin. Je vois que tu commences à prendre la main ! le félicita Mishrad.

Lui aussi abattait son dernier ennemi, avant d'aller rejoindre l'adolescent encore tremblant de stupeur.

— Je ne sais pas ce qui m'a pris... Je ne voulais pas... Il ne faut pas tuer...

Neven se confondit en balbutiements chevrotants et en excuses aux Dieux. Son ami leva les yeux au ciel en le voyant réagir ainsi.

— Allons, ne fais pas ta mijaurée ! Tu as agi en vrai pirate et tu as sauvé la vie de notre capitaine. Pas le temps de pleurnicher. Au cas où tu ne l'aurais pas remarqué, la bataille est loin d'être terminée.

Comme pour appuyer ses dires, une hache vola au-dessus d'eux et alla se planter dans le mât de misaine. Neven s'accrocha fort à son couteau, tout en essayant de se faire aussi petit que possible. S'il n'attirait pas l'attention sur lui, il pourrait peut-être s'en sortir sans trop de mal.

Lentement, mais sûrement, la bataille tourna en leur faveur. Un à un, les matelots ennemis se rendirent, acceptant leur inévitable défaite. Ils n'étaient, après tout, que des hommes et ils souhaitaient eux aussi rester en vie. Neven adressa d'ailleurs un remerciement muet à Connor en voyant que le capitaine n'encourageait pas les massacres inutiles.

Il n'y eut que les officiers de la marine royale pour résister jusqu'au bout, fidèles à leurs lettres de noblesse. Chacun d'entre eux se révéla capable d'abattre une dizaine de pirates avant de succomber. Ils ne firent cependant pas le poids face à Luiana, qui les écrasa les uns après les autres.

Bientôt, il n'en resta plus qu'un pour croiser le sabre avec elle. Sa perruque immaculée tomba à terre, dévoilant des cheveux de jais. Soudain, le soldat redevint simple mortel aux yeux de Neven et le mousse n'en admira qu'encore plus son acharnement. L'officier continua à se battre avec la force du désespoir, prêt à lutter jusqu'à son dernier souffle. Une plaie s'étendait déjà sur son flanc, donnant à la femme pirate un avantage considérable. Son corps meurtri céda rapidement et il se retrouva forcé de poser un genou à terre. Luiana leva son sabre bien haut pour lui porter le coup fatal, mais Connor l'arrêta au tout dernier moment.

— Non, mon amie. Laisse-le.

Elle lui adressa un regard courroucé, mais elle lui obéit tout de même. Lorsque le perroquet atterrit devant le soldat, tous se turent. Les discours caquetants de Connor durant la bataille avaient rappelé à l'équipage qui dirigeait sur le *Boréas*.

L'officier vaincu releva piteusement la tête et ses prunelles vertes rencontrèrent celles d'onyx du perroquet. Dans une dernière tentative de bravoure, le soldat voulut lever son sabre sur l'oiseau, mais Luiana lui écrasa cruellement la main. La douleur l'obligea à lâcher son arme dans un râle plaintif, alors que son regard plein de hargne allait de Connor à sa compagne. Il finit toutefois par se fixer sur le capitaine.

— Lawrance. Je ne m'attendais pas à te revoir après tout ce temps, mon vieil ami, le salua Connor.

Pour toute réponse, Lawrance cracha sur le perroquet.

CHAPITRE 4 :

Les captifs de La Belle d'Orient

Il n'y a en effet qu'un pas du corsaire au pirate ;
tous deux combattent pour l'amour du butin,
seulement le dernier est le plus brave,
puisqu'il affronte à la fois l'ennemi et le gibet.

Washington IRVING, *Kidd le Pirate*

Une vague de soubresauts parcourut Neven et il demeura caché derrière Mishrad, bien que la bataille soit désormais terminée. Pragmatique, le pirate entreprit aussitôt de ligoter les quelques marins survivants. Tout en faisant cela, il gardait un œil sur la confrontation qui opposait le capitaine à ce fameux Lawrance, plein de curiosité, à l'instar du reste de l'équipage.

— Je me serais attendu à de meilleures manières de ta part. C'est ce que l'on pourrait espérer d'un officier à la solde du roi d'Ilésie. Ou du moins, c'est ce que je me suis laissé dire. Très bel uniforme, d'ailleurs. J'en oublierais presque qu'il s'agit là de ton vêtement d'esclave !

— Tu ferais mieux de surveiller tes paroles, Connor. Si ta bougresse de femme ne te protégeait pas, je t'aurais déjà transformé en poulet rôti.

— Voilà qui est fort insultant ! Mais il n'empêche que, poulet ou pas, mes hommes viennent tout juste de prendre ton navire. Que dis-tu de cela ?

— Ce n'est pas mon navire ! répliqua Lawrance avec colère.

— Oh, vraiment ? Mais bien sûr, suis-je bête ? Ce cher roi ne doit pas avoir assez confiance en toi pour te confier ton propre bâtiment. Je suppose que tu dois jouer les toutous bien dressés pour un autre capitaine, dans ce cas ? Enfin, je ne devrais pas m'en étonner. Qui se fierait à un homme qui a déjà trahi les siens ?

— Je n'ai trahi personne. C'était entrer dans la marine ou être pendu haut et court. Et, aussi incroyable que cela puisse te paraître, sache que Sa Majesté est bonne envers ceux qui lui sont fidèles, contrairement aux pourritures de pirates en ton genre !

— Sa Majesté ? Je vois que tu es maintenant à la botte de ceux qui souhaitaient autrefois ta mort. Très intelligent, vraiment.

— J'ai compris ce qui valait le mieux pour moi, volatile sans cervelle.

— Et c'est pour cela que tu te retrouves ici, emprisonné par mes hommes ? Quelle ironie ! Enfin, tu serais gentil de m'indiquer qui est le véritable capitaine de ce navire. Je n'ai pas vraiment le temps de discuter avec les sous-fifres.

Tout l'équipage de Connor encercla vite l'officier, accroché aux lèvres des deux ennemis. Connor s'était mis à parader autour de Lawrance, la tête bien haute, sans se soucier de la salive dégouttant de ses plumes. Il avançait fièrement sur ses pattes griffues, comme s'il était le roi des mers, alors que les blessures de l'officier le maintenaient toujours à genoux devant lui.

Pendant un court instant, Neven eut les yeux rivés sur ce spectacle, avant que Mishrad ne le reprenne à l'ordre.

— Tu t'occuperas des vieilles querelles du capitaine plus tard, gamin. Il faut attacher tous les autres marsouins[7] avant qu'ils ne reprennent du poil de la bête. Pour l'instant ils sont encore sonnés, mais ils pourraient bien tenter de nous faire un coup tordu. Moi, je ne serais pas tranquille tant que tous ces mécréants n'auront pas de jolis fers aux poignets. Il suffit d'un seul téméraire pour que tout bascule. Je ne veux pas de ça.

7. Soldats de la marine.

— Eux, des mécréants ? Je viens juste de tuer un homme ! Il va falloir que je prie durant des mois entiers pour obtenir le pardon de Solal et absoudre ma faute ! Je viens peut-être de damner mon âme à jamais et toi, tu...

— Toujours à chipoter sur les mots, je vois. Allons, c'est simplement une façon de parler, p'tit. Crois-moi, l'équipage de ce navire marchand doit avoir bien plus de sang sur les mains que toi, avec tous les esclaves qui ont dû agoniser dans leurs cales. La différence, c'est qu'ils n'en éprouvent aucun remords. Je suis à peu près certain que tu peux justifier ça à tes dieux en présentant ça comme une lutte contre les hérétiques.

Neven préféra ne pas réfléchir à cela plus avant et continua d'enchaîner les prisonniers, prenant exemple sur Mishrad. Assoiffés par le combat, leurs comparses puisaient dans le charnier[8] sans restriction, à défaut de pouvoir noyer la victoire dans le rhum. Pendant ce temps, la dispute entre Connor et Lawrance se poursuivait, tandis que Luiana surveillait tout cela de ses yeux d'aigle.

— Désolé, Connor, mais tu vas devoir te contenter de moi, j'en ai bien peur. Ta mégère a plongé son sabre dans la poitrine de mon pauvre capitaine. Il ne pourra plus te dire grand-chose depuis l'au-delà, je le crains. En passant, je n'ai jamais compris ta lubie d'accueillir des femmes à bord. Tu sais bien qu'elles portent malheur ! Par le passé, je me disais que tu faisais cela pour réchauffer ta couche le soir venu. Mais maintenant...

— C'est toi l'idiot, Lawrance. Si tu avais accepté les femmes à bord, peut-être que ton équipage aurait été capable de résister au mien... Ah, mais qu'est-ce que je raconte ? Ce n'est pas ton équipage et tu n'avais pas ton mot à dire sur sa composition. Enfin, je n'ai pas vraiment de temps à perdre avec ton baratin. Luiana, ramène-le à bord. Peut-être que sa chère majesté voudra bien débourser quelques deniers pour récupérer son fidèle corsaire. Et si le roi n'en veut pas, nous trouverons toujours un pirate qu'il aura contrarié pour nous l'acheter.

— Je vois que tu n'as pas plus d'honneur que dans le temps, Connor.

— L'honneur, l'honneur ! Tout de suite les grands mots. En attendant, j'ai devant les yeux la personne qui non seulement est passée du côté du roi, mais m'a aussi fait entrer en possession d'une certaine carte au trésor. Tu sais très bien où tout cela m'a mené : à devoir me traîner sous les traits d'un oiseau

8. Réserve d'eau douce.

des îles, à cause d'une abjecte malédiction. Alors, excuse-moi si je n'ai pas vraiment de compassion pour toi !

Avant que Lawrance n'ait pu tenter de protester à nouveau, Luiana l'agrippa par les épaules et le remit debout sur ses jambes, lui arrachant une grimace de douleur. Elle le força ensuite à la suivre jusque sur le pont du *Boréas*, sous les quolibets des pirates qui se moquaient allègrement de l'officier défait.

Neven réalisa alors que Mishrad avait fait preuve d'une grande clairvoyance, en s'assurant que les prisonniers ennemis ne seraient pas en mesure de se révolter. Une fois Luiana partie, la peur les quitta peu à peu et les derniers hommes libres tentèrent même une ultime charge. Mais ils étaient bien trop peu nombreux pour espérer l'emporter. En deux coups de pistolet, ce fut réglé.

— Bien ! Maintenant que nous en avons fini avec les hostilités, vous allez commencer par me balancer tous les cadavres par-dessus bord. Ceux qui ont des blessures graves, allez voir Ed. Et pas d'entourloupes : pour les blessures superficielles, vous attendrez bien sagement votre tour. Je serai intransigeant là-dessus.

La menace de Connor était cependant inutile. Les pirates craignaient le médecin de bord et ses instruments tranchants comme la peste. Ils préféraient rester loin de lui, sauf si c'était une question de vie ou de mort.

— Neven ! Viens voir par ici, mon garçon.

Le jeune mousse hésita, mais Mishrad le poussa jusqu'à ce qu'il se rapproche du capitaine. Il déglutit, s'attendant à de nouvelles remontrances. Mais celles-ci ne vinrent pas, pour son plus grand bonheur.

— Tu as fait du bon travail aujourd'hui, mon petit. J'aurais dû me douter que les simulations ne donneraient rien. Il fallait le vrai frisson de la bataille pour que tes instincts de pirates surgissent. Tu es le fils de ta mère, après tout. En tout cas, bien joué. Tu as toute ma reconnaissance. Allez, file aider les autres !

Neven en resta bouche bée. Il tenta de balbutier un mot de remerciement, voire une plainte évoquant le Quatuor Sacré et ses enseignements, mais Mishrad s'immisça dans la conversation avant qu'il n'ait pu ânonner quoi que ce soit.

— Vous avez vu, capitaine ? Bientôt, nous en ferons un vrai pirate. C'est moi qui lui ai dit comment faire, vous savez. J'ai toujours essayé de garder un œil sur lui, pour qu'il ne lui arrive pas de malheurs.

— Pas la peine d'insister là-dessus, Mishrad. Je sais très bien ce qui t'intéresse. Désolé de te décevoir, mais les rumeurs qui sont parvenues jusqu'à toi étaient erronées. Je te suis reconnaissant d'avoir épaulé Neven lors de sa première bataille, mais ta part du trésor sera la même que celle des autres. J'ai toujours fait preuve d'équité envers mes hommes et je ne vais pas revenir sur mes principes aujourd'hui.

Le forban se retrouva soudain à court de mots, un fort sentiment d'injustice coincé dans la gorge. Prenant sur lui-même, il fit demi-tour, entraînant Neven avec lui. Il ravala de justesse un « saleté de piaf » qui lui aurait sans doute valu de passer un très mauvais quart d'heure.

Il s'éloigna un peu, puis ramassa un corps étendu sur le pont. Il pesta lorsque le sang tacha ses vêtements. Il balança son fardeau par-dessus le bastingage. Neven le regarda faire avec effarement. La puanteur du sang lui donnait déjà envie de vomir et la négligence avec laquelle Mishrad traitait les défunts ne l'aidait pas à se sentir mieux.

— Vous n'allez même pas leur offrir de sépultures décentes ? Ils mériteraient de retourner auprès de leurs familles, pour que celles-ci puissent faire leur deuil et effectuer les soins rituels. Sans cela, ils ne pourront pas recevoir la grâce d'Alessa et…

— Arrête deux minutes avec ton baratin religieux. Nous sommes des pirates, je te rappelle. Notre rôle, ce n'est pas d'aller consoler la veuve et l'orphelin. Et puis, même s'ils travaillaient pour cette raclure de roi d'Ilésie, c'était tout de même des marins. Leur destin est de retourner à l'océan. Les divinités des eaux sauront les retrouver, ne te fais pas de bile là-dessus.

— Ces divinités ne font pas partie du panthéon officiel et…

— Simplement parce que les scribes des textes sacrés n'ont jamais mis les pieds sur un navire. Les moines du continent préfèrent vénérer leurs dieux de la terre et mépriser les nôtres. Mais la vérité, p'tit, c'est que les anciennes divinités, les vraies, c'est sous la mer qu'elles vivent. Tu ne trouveras quasiment plus de créatures mythiques en Ilésie. Les hommes les ont chassées et les dieux n'ont pas été assez puissants pour s'y opposer. Mais sous l'océan, il en va tout autrement. Attends un peu de croiser un monstre marin et tu verras ce dont je veux parler. La mer est cruelle et elle ne fait pas dans la miséricorde. Alors, un conseil : rends à l'océan ce qui lui revient de droit, sinon c'est toi qu'il viendra chercher.

Les mots de Mishrad pétrifièrent Neven. À côté, la bataille tout juste remportée par les pirates faisait figure de simple bagarre entre gamins colériques. Pourtant, le marin se mit bientôt à siffloter, alors même qu'il continuait sa sinistre besogne.

— Allez, p'tit mousse, le capitaine t'a donné un ordre. Tu dois participer à toutes les tâches de l'équipage, souviens-toi.

Neven n'osa rien répliquer, encore trop bouleversé par ce qu'il venait d'apprendre. La croyance avait toujours occupé une grande place dans sa vie et si Mishrad avait voulu le convaincre de l'inexistence des dieux, il n'y serait jamais parvenu. Mais que des divinités anciennes et diaboliques puissent exister, cela, il pouvait l'accepter. Il pressentait que son sommeil allait être empli de cauchemars pour de nombreuses nuits à venir.

Il tenta de soulever un des macchabées à la force de ses bras frêles, à son tour. Mais, en plus de le répugner, la tâche fut ardue. Les matelots morts se révélèrent être bien plus costauds que lui et Neven craignit de se retrouver piégé sous le poids de l'un des cadavres. Un grondement rauque involontaire s'échappa de sa gorge alors qu'il était en plein effort, ses muscles tremblant de douleur.

Plutôt que de porter le corps jusqu'au bord du bateau, comme le faisait Mishrad, il décida bientôt de le faire rouler, comprenant qu'il n'y arriverait pas autrement. C'était un travail ingrat, pendant lequel il était constamment plié en deux, mais au moins ne risquait-il plus de se démettre quelque chose.

Il se sentit néanmoins bien ridicule lorsqu'il réalisa qu'il n'y avait plus un seul homme mort sur le navire, à l'exception de celui qu'il poussait. Les autres matelots étaient parvenus au bout de leur tâche depuis longtemps.

— Bon, je vais t'aider, ça ira plus vite. T'en as dans les tripes, gamin, mais il faut encore que tu travailles pour gagner du muscle. C'est important, dans le métier.

Neven lança un regard peu amène à son protecteur attitré, suite à cette taquinerie. Toutefois, l'incongruité de la situation se révéla bientôt à lui. Pourquoi Mishrad se souciait-il toujours de lui ? Le capitaine venait de lui spécifier qu'il n'en retirerait aucun avantage, après tout. Au fond, malgré ses réticences premières, Neven se réjouissait de pouvoir compter sur son aide.

Mishrad prit le corps sous un bras comme s'il ne pesait pas plus lourd qu'une feuille, sous le regard mi-désapprobateur, mi-admiratif du mousse. Le défunt partit rejoindre les profondeurs dans une gerbe d'eau.

— Et voilà ! En espérant que ce soit le dernier pour aujourd'hui.

— Le dernier ? Nous avons attaché tous les matelots et Luiana s'occupe de l'officier royal. Il ne devrait plus y avoir de batailles.

— J'n'ai pas parlé de batailles, gamin, mais de morts. Nous avons eu pas mal de blessés dans nos rangs, nous aussi. Rien ne dit qu'ils vont tous s'en sortir. Certains risquent de mourir sur la table d'opération d'Ed, ou bien d'être emportés par la gangrène d'ici quelques jours. Ce n'est pas parce qu'ils ont survécu au feu de la bataille qu'ils sont sauvés pour autant. La vie en mer est cruelle, tu devrais déjà l'avoir compris. Tais-toi, maintenant. Le capitaine a quelque chose à dire.

Connor toisait effectivement son équipage du haut de l'épaule de Luiana. Il avait beau n'être qu'un perroquet, les plus courageux des forbans baissaient la tête lorsqu'ils croisaient son regard. Ils y voyaient peut-être le fantôme du flibustier que Connor avait été dans une vie antérieure, avant qu'il ne soit frappé par cette vile malédiction.

— Alors ? Qui a eu raison de lancer cet abordage, bande de pleutres ?! Vous ne vous sentez pas mieux, maintenant que vous avez de nouveau goûté à l'ivresse du combat ? Vous vous croyiez peut-être rouillés, mais ce genre de choses ne s'oublie pas. Nous avons perdu trop de temps en entraînements inutiles. De toute évidence, c'est de véritable action dont vous avez besoin. Vous allez bientôt être servis, car je suis certain qu'avec vous à mes côtés, je pourrais sillonner les eaux de la Mer Archaïque sans crainte !

Des vivats répondirent à son appel, les pirates levant leur sabre bien haut en signe de soutien. Bien plus que celle du combat, l'ivresse de la victoire amollissait les sens et rendait les hommes crédules. Tous farcis d'orgueil, ils crurent sans mal ce mensonge éhonté, alors même qu'en réalité, Connor possédait un avis bien différent sur la question.

Ils avaient remporté une victoire, certes, mais nombre d'hommes étaient morts lors de ce combat. Sans Luiana, jamais ils ne seraient venus à bout des officiers de marine, mais il lui fallait motiver ses troupes. La mutinerie n'avait pas rôdé bien loin, il l'avait senti. Il lui fallait donc brosser ses hommes dans le sens du poil, pour qu'ils acceptent de s'aventurer avec lui sur la tant redoutée Mer Archaïque.

— Maintenant, allons nous emparer de ce trésor que nous avons bien mérité, moussaillons ! Toutefois, restez sur vos gardes. Les cales regorgent sans doute d'esclaves et ils ne savent pas que nous sommes ici pour les libérer.

L'équipage accueillit ce conseil sans broncher. Ils savaient par expérience que Connor disait vrai. Certains pirates particulièrement sanguinaires avaient pour habitude de tuer toute personne à bord des navires qu'ils prenaient. Capitaine, matelots, esclaves, ils ne faisaient aucune distinction.

Connor ne faisait pas partie de ceux-là. Au contraire, la haine que les esclaves éprouvaient envers le roi d'Ilésie était selon lui une vertu qu'il fallait exploiter et il se trouvait justement qu'il avait besoin de recrues.

Le perroquet partit en premier en direction des cales et son équipage le suivit d'un pas vif et empli d'allégresse. Certains entreprirent de sortir des flasques pleines de rhum qu'ils vidèrent avec entrain. Ils vantèrent également leurs exploits au combat, exagérant le nombre d'ennemis tombés sous leurs coups.

— Allez, p'tit, ce n'est pas le moment de traîner. Le capitaine répartit peut-être le trésor en parts égales, mais, si tu es doué, tu pourrais toujours t'arranger pour récupérer une pièce d'or ou deux en plus.

Neven écarquilla les yeux, à nouveau horrifié par la proposition de Mishrad. Il partit à sa suite, mais plus dans le but de protester contre son comportement qu'autre chose.

— Subtiliser une partie du butin à l'insu du capitaine ? Mais je croyais que c'était contre le code de la piraterie ! Moi qui pensais que même les forbans dans ton genre avaient un tant soit peu d'honneur !

— Oh, tu sais, l'application du code, elle dépend surtout du capitaine. Si le Coco décapitait à tout va, il n'y aurait aucun manquement aux règles, crois-moi. Mais au pire, nous n'aurons droit qu'à une petite remontrance. Alors le jeu en vaut la chandelle !

— Mais il a déjà menacé de tuer certains d'entre vous !

— Il nous a menacés, rien d'autre. En quatre ans, il n'est pas passé à l'acte une seule fois. C'est normal, tu me diras, avec le mal qu'il a à recruter. S'il exécute ses marins, il y a de grandes chances qu'il ne parvienne jamais à les remplacer. Et puis, personne n'a envie de servir sous les ordres d'un perroquet. Alors un perroquet sanguinaire, je ne te raconte même pas !

Neven aurait bien discuté de ces aspects plus avant avec lui, mais il commença bientôt à être bousculé de toutes parts. Les pirates étaient euphoriques à l'idée de mettre la main sur de nouvelles richesses. Ils espéraient également que cela ferait oublier au capitaine leur erreur retentissante commise au cours de la tempête précédente.

Le jeune mousse fut donc forcé d'avancer s'il ne voulait pas se faire écraser les pieds. Il descendit les marches de bois menant jusqu'à la cale à toute vitesse, poussé par la cohue derrière lui. Il faillit perdre l'équilibre plus d'une fois, mais Mishrad lui offrit à nouveau son soutien. Prenant sur lui, Neven s'obligea à lâcher un mot de remerciement. Il ne pouvait nier tout ce que son camarade faisait pour lui.

L'intérieur de *La Belle d'Orient* n'empestait pas l'alcool et la crasse, comme c'était le cas dans les cales du *Boréas*. Non, le navire marchand était bien mieux soigné. Le bois venait d'être ciré assez récemment et de bonnes odeurs d'épices embaumaient l'atmosphère. Personne ne fut en mesure de reconnaître ces fragrances, inconnues de l'équipage, ce qui réjouit Connor. Plus la cargaison se révélerait exotique, plus ils pourraient en tirer un gros pactole. Leur escale à Las Hayas s'annonçait moins catastrophique que prévu, finalement.

Toutefois, pendant que la masse des marins se ruait à la suite du perroquet, Mishrad agrippa Neven par le col de sa chemise et tira le mousse sur le côté. Ce dernier laissa échapper un glapissement de surprise et manqua de peu de heurter le plancher de bois, ne se rattrapant qu'au tout dernier instant. Après avoir retrouvé ses esprits, il dévisagea son ami d'un air sévère.

— Je peux savoir ce qui t'a pris ? Nous sommes censés suivre les autres !

— Toi, tu es bien trop attaché aux règlements, p'tit mousse. Allons, fais preuve d'un peu de bon sens ! Nous sommes des pirates, libres par nature. Or, il se trouve que j'ai bien l'intention d'utiliser ma liberté pour faire un tour du côté des quartiers de l'équipage.

— Mais c'est idiot ! La cargaison se situe plus bas, dans le ventre du navire. Je croyais que tu voulais trouver de quoi t'enrichir !

— Ah, mais c'est toujours mon ambition, je te rassure ! Tu ne te creuses simplement pas assez la cervelle pour dénicher les bonnes combines. Vois-tu, tous les autres vont avoir la même idée que toi. Ils vont se croire intelligents à piocher directement dans le trésor, sans essayer d'être discrets, ni même se rendre compte des inconvénients. Déjà, il leur sera bien plus dur de ne pas se faire attraper par le capitaine. Mais, surtout, ils vont devoir faire face à une concurrence rude. Alors que nous, nous allons être tranquilles, sans personne pour chiper nos trouvailles juste sous notre nez. Les marins cachent toujours quelques pièces dans leurs vêtements ou leur branle[9]. Tu verras !

Désabusé et conscient qu'il avait de toute façon pris trop de retard sur ses compères pirates, Neven accepta d'entrer dans les combines de Mishrad une fois de plus. Les conseils du forban lui avaient bien servi lors de la bataille, alors peut-être serait-ce à nouveau le cas ?

9. Hamac, par extension lits et couchettes

Connor trépignait d'impatience, forcé d'attendre qu'un de ses pirates crochète la porte menant à la cargaison. Comme toujours, il regrettait de ne pas avoir de mains pour accomplir le travail lui-même, alors que ses ailes s'agitaient en tous sens pour signaler son empressement. Agacé, il voyait le pauvre hère chargé de cette tâche manipuler son crochet avec maladresse. Ses mains ne cessaient de trembler et le capitaine mourait d'envie de lui arracher l'objet et de lui montrer de quelle manière il fallait procéder. Il avait rarement vécu une expérience plus frustrante et pourtant peu pouvaient se vanter d'avoir autant bourlingué sur les mers que lui. Poussé à bout, le perroquet avisa la porte de bois d'un air mauvais et opta pour une nouvelle solution.

— Bon, ça suffit ! Nous avons perdu assez de temps. Austin, tu as fait du bon travail, je te le promets ! Tu as fait des progrès considérables par rapport à la dernière fois. C'est juste que je veux que nous rapatriions tout le butin sur le *Boréas* avant que la mer ne s'agite à nouveau. Tu comprends ?

En effet, des progrès, Austin en avait fait. Au moins, il n'avait pas failli se mettre le crochet dans l'œil plutôt que dans la serrure, comme lors de sa dernière tentative. Ah ! Qu'il était loin le doux temps où les voleurs les plus réputés s'embarquaient sur le *Boréas* pour échapper à la police ilésienne... Néanmoins, Connor était de nature optimiste et il voulait croire qu'un jour, il parviendrait à faire quelque chose de son équipage haut en couleur.

— Vous autres, détruisez-moi cette porte à coups de hache ! Je veux qu'il n'en reste que des miettes !

— Dites, capitaine ? Si on a qu'un sabre, on peut participer aussi ?

Pendant un instant, le capitaine fut tenté de se jeter par-dessus bord. Peut-être se montrait-il parfois un petit peu trop optimiste, justement.

— Je me fiche bien de la manière dont vous vous y prenez, bougres d'idiots ! Ce que je veux, c'est que vous me détruisiez cette satanée porte !

Face à l'incompétence de ses hommes, Connor regretta amèrement que Luiana soit toujours occupée avec Lawrance. Sa compagne aurait réduit l'obstacle en poussière en un rien de temps. Toutefois, les marins finirent enfin par lui obéir. Les lames tombèrent sur la lourde planche de chêne, y creusant de profondes entailles. La promesse d'or aviva la flamme de l'avarice dans le cœur des matelots et, en peu de temps, la voie fut libre.

Avant même de pénétrer plus avant dans la cale, ils perçurent des pleurs. La pièce suivante était plongée dans l'obscurité, mais leurs yeux ne mirent pas longtemps à s'habituer au manque de lumière. Ils distinguèrent alors les esclaves, amassés aussi loin que possible des pirates et de leurs armes, tels des chiots apeurés.

Le groupe se composait d'hommes et de femmes de tous âges, enchaînés les uns aux autres par d'épaisses chaînes de fer. Ces lianes métalliques avaient laissé de méchantes morsures rouges à leurs poignets, premier signe visible de nombreuses autres maltraitances. Parmi les malheureux, Connor put même apercevoir quelques enfants. Ici, l'odeur de l'encens venait se mêler à celle de la mort. Des corps d'esclaves ayant succombé lors de la traversée tapissaient encore le fond de la cale, abandonnés là à pourrir au milieu de leurs frères et sœurs toujours en vie.

— Nous ne devrions pas nous approcher d'eux, capitaine. Ils sont sans doute porteurs de maladies, gronda le maître-canonnier.

Connor examina avec attention les prisonniers affolés, sa décision encore en suspens. Ils portaient sur leur visage les marques de la fatigue et de la maltraitance, mais, pour le reste, ils semblaient plutôt robustes. Sans cela, ils auraient rapidement rejoint leurs compagnons d'infortune dans la mort. Bien sûr, un risque subsistait toujours, mais il estima que cela ne justifiait pas d'abandonner les rescapés à leur sort. Surtout que nombre d'entre eux pourraient constituer une addition bienvenue à l'équipage du *Boréas*.

— Allons, Jack. Cesse de jouer les oiseaux de mauvais augure, veux-tu ? Je suis sûr que tu te traînes plus de maladies qu'eux tous réunis !

Un ricanement répondit à la remarque de Connor. Le perroquet se tourna vers son équipage, furibond.

— Je peux savoir ce qui vous fait rire ? Vous avez envie que je vous mette aux fers dès que nous serons de retour sur le *Boréas*, peut-être ?!

— Non, capitaine, désolé. C'est juste que vous entendre traiter Jack d'oiseau de mauvais augure... Ben, c'est un peu ironique, quoi.

Cette fois, Connor vit rouge. Il lui fallut faire preuve de tout son sang-froid pour ne pas se mettre à picorer le crâne de ses hommes par vengeance. Ce qu'ils pouvaient le fatiguer, parfois !

— Bon, oublions ça, c'est encore ce qu'il y a de mieux à faire. Mais si l'envie vous prenait de recommencer, c'est la planche pour tout le monde. Compris ?!

Les marins hochèrent solennellement la tête, tout en sachant bien qu'une telle menace était certainement vaine. Néanmoins, personne ne voulut jouer au malin pour le découvrir.

Connor s'approcha ensuite des esclaves, atterrissant sur une poutre trônant au milieu de la cale. Ceux-ci regardèrent avec étonnement et circonspection cet étrange oiseau parlant. Connor profita de cet ébahissement premier pour s'adresser à eux dans le calme. Il savait que l'expérience pouvait être déroutante, mais il ne faisait pas assez confiance à ses matelots pour leur déléguer la tâche délicate de parlementer avec les rescapés.

— Je me présente : je suis le capitaine du navire-pirate le *Boréas*. Comme vous l'aurez sans doute deviné, mes hommes et moi venons juste de nous approprier votre bâtiment. Par conséquent, vos vies nous appartiennent également, désormais. L'un d'entre vous parle-t-il notre langue ?

Une femme releva la tête. Sa peau mate et halée témoignait de son origine lointaine. Certains de ses compagnons avaient un teint d'ébène, tandis que d'autres possédaient une carnation pâle comme la neige. Les marchands d'esclaves ne faisaient aucune distinction ethnique, du moment qu'ils pouvaient remplir leurs poches d'or. L'esclave parut hésiter un instant, puis elle s'exprima enfin. Son accent regorgeait de consonances mélodieuses et ses intonations douces semblaient tissées de soie. Pourtant, ses mots furent durs et sans équivoque.

— Oui, je connais ta langue. Mais je ne parle pas avec les créatures maudites. Tu vas attirer le malheur sur nous. Les animaux ne devraient pas avoir une intelligence comme la tienne.

— Voilà qui tombe bien, puisque je ne suis pas un animal. Et désolé de te l'apprendre, mais de toute évidence le malheur était déjà tombé sur toi et les tiens bien avant mon arrivée ici. J'ai une proposition à te faire, étrangère. À moins que tu ne préfères que je te laisse ici, évidemment. Cela peut toujours s'arranger, si tu crains le mauvais sort plus que la servitude.

D'un geste de l'aile, Connor fit signe à ses hommes de repartir de là où ils étaient venus. Ou, du moins, de faire semblant. Les matelots mirent un instant à comprendre son ordre, mais finalement, ils lui obéirent. L'esclave crut vraiment qu'il était prêt à tous les laisser lentement périr ici et elle tendit un bras désespéré vers lui :

— Attends, le perroquet ! Nous pouvons en discuter ! s'écria-t-elle.

— Heureux de voir que tu as décidé d'écouter la voix de la raison. Oh ! Et à l'avenir, ce sera capitaine. Pour toi, ainsi que pour tes semblables.

— Dites, capitaine, on peut commencer à fouiller le navire ? C'n'est pas qu'on n'aime pas vous écouter causer, vous et la raison, mais ce serait dommage qu'un vaisseau de la marine débarque avant qu'on ait pu tout prendre.

Connor roula des yeux. Lui qui essayait d'avoir l'air un tant soit peu intimidant face aux nouveaux venus !

— C'est bon, vous pouvez y aller. Mais je vous préviens : qu'un seul d'entre vous tente de se tailler une plus belle part que les autres et il aura affaire à moi ! Souvenez-vous aussi que nous aurons à faire escale à Las Hayas. Si vous perdez votre part du butin lors d'un pari avant que nous n'ayons accosté, ne venez pas vous plaindre ! Me suis-je bien fait comprendre ?

— Oui, capitaine ! répondirent-ils tous en chœur, le sourire aux lèvres.

Connor les vit se répandre dans la cale comme une nuée de rats. Ils fouinèrent partout, à la recherche des trésors les plus rares. Le perroquet décida de les laisser faire et de se concentrer sur l'esclave. Il n'aurait qu'à se faire passer pour Coco un peu plus tard, afin de découvrir si ses hommes s'étaient montrés malhonnêtes.

Il attendit que le calme soit revenu pour s'entretenir avec la jeune femme. Il demeura néanmoins loin d'elle, méfiant. Elle était peut-être attachée, mais il savait pertinemment qu'il lui serait sans doute aisé de briser la nuque d'un perroquet, si elle parvenait à lui mettre la main dessus.

— Avant toute chose, je vais te demander ton nom. Je ne parlemente pas avec des inconnus.

— Irum. Et toi, qui es-tu ?

— Je suis le capitaine. C'est tout ce que tu dois retenir.

— Ce marché ne me semble pas très équitable.

— Tu es enchaînée et j'ai tout un équipage armé de pistolets, de haches et de sabres à ma disposition. Je pense pouvoir poser mes conditions.

La femme lâcha quelques mots dans sa langue d'origine et ses compagnons lui répondirent presque tous à la fois. Connor tapa de la patte pour accélérer leurs délibérations. Rapidement, ils parvinrent à une décision qu'Irum retranscrit dans l'idiome commun.

— Nous sommes tous d'accord pour traiter avec toi, pirate. Nous n'avons pas le choix. Que veux-tu donc ? Le peu que nous avions, les Ilésiens nous l'ont arraché quand nous sommes montés à bord de leur navire.

— Ce que je vous offre, c'est la liberté. En échange, vous servirez au bord de mon bâtiment. Vous y serez logés et nourris, à condition d'accomplir vos tâches avec zèle et à terme, je pourrai même faire de vous de véritables membres de mon équipage, si vous parvenez à vous en montrer digne et à faire vos preuves.

— Et nous, les femmes, quel rôle jouerons-nous à ton bord ? Si notre destin est d'amuser ton équipage, alors autant demeurer esclaves des Ilésiens. Au moins, nous nous épargnerons la rudesse de la vie en mer.

— Il n'est pas question que mes hommes mettent la main sur vous. S'ils le font, ils se retrouveront forcés de quitter mon bâtiment, ils en sont prévenus. Je compte déjà plusieurs femmes à mon bord et je les chargerai de vous enseigner le maniement des armes. J'ai besoin de tous les bras disponibles, car mon équipage et moi allons bientôt partir pour une expédition des plus périlleuses. Je ne vais pas vous mentir : si vous me suivez, vous n'en réchapperez peut-être pas. C'est à vous de décider si vous préférez mourir un sabre à la main ou des fers aux poignets. Voilà tout ce que j'ai à vous offrir.

Irum parlementa pendant un instant avec ses compères. La discussion paraissait houleuse, mais l'Orientale prit bientôt l'ascendant sur tous les autres. Connor voyait déjà un grand potentiel en elle et il s'en réjouissait d'avance. Une fois rompue aux pratiques de la piraterie, elle pourrait devenir un atout de taille, il en était persuadé.

D'un coup, les murmures se turent et Irum donna finalement la réponse des esclaves :

— Nous acceptons.

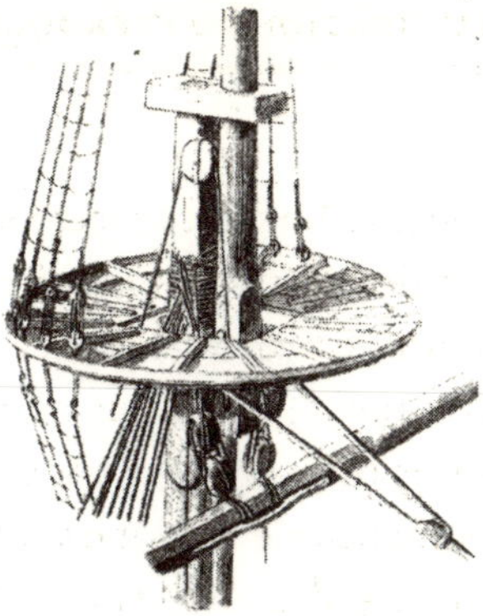

CHAPITRE 5 :

Conseils avisés

Mais lorsqu'un homme pressent qu'il s'est embarqué dans une mauvaise affaire, il lui arrive de lutter inconsciemment pour se cacher à lui-même ses soupçons. C'était à peu près ce que je faisais. Je ne disais rien et j'essayais de ne penser à rien.

Herman MELVILLE, *Moby Dick*

Plusieurs jours s'écoulèrent, mais malheureusement pour Neven, les suites de l'abordage eurent pour lui des conséquences peu désirables. La nuit avait étendu ses voiles sur le *Boréas* et les autres forbans ronflaient autour de lui, mais pas moyen pour le mousse de fermer l'œil. Son crâne le démangeait horriblement et il ne cessait de se gratter, avec la désagréable impression que sa tête abritait une fourmilière tout entière. Ah, ça ! Il retenait Mishrad et son idée géniale d'aller explorer les quartiers des marins sur *La Belle d'Orient.* Tout cela, non pas pour y récupérer des richesses à foison, comme il lui en avait fait la promesse, mais des poux par poignées entières. Les doigts embourbés dans ses mèches blondes, il luttait contre l'envie de s'arracher les cheveux, prêt à tout pour chasser cette sensation horripilante.

— Le mousse, tu pourrais faire un peu moins de raffut ! Y en a qui essayent de dormir ! lança un des marins.

Dans le noir, Neven ne put voir son visage ou déterminer son identité. Ce qu'il savait, en revanche, c'était qu'il allait devenir fou s'il obéissait à cette injonction. Il prit donc la décision de quitter le quartier des marins pour s'offrir une petite balade nocturne sur le pont.

Il avança entre les hamacs à pas feutrés, de peur de réveiller l'un des pirates. Il craignait également les esclaves à la peau sombre qui avaient pris leurs quartiers sur le *Boréas* quelques jours plus tôt.

Dans sa jeunesse, on lui avait appris que seuls les hommes ayant grandi sur le continent étaient dignes de confiance, car c'était à eux et à eux seuls que le dieu Yesmin avait transmis le feu de la connaissance et de la civilisation. Si les pirates étaient décrits comme des âmes damnées destinées à brûler dans les profondeurs infernales par les ecclésiastiques, les habitants des îles écopaient d'une réputation bien plus sinistre encore.

Selon ses professeurs, il s'agissait de démons qui revêtaient une apparence humaine pour répandre d'autant plus aisément le mal sur terre. À l'entente de cette théorie, Mishrad avait ri à pleins poumons, mais Neven préférait tout de même garder ses précautions.

Il slaloma avec adresse entre les endormis, faisant attention aux ivrognes assoupis à même le sol. La victoire contre *La Belle d'Orient* commençait peut-être à dater, mais c'était encore un prétexte pour festoyer et se noyer dans la boisson.

Neven échappa bientôt au bruit des ronflements pour retrouver la quiétude du pont. Exténué par ses tâches quotidiennes, il demeurait rarement éveillé si tard. Il fut donc surpris par le calme et la sérénité qui régnait sous le dôme des étoiles.

Sans être d'huile, la mer était douce. Aucun signe de tempête à l'horizon. Les perroquets caquetaient tranquillement dans les cordages. Les astres rayonnaient joyeusement au-dessus de sa tête. Jamais il ne leur avait connu un tel éclat, du temps de son séjour à l'abbaye de la Grande Alessa.

Mais le calme fut très vite rompu, lorsqu'il entendit des bruits de pas lourds se rapprocher. Il ne prit même pas la peine de se retourner. Il n'y avait bien qu'une seule personne pour le harceler de la sorte.

— Mishrad. Je peux savoir ce que tu me veux, encore ? demanda-t-il avec défiance.

Le marin s'approcha de lui, son éternel sourire énigmatique sur le visage. Neven croisa les bras, pour bien lui montrer que sa présence ne le réjouissait pas.

— Alors, quoi ? Il n'y a que toi qui aies le droit de te balader sur le navire, maintenant ?

— Je sais très bien que tu m'as suivi, alors pas la peine de faire l'innocent. Qu'est-ce que tu veux ? Tu nous as déjà attiré assez d'ennuis, avec ton idée d'aller fouiller les lits des marins !

— Ça va ! Ce n'est pas de ma faute si nous n'avons rien trouvé. Ce sont des choses qui arrivent, tu sais, p'tit. La prochaine fois on touchera le pactole, j'en suis sûr.

— Tu n'as pas encore compris que je n'en ai rien à faire, de ton or ? De toute façon, à quoi ça pourrait me servir ? Aller me soûler dès que nous toucherons terre ? Non merci, très peu pour moi. Non, ce qui me gêne bien plus, c'est que maintenant j'ai la tête recouverte de maudits parasites, tout ça par ta faute !

— N'en fais pas toute une histoire, je suis sûr que tu exagères. Si ça se trouve, tu n'en as même pas et c'est rien que l'effet de ton imagination.

Neven fixa Mishrad d'un air bestial. Son ami avait juste de la chance qu'il soit dépourvu de la carrure nécessaire pour se battre contre lui.

— L'effet de mon imagination, vraiment ? Eh bien, viens voir par-là, que je les partage avec toi ! Après on verra si tu y crois toujours, à l'effet de mon imagination !

Neven tenta de se rapprocher du forban, mais Mishrad profita de sa grande taille pour l'empêcher de mener son projet de vengeance à bien.

— C'est bon, c'est bon, je te crois. N'empêche, si ce que tu dis est vrai, tu devrais aller voir le capitaine.

— Ah bon ? Tu penses qu'il pourrait faire quelque chose pour moi ?

— Je ne sais pas, mais ça vaudrait peut-être le coup de tenter. Les bestioles dans son genre donnent l'impression de passer leur temps à s'épouiller, alors...

— Très bien, j'ai compris. Quand tu auras enfin une information utile à me donner, reviens me voir, gronda le plus jeune en croisant les bras, de plus en plus dépité.

— Ne fais pas cette tête, gamin. Je plaisantais. Mais rassure-toi, il y a un moyen pour t'en débarrasser, de tes petites bêtes. Mais d'abord, il faut que tu fermes les yeux, sans quoi il pourrait t'arriver des bricoles.

— Sans rire ? Tu ne préparerais pas un mauvais coup, par hasard ?

— Nous en sommes là ? Vraiment ? Quand me feras-tu donc confiance ? De toute façon, tu as le choix : tu peux continuer à te gratter à t'en arracher le crâne, ou accepter de tester ma méthode. À toi de voir.

Au fond de lui, Neven sut immédiatement qu'accepter cette proposition serait une erreur, mais son cuir chevelu le démangeait tellement qu'il se sentait prêt à recourir aux pires extrémités.

— C'est d'accord. Il faut que je ferme les yeux tout de suite, ou... ?

— Oui, tu peux déjà le faire. J'ai tout à proximité, ne t'inquiète pas.

Neven finit par clore ses paupières en dépit de sa nervosité. Il essaya d'ouvrir grand les oreilles pour deviner ce que faisait Mishrad, mais même ainsi, il ne perçut pas grand-chose.

Avec un sourire mesquin sur le visage, le pirate profita de sa cécité temporaire pour saisir un seau traînant sur le pont, qu'il remplit d'eau de mer. Il retourna ensuite prestement vers le jeune homme, avant que ce dernier n'ait eu le temps de changer d'avis.

— Allez, p'tit mousse ! Bon bain de minuit... et ne me remercie pas !

Avant que Neven n'ait pu analyser ses paroles, plusieurs litres d'eau s'effondrèrent sur lui. Il se retrouva trempé de la tête aux pieds, ses cheveux collés à son front, tandis qu'un Mishrad hilare pointait un doigt moqueur vers lui.

Par inadvertance, Neven avala une goulée d'eau salée, qu'il chercha à tout prix à recracher. Sa gorge le brûla et le goût amer refusa de quitter sa bouche bien après qu'il eut fini d'expectorer le tout. Du revers de la main, il essuya ses yeux, puis ses cheveux, desquels il dut extraire quelques rebuts d'algues.

— Non, mais je peux savoir ce qui t'a pris ?! Il faut être malade pour faire une chose pareille ! L'eau est glacée ! Tu veux que j'attrape une pneumonie, c'est ça ?! Le capitaine t'offrira sûrement une belle récompense s'il apprend que tu as tué son mousse !

— Ne dramatise pas, petit. C'était rien qu'un peu d'eau. Tu verras, quelques jours comme ça et les vermines ne devraient plus te poser de soucis. Bon, tu vas avoir les cheveux plutôt rêches à cause du sel, bien sûr, mais je suis certain que tu préféreras ça aux démangeaisons. Et puis il fait chaud, tu sécheras vite. Vous vous plaignez vraiment pour un rien, vous les gens du continent.

— Comme si j'allais croire tes sornettes ! Tu voulais simplement me jouer un mauvais tour. Aie au moins l'honnêteté de le reconnaître ! Sinon, tu m'aurais juste conseillé de me laver les cheveux, au lieu de me traiter de la sorte.

— Bon, j'avoue, c'était tentant. Ce n'est pas ma faute si tu es trop crédule, le mousse. Disons que je fais ton éducation. Si la légende dit vrai, des roublards, tu en trouveras des bien pires que moi à Las Hayas. Il faut que t'y sois préparé.

Enfin, puisque tu n'as pas l'air d'apprécier mon aide, je vais me recoucher. Je sens que nous allons avoir du boulot, demain.

Avant que Neven ait pu lui demander ce qu'il entendait par là, Mishrad était déjà retourné dans les profondeurs de la cale. Le mousse poussa un grand soupir, exténué. Plus il croyait connaître son camarade, plus leurs relations s'envenimaient. C'était à n'y rien comprendre.

Le bon sens aurait sans doute voulu qu'il aille se coucher, lui aussi. Cependant, Neven ne se voyait pas dormir dans ses vêtements mouillés, alors il décida de traîner encore un peu sur le pont. Le vent marin l'aiderait peut-être à faire sécher ses fripes plus rapidement et il ne subirait pas les inévitables moqueries des autres pirates.

Sa première idée fut de s'asseoir en s'adossant au mât, avec l'espoir que le sommeil aurait la gentillesse de venir le cueillir, même dans cette situation inconfortable. Il abandonna toutefois cette idée lorsqu'il aperçut une silhouette à la proue du navire. Il retint de justesse un juron, priant pour que l'inconnu n'ait pas été témoin de sa toute récente humiliation.

Il avança lentement vers l'ombre, incapable de reconnaître son propriétaire, toujours de dos. L'espace d'un instant, il crut avoir affaire à l'un des esclaves fraîchement recrutés, mais à mesure qu'il se rapprochait, la vérité s'offrit à lui. Il s'agissait en fait non pas d'un, mais d'une inconnue, à moitié penchée par-dessus le bastingage. La brise nocturne faisait flotter ses boucles blondes emmêlées et son regard était fermement rivé vers l'onde en contrebas.

— Waëlle ? appela-t-il, une pointe d'hésitation dans la voix.

La vigie ne descendait que rarement de son poste d'observation, si ce n'était pour aller chercher ses repas, quand elle ne mandait pas un autre forban pour le faire à sa place. Pour le mousse, ses traits n'avaient donc rien de familier. D'ailleurs, un autre nom flottait également sur ses lèvres, un qu'il n'osait prononcer. Toute drapée d'une grâce spectrale, l'inconnue lui rappelait la déesse Alessa et Neven crut pendant un instant à une apparition, avant que la réalité ne le frappe.

Reconnaissant son nom, la jeune femme fit volte-face et posa des yeux de chat sur Neven. Il se sentit aussitôt mal à l'aise, à se faire examiner de la tête aux pieds par un regard si inquisiteur. Le connaissait-elle seulement ? Parfois, Waëlle passait plus pour un fantôme que pour un véritable membre de l'équipage.

— Tiens, le mousse ! C'est rare de te voir dehors à une heure pareille. Tu es encore tombé à la mer ?

D'un doigt, elle désigna ses vêtements gorgés d'eau. Le jeune homme regretta aussitôt de s'être adressé à elle et baissa les yeux de honte.

— Non, pas cette fois. Il s'est passé autre chose... En fait, je n'ai pas vraiment envie d'en parler.

— Je comprends, ne t'en fais pas. Mishrad n'est pas quelqu'un de méchant, mais il a un sens de l'humour assez particulier. Si ça peut te rassurer, presque tout le monde ici en est passé par là. À l'exception de Luiana, le capitaine et moi, bien entendu. Il est obstiné, certes, mais pas au point de monter tout en haut du mât rien que pour m'importuner.

— Je n'ai jamais parlé de Mish...

Le rire grossier de Waëlle le coupa. Aussitôt, Neven grimaça. Soudain, il comprenait pourquoi la plupart des hommes de l'équipage détestaient la voix de la vigie. Chacune de ses intonations prenait des accents excessivement aigus ou tonitruants, de quoi détruire les tympans du plus résistant des colosses. Toutefois, suivant les règles de politesse chères aux adeptes de l'alessisme, Neven décida de rester à ses côtés en dépit de ce calvaire.

— Je sais bien que tu n'en as pas parlé, bougre d'idiot ! Mais je suis la vigie du *Boréas*. Tu crois vraiment que votre petite altercation m'aurait échappé ? Oui, j'ai tout vu et non, je ne dirai rien à personne. Les autres pirates t'en font déjà assez voir sans que je m'en mêle.

Neven s'affaissa de soulagement et s'adossa contre le bastingage, un poids quittant ses épaules. Il se confondit en remerciements, ce qui arracha un nouveau rire à Waëlle.

— Tu dois vraiment avoir la vie dure, si tu t'extasies pour si peu, le mousse. Regarde plutôt en bas. Là, il y a de quoi être admiratif.

Neven suivit la direction qu'elle lui indiquait. De grandes formes grises s'ébattaient devant le navire. Les créatures semblaient s'amuser à nager dans le sillage du *Boréas*, bondissant hors de l'eau avec allégresse. Le jeune homme poussa un cri de terreur et il posa une main sur le chapelet qu'il portait toujours au cou. Après avoir invoqué les quatre divinités suprêmes pour qu'elles le protègent des démons, il se tourna vers Waëlle, son visage tordu par la panique.

— Des monstres marins ! Vite, il faut prévenir le capitaine, avant qu'ils ne fassent sombrer le nav...

— Je comprends mieux pourquoi les autres se moquent de toi. Tu n'es pas encore très bien adapté à la vie en mer, à ce que je vois ! Ce ne sont pas des monstres marins que tu as sous les yeux. Rien que des dauphins. Ils aiment bien jouer près du *Boréas* de temps à autre. Parfois, on peut même les entendre chanter.

— Mais ils sont plus grands qu'un homme ! Il doit s'agir de créatures démoniaques !

— Tu ne devrais pas t'effrayer pour si peu. Le jour où tu croiseras le chemin d'un véritable monstre, tu le sauras, parce qu'il essayera de te dévorer presque aussitôt. Crois-en ma longue expérience.

— Expérience ? Tu es à peine plus vieille que moi !

— Oui, mais contrairement à toi, j'ai une utilité à bord de ce navire. Je n'ai pas gagné ma place en étant la chouchoute du capitaine. Crois-tu vraiment que Connor serait venu à la rescousse de n'importe lequel d'entre nous ? Beaucoup d'hommes sont morts lors de la dernière bataille, mais il a décidé de te sauver, toi. Tu ne te demandes pas pourquoi ?

La voix de Waëlle débordait d'une curiosité quelque peu invasive et Neven tangua d'un pied sur l'autre sans que les roulis du navire en soient la cause. Gêné, il chercha désespérément une excuse pour échapper au plus vite à son regard inquisiteur, ainsi qu'à cette conversation qui prenait lentement mais sûrement la forme d'un interrogatoire.

— Il devait avoir ses raisons. Ou bien il n'a pas eu le temps d'y réfléchir, dans le feu de l'action. C'est possible aussi.

— C'est beau de se voiler la face, mais laisse-moi te dire une chose : tant que tu bénéficieras de ce traitement de faveur, les autres ne t'aimeront pas. Et tu pourras chouiner autant que tu le voudras, personne n'aura pitié de toi.

— Alors que dois-je faire ?

— Suis mon exemple. Trouve un moyen de te rendre indispensable au bon fonctionnement de la vie à bord du *Boréas*. Tant que tu en seras incapable, tu resteras le petit protégé du perroquet. Un titre peu glorieux, si tu veux mon avis. Quoi qu'il en soit, j'ai passé trop de temps loin de mon poste d'observation, il est l'heure pour moi de te quitter.

La vigie se redressa avec grâce, délaissant le spectacle des cétacés qui continuaient à batifoler en contrebas. Neven resta bouche bée et un peu déboussolé par cet entretien ô combien étrange et inattendu. Avant que la jeune femme ne s'éloigne, il parvint tout de même à balbutier quelques mots de plus. En dépit de tout bon sens, il se surprenait à apprécier cette entrevue et à regretter de devoir y mettre fin aussi vite.

— Attends ! À quoi est-ce que cela rime, tous ces conseils ? Tu ne voudrais pas rester et parler un peu ? Je sais à peine qui tu es et…

— Qu'y a-t-il, le mousse ? Tu as peur de te retrouver seul ? Peut-être que tu as envie de faire ami-ami avec moi ? Je ne peux pas fuir mes responsabilités pour si peu, désolée. Quant à ta question… Eh bien, disons que j'étais venue vérifier si la rumeur était fondée.

— La rumeur ? Quelle rumeur ?

— Il paraît que tu es si naïf que l'on peut lire en toi comme dans un livre ouvert. Excuse-moi si cela te déplaît, mais c'est le cas. À une prochaine fois, Neven.

Waëlle s'en alla d'une démarche chaloupée. Pendant un instant, Neven laissa son regard traîner sur elle, comme hypnotisé, puis il se reprit, la gêne lui montant aux joues. Les moines lui avaient également appris que s'attarder trop longtemps sur la beauté d'une femme constituait une faute, un péché dont il fallait se repentir.

Toutefois, il ne pouvait s'empêcher de lui trouver une élégance toute divine, alors même qu'il luttait pour retenir son cœur de faire des cabrioles dans sa poitrine.

Connor profita de la fraîcheur de l'aube pour se rendre jusqu'aux geôles du *Boréas*, accompagné par Luiana. Une fois la porte franchie, le regard de jade de Lawrance se posa sur lui, plein de rancœur. D'épais bandages entouraient son torse, preuve que le médecin de bord s'était déjà occupé de lui. Sur ordre du capitaine, bien évidemment. Le perroquet se tint bien droit sur l'épaule de sa compagne, se refusant à montrer le moindre signe de faiblesse.

Cette fois, il n'avait fait qu'un unique prisonnier. D'ordinaire, il tentait d'obtenir de grasses rançons en échange de la remise en liberté des captifs, mais cette fois, il avait dû s'en abstenir. Il ne pouvait s'encombrer de bouches à nourrir inutiles, lors de son prochain voyage sur la Mer Archaïque.

Pour la même raison, il avait renoncé à conserver *La Belle d'Orient*, restituant le navire aux matelots survivants après l'avoir pillé de toutes ses richesses et avoir jeté ses canons à la mer pour le rendre inoffensif. Quand bien même ils parviendraient à obtenir de l'aide, Connor franchirait l'entrée de la Mer Archaïque bien avant que les navires ilésiens ne le rattrapent. La flotte royale ne s'aventurerait jamais en ces eaux maudites.

— Allons donc, Connor. Tu penses m'avoir fait croupir assez longtemps dans cette cellule miteuse pour réussir à m'extorquer des informations ?

Malgré sa situation précaire, Lawrance n'hésitait pas à adopter une attitude défiante et pleine de hargne. Luiana s'avança, décidée à le frapper pour lui apprendre les bonnes manières, mais le capitaine l'arrêta.

— Non, ma chère, mieux vaut ne pas céder à ses provocations. C'est ce qu'il cherche.

La femme recula d'un pas, mais elle n'en demeura pas moins furibonde, prête à se jeter sur l'insolent s'il lui en donnait l'ordre. Lawrance sourit face à cette scène, nullement effrayé par le perroquet et sa compagne.

— Je vois que le perroquet t'a bien dressée, « ma chère ». Quand je pense qu'il fut un temps où tu faisais partie de la garde personnelle du roi d'Ilésie. Et maintenant te voilà, la poupée bien obéissante de ce rat des mers. Je suppose que cela doit lui plaire, de ne même plus devoir t'écouter parler. Dire que je te croyais attachée à ton indépendance !

Une veine pulsa sur la tempe de la pirate, mais elle demeura aussi impassible qu'une statue. Elle toisa le prisonnier, attendant patiemment le prochain ordre de son compagnon.

— C'en est assez, Lawrance ! gronda Connor. Si tu veux pouvoir compter sur ma pitié, tu ferais bien de surveiller ton langage.

— Ta pitié ? Oh, pardon. Pendant un instant j'ai presque cru que tu étais un pirate. Quelle grossière erreur de ma part ! C'est vrai que tu n'as pas la bravoure nécessaire pour en finir avec moi, vu que tu as plus l'habitude de sacrifier tes propres hommes que tes ennemis !

— Nous avons déjà eu cette conversation de nombreuses fois et elle demeure toujours aussi stérile. Venons-en plutôt aux faits. Dis-moi ce que je veux savoir.

— Ce que tu veux savoir ? Excuse-moi, mais je ne suis pas devin, il va me falloir plus de précisions. Je pourrais t'entretenir des affaires de la cour d'Ilésie. En ce moment, une rumeur succulente circule sur les amours du marquis de P...

— Arrête tes sottises, Lawrance. Où est Howell ? A-t-il trouvé la carte menant jusqu'au sanctuaire interdit ?

— En voilà des manières, d'interrompre si brusquement un vieil ami !

— Cesse de tergiverser et réponds-moi ! Que prépare Howell ?!

— Désolé, je n'ai plus entendu ce nom depuis des années. Tu sais, c'est dur de tenir des comptes de tous les amis que tu as trahis, Connor.

Lawrance prit le temps de s'étirer en un mouvement félin, en dépit des fers à ses poignets. Il délia ses longues jambes pour se mettre à l'aise, octroyant à ses geôliers un sourire arrogant. À nouveau, Luiana demanda à Connor la permission silencieuse de lui faire passer l'envie de se moquer d'eux. Une fois de plus, le capitaine refusa de la lui accorder. Il ne voulait pas que le sang soit versé pour régler cette affaire.

— Ne cherche pas à m'abuser, Lawrance. Nous nous connaissons depuis nos premiers jours en tant que mousses, je te rappelle. Personne d'autre ne sait mieux lire en toi que moi, à part peut-être Howell. Je sais que tu me mens. Lui et toi étiez comme des frères. À tel point que tu as décidé de me trahir pour lui, après notre déconvenue à Salariffe.

— Parlons-en, de Salariffe ! Parlons de ta manie à toujours abandonner tes vieux amis, de la façon abjecte dont tu t'es retourné contre Howell. Parlons de tous ceux qui ont péri à cause de ton égoïsme et de ta lâcheté, Connor. Qui sait, peut-être finiras-tu même par réaliser que tu te trouves dans le corps d'un volatile ridicule et que plus personne ne t'accorde le moindre respect !

— En attendant, tu es le prisonnier d'un perroquet parlant, donc à ta place je ne moufterais pas trop à ce sujet. Enfin, je ne suis pas venu ici pour déterrer nos vieilles rancunes, Lawrance. Je veux connaître la vérité à propos de Howell et je l'obtiendrai, même si pour cela je dois laisser Luiana s'occuper de toi.

— Tu espères pouvoir suivre sa trace pour lever la malédiction qui pèse sur toi, hein ? Sache que jamais je ne te révélerai la vérité sur lui ! Si quelqu'un mérite d'être libéré du mauvais sort, ce n'est certainement pas toi et ton ogresse de femme.

— Si tel est le cas, nous n'avons malheureusement plus grand-chose à nous dire. Je suis désolé de devoir en arriver là, Lawrance. Sincèrement. J'espérais pouvoir dialoguer avec toi, mais tu n'es plus mon ami d'antan. Luiana, tu sais ce qu'il te reste à faire...

Tandis que Luiana s'approchait de l'officier, un sourire mauvais pendu à ses lèvres, Connor dut se forcer à quitter la cellule. Des souvenirs heureux de journées d'été passées aux côtés de Lawrance vinrent assaillir sa mémoire et il serra les yeux un court instant, luttant contre la culpabilité. Il ne pouvait se permettre une telle faiblesse. En décidant de devenir pirate, il savait dans quelle sorte de vie il s'engageait et le moment n'était pas aux regrets.

Le capitaine choisit de prendre le chemin de sa cabine. Aujourd'hui, il ne se sentait pas d'humeur à se mêler à l'équipage en jouant à l'idiot, tout ça pour quelques biscuits. Tant que la mélancolie planerait sur son moral, il en serait bien incapable.

Il ne s'éloigna cependant pas assez vite à son goût, car il put entendre un cri déchirant résonner depuis les geôles, suivi de douloureux sanglots. L'image de Lawrance, le visage couvert de sang et les yeux fermés sous le coup de la souffrance, s'imposa à son esprit. Connor accéléra son vol jusqu'à ne plus pouvoir entendre les lamentations de son vieil ami. Tout son être lui hurlait de faire demi-tour, d'ordonner à Luiana de cesser cela immédiatement, mais il se força à l'ignorer.

Il devait à tout prix savoir ce que Howell lui réservait. Autrement il exposerait tout son équipage à des tortures bien pires encore.

Le pirate alla se poser aussi haut qu'il le pouvait dans les cordages. Là, il commença à nettoyer ses plumes à force de coups de bec frénétiques. Il espérait que cette activité alliée à l'air du large l'aiderait à apaiser son esprit, mais il n'en fut rien.

Il eut la bien mauvaise idée de jeter un regard à l'horizon et alors, il les vit. De grandes falaises aux contours déchiquetés se dressaient droit devant le *Boréas*. Leurs parois étaient recouvertes de pierres noires, luisantes et suintantes. De loin, les minéraux paraissaient composer la carcasse d'une immense bête dont les larmes lourdes venaient s'échouer à la surface de l'océan. En tendant bien l'oreille, Connor crut percevoir des cris inhumains provenant de ces monstres de roches et son plumage se hérissa aussitôt sur son dos.

Lorsqu'il sentit une présence à côté de lui, il poussa un hurlement d'épouvante et relâcha sa prise sur la corde de chanvre. Il tomba à pic et ne dut qu'à ses réflexes aviaires de ne pas s'écraser au sol. Il s'apprêtait à crier l'alarme lorsqu'il réalisa que ce n'était pas une créature démoniaque qui venait de le surprendre, mais simplement Waëlle.

De tout l'équipage, elle était sans doute la seule à savoir se déplacer au milieu des haubans avec une telle facilité. Peut-être était-ce grâce à sa petite taille, mais elle donnait l'impression de pouvoir jouer de la gravité à sa guise.

Nul ne maîtrisait mieux cet art qu'elle, ce qui expliquait que Connor ne l'ait pas repérée plus tôt.

— Désolée, capitaine. Je ne voulais pas vous surprendre, s'excusa-t-elle.

Elle avait peut-être la décence de se montrer polie, mais ses yeux riaient des malheurs de Connor. Il décida toutefois de ne pas en faire grand cas et retourna s'installer à ses côtés.

— Tu as dû repérer ces falaises depuis un moment. Pourquoi ne m'en as-tu pas averti ?

— Vous étiez occupé avec Lawrance et j'ai estimé que vous ne voudriez pas être interrompu pendant votre interrogatoire. Nous n'atteindrons pas les Crocs d'Ébène avant demain, nous aurons donc tout le temps nécessaire pour nous y préparer.

— J'aimerais en être aussi certain que toi, Waëlle. Sais-tu de quoi il s'agit ?

— Oui, capitaine. De l'entrée vers la Mer Archaïque. La toute première défense de L'Île Maudite.

— Tu es bien renseignée, à ce que je vois.

— Je préfère l'être. Je n'ai aucune envie de risquer ma vie sans savoir à quoi je m'expose. Et puis c'est votre faute, aussi, à laisser traîner vos cartes trop en évidence dans votre cabine. Un conseil, soyez plus prudent avec cela, à l'avenir. Si Howell ne les a pas déjà en sa possession, il cherchera à s'en emparer.

— Attends, comment es-tu au courant pour tout cela ? Ce sont des choses que j'ai gardées secrètes et...

— Il semblerait que vous ne soyez pas parvenus à vos fins. Vous ne connaissez pas assez bien tout votre équipage pour vous permettre d'être si négligent.

— Ce n'est pas vrai. Je connais très bien mon équipage et je...

— Je suis au courant pour vos petites excursions. D'ailleurs, je ne trouve pas cela très honnête de votre part de racketter vos hommes de la sorte, mais passons. Si j'ai pu mettre la main sur ces informations, un espion le peut également.

— Est-ce là ta façon de me dire que je devrais me méfier des esclaves que je viens d'accueillir à mon bord ?

— Non, c'est ma façon de vous prévenir que vous ne devriez faire confiance à personne sur ce bateau. Howell n'est pas un tendre et il vous en veut. Je sais que vous éprouvez encore une certaine tendresse pour lui, mais ce n'est plus l'ami que vous avez connu dans votre jeunesse. Il a rassemblé un nouvel équipage, formé des pires brigands qui aient jamais écumé ces mers. Notre seule chance de survivre, c'est de ne jamais croiser leur route. Tant qu'ils ne mettent pas la main sur les cartes, nous sommes en sécurité. Mais ses hommes patrouilleront certainement sur la Mer Archaïque à leur recherche. Il faut les protéger à tout prix.

— Tout ça à cause de cette vieille querelle... grommela Connor. Si seulement Howell pouvait comprendre une bonne fois pour toutes que j'ai attaqué son navire par erreur, il y a des années de cela... Ce n'est quand même pas ma faute s'il battait pavillon ilésien ! Pour tromper la méfiance de navires de commerce peu prudents, je sais bien, mais il n'empêche...

— Capitaine, vous avez mis le feu à son bâtiment et massacré la moitié de son équipage. Je doute qu'il vous pardonne de sitôt.

Malgré la gravité de ses propos, la jeune femme prenait plaisir à se balancer d'une corde à l'autre tout en énonçant ces avertissements. Loin de se laisser aveugler par ce spectacle, Connor analysa avec soin chacune de ses paroles. Jamais il n'aurait cru que cette paresseuse à la voix de crécelle puisse se renseigner assez pour obtenir toutes ces informations.

— Peu importe. Dis-moi plutôt comment tu es parvenue à savoir tout cela.

— J'ai simplement ouvert l'oreille. Il y a beaucoup à apprendre, à espionner les conversations des marins. Ils se croient discrets et vont s'imaginer que je ne les entends pas, du haut de mon mât. Néanmoins, j'ai également été attentive à ce qui se disait dans les derniers ports où nous avons mouillé. Votre histoire est devenue une légende, capitaine, mais il est toujours possible de trouver la vérité derrière le mythe, si on sait bien écouter. Maintenant, je vous conseille de préparer l'équipage à la traversée des Crocs d'Ébène. Howell ne sera une menace pour nous que si nous parvenons à survivre à l'épreuve qui nous attend demain !

Connor aurait encore eu un millier d'explications à lui demander, mais la vigie entreprit d'escalader les cordages avant qu'il n'ait pu ouvrir le bec. Dans un soupir, le capitaine choisit de la laisser partir, sachant qu'il n'obtiendrait rien de plus d'elle. Waëlle reviendrait vers lui bien assez vite, lorsque le besoin s'en ferait ressentir.

Pour l'instant, il devait se préparer à affronter les dangers tapis dans les hauteurs des Crocs d'Ébène.

Chapitre 6 :

Les gardiennes des Crocs d'Ébène

Mais vous, fille d'Acheloüs, d'où vous viennent, avec un visage de vierge, ces pieds d'oiseaux et ces ailes légères ? serait-ce parce que, fidèles compagnes de Proserpine, vous suiviez ses pas, lorsque, dans les campagnes d'Henna, elle cueillait les fleurs du printemps ? Après avoir vainement parcouru toute la terre pour retrouver la déesse, vous voulûtes la chercher sur les vastes mers et vous implorâtes des ailes.

Ovide, *Les Métamorphoses*

Les yeux de Neven le picotèrent et il lutta avec acharnement contre la fatigue, pour finalement céder et laisser échapper un grand bâillement. Ses mésaventures nocturnes se rappelaient cruellement à lui, tout son corps le suppliant de lui accorder un peu de repos. Épuisé par sa soirée rocambolesque, il aurait aimé grappiller une ou deux heures de sommeil supplémentaires. Malheureusement pour lui, Mishrad en avait décidé autrement et l'avait jeté hors de sa couche aux premières heures de l'aube.

— Allez, gamin ! Ce n'est pas le jour pour jouer les fainéants. Il va falloir qu'on se décarcasse au travail, aujourd'hui. Ordre du Coco. Mieux vaut qu'il ne te surprenne pas en train de roupiller !

Les protestations du jeune mousse tombèrent dans l'oreille d'un sourd et il se plia finalement à l'injonction de son ami. Neven essaya de secouer le bas de sa chemise durcie par le sel pour lui rendre un peu de sa souplesse, mais sa tentative ne rencontra pas grand succès.

— Le capitaine a déjà donné les ordres ?

— Tu le saurais, si tu n'avais pas été si occupé à roupiller. Je ne suis pas certain de vouloir t'aider à ce sujet. C'est que tu n'as pas été très amical avec moi ces derniers temps, p'tit.

— Aux dernières nouvelles, ce n'est pas moi qui t'ai jeté un seau d'eau glacée au visage.

— Non, mais t'as préféré rester debout pour roucouler avec la p'tite vigie, plutôt que de retourner dormir à ton hamac. Franchement, ça ne se fait pas d'abandonner ses frères pirates pour aller courir la donzelle. En plus, je croyais que vous ne touchiez pas à ça, vous les moines, question de pureté et tout. Je vois que certains enseignements de l'alessisme s'oublient plus facilement que d'autres.

Neven se sentit soudain très mal à l'aise dans ses vieilles fripes rêches, alors que le rouge lui montait aux joues. Il se rappela sa courte entrevue avec Waëlle et fut mortifié en imaginant Mishrad les espionner de loin. Ce qu'il avait été naïf, à croire que le marin était parti bien sagement se coucher ! Il aurait dû se douter que le forban ne le laisserait pas si facilement en paix.

— Ne dis pas de choses pareilles ! Waëlle et moi nous n'avons fait que discuter, rien de plus ! Je ne suis pas un moine, de toute manière. J'ai été élevé dans une abbaye dédiée au culte de la Grande Alessa. C'est tout.

Un sifflement enjoué et légèrement moqueur lui répondit. Neven serra les poings et fit de son mieux pour empêcher son visage de s'embraser encore plus.

— Eh ben ! Je vois que tu l'appelles déjà par son p'tit nom. C'est du joli ! Quoiqu'à ta place, je ne me ferais pas trop d'illusions. Je t'ai bien vu tourner autour d'elle la nuit dernière, avec ton charisme de poulpe crevé. J'en ai déjà vu de vrais, moi, des poulpes morts, alors je sais de quoi je parle.

L'image mentale que cela inspira à Neven ne plut pas du tout au jeune mousse.

— Je ne vais pas me battre avec toi, cela n'en vaut pas la peine. Cela ne changera rien à la vérité, qui est que je n'ai aucune vue sur elle.

— Si nous avions le temps, je serais capable de te mariner là-dessus pendant des heures, mon p'tit. Enfin, pour l'instant nous avons des problèmes plus urgents.

Mishrad l'entraîna par le bras et une fois de plus, le manque de force physique de Neven l'empêcha de protester. Il se laissa donc mener jusqu'au pont, où les marins s'activaient avec bien plus de vigueur qu'à l'accoutumée. Le jeune homme comprit aussitôt qu'il avait dû rater quelque chose. Même si cela le peinait de l'avouer, Mishrad venait sans doute de lui éviter de gros ennuis en lui interdisant de tirer au flanc.

— Qu'ont-ils tous ? Un nouveau navire a été repéré ?

— Non, c'est encore plus grave que ça, p'tit. Sers-toi un peu de tes yeux et tu comprendras vite où est le problème.

Neven fit un tour sur lui-même, essayant de voir ce que Mishrad voulait lui montrer. Enfin, son regard tomba sur la ligne noire qui s'étendait au loin, des falaises assez hautes pour leur cacher l'horizon. Le *Boréas* filait à toute allure vers ce mur gigantesque, sa proue faisant face aux côtes déchiquetées.

— Attends, je suis en train de rêver, c'est ça ? Nous ne nous dirigeons quand même pas vers...

— Bien vu, gamin. Ce sont les Crocs d'Ébène, la passe qui marque l'entrée de la Mer Archaïque. Ces montagnes font peut-être peur, mais elles nous rendent un fier service. Elles empêchent toutes les ignominies vivant dans cet océan de malheur de se répandre de par le monde. Les krakens et autres bestioles de ce genre sont bien trop grosses pour passer par là.

— Et le *Boréas* ? Il ne risque pas de s'écraser sur les rochers ?

— Il y a plusieurs points de passage. Notre tirant d'eau est assez faible pour que nous puissions nous y aventurer sans encombre. Et puis les courants seront de notre côté, tu n'as pas de bile à te faire de ce côté-là. Entrer sur la Mer Archaïque, c'est plutôt simple. C'est s'en échapper qui pose problème...

Rien qu'à entendre cela, Neven fut immédiatement pris de sueurs froides. Il se demanda pendant un instant si le forban ne jouait pas avec lui, une fois de plus, mais Mishrad avait l'air sérieux.

— Pourquoi devons-nous voguer sur ces flots, s'ils sont si dangereux que tu le dis ? Je suis certain que nous pourrions trouver des navires à piller sur des eaux plus sereines !

— Tu devrais te tenir un peu mieux informé, je ne serais pas toujours là pour tout t'expliquer. Le capitaine n'a plus que quelques semaines devant lui avant que sa malédiction ne devienne irréversible. Il n'y a que sur la Mer

Archaïque qu'il pourra la briser. Les rumeurs parlent d'une île maudite, dangereuse, mais abritant le plus grand butin que tu puisses imaginer. C'est bien la seule raison pour laquelle il a pu nous embarquer dans cette galère, le Coco. La charité, c'est bon pour les Ilésiens, pas pour les pirates. Il n'y a que l'or qui nous parle.

— C'est pour ça que vous avez jeté le trésor à la mer, je suppose ? rétorqua Neven, sarcastique.

— Oh, ça va, hein ! L'or, tu ne peux en profiter que si tu es encore vivant.

Neven n'insista pas plus. Raisonner Mishrad équivalait à convaincre un requin de devenir végétarien. Il se gratta la nuque, rendue sensible par la chaleur et le sel. Au moins, leur conversation le distrayait de ses démangeaisons, bien qu'elles soient moins fortes que la veille. Il soupçonnait Ed, le médecin de bord, d'y être pour quelque chose. Réveillé en pleine nuit par les tribulations du mousse, il avait fini par lui appliquer une étrange poudre sur le crâne et depuis, il se sentait mieux.

— Si tu le dis. Bon, qu'ai-je à faire, aujourd'hui ? J'ai dans l'idée que le capitaine n'aimerait pas me voir bavasser avec toi toute la journée.

— Tu devines bien, fiston. Allez, viens par-là ! Que je te donne tes consignes du jour.

Mishrad le guida jusqu'à un endroit du pont relativement épargné par la chaleur écrasante du soleil. Il y trouva une caisse de bois et le marin se pencha aussitôt pour l'ouvrir. Le couvercle gondolé d'humidité lui résista un moment, mais la forte poigne du pirate finit par en avoir raison.

Des dizaines de bougies de cire blanche, parfaitement rangées et alignées, s'offrirent alors aux yeux de Neven. Un tel ordre et une telle discipline étaient chose rare sur un navire-pirate et le mousse en conclut immédiatement que le capitaine avait dû acheter la caisse et son contenu lorsqu'ils étaient encore à quai. À moins qu'il ne l'ait saisie sur un bateau marchand détourné, bien sûr.

— Des bougies ? Que veux-tu donc que j'en fasse, Mishrad ? Nous sommes en plein jour et nous possédons encore de quoi éclairer le navire la nuit.

— Je sais bien, mais les ordres du capitaine sont les ordres. Notre perroquet préféré veut que tu découpes des boules de cire, à peu près de cette taille-là.

Le pirate sortit son coutelas et trancha le bout d'une bougie afin de lui montrer l'exemple, avant de malaxer le cylindre entre ses doigts jusqu'à obtenir une forme parfaitement sphérique. La saleté présente sur les mains du marin vint souiller la pureté immaculée de la cire et Neven ne put s'empêcher de grimacer. À l'abbaye de la Grande Alessa, les cierges étaient manipulés avec le plus grand soin et un tel irrespect lui retournait le ventre.

— Maintenant, tu n'as plus qu'à faire cela avec la moitié des bougies. Il faudra que tu allumes et disposes les autres un peu partout sur le navire. Si j'étais toi, je me mettrais au travail rapidement, le Coco a l'air de beaucoup y tenir.

— Est-ce que tu as la moindre idée de ce à quoi tout cela va servir ? Je fais peut-être partie d'un équipage capable de jeter son trésor à la mer, mais je n'aime pas le gâchis pour autant.

— Désolé, gamin, le capitaine n'a rien dit de plus. Si j'étais toi, je m'exécuterais pour rester dans ses petits papiers. Il est particulièrement sur les nerfs, aujourd'hui. Sur ce, il est temps que je retourne à mon poste, moi. Il va falloir travailler dur si nous voulons franchir cette passe en un seul morceau !

Neven aurait préféré que son ami lui épargne ce détail. Il soupira en voyant Mishrad se noyer dans la foule des marins jusqu'à disparaître.

Pour oublier la menace qui planait sur le *Boréas*, le mousse se focalisa sur sa tâche. Contrairement à Mishrad, il prit la peine de nettoyer ses doigts avant d'aller travailler la cire. Grâce à Ed et son remède miracle, il put se concentrer sans trop de mal. Le mousse s'octroya une seconde pour fermer les yeux et recommander le médecin aux dieux, tout pirate qu'il était.

Ensuite, il s'assit et se mit à l'œuvre avec sérieux et minutie. Bien qu'il n'en comprenne toujours pas le but, la tâche ne lui sembla pas rébarbative, loin de là. En fait, cela lui rappelait les travaux de précision qu'il accomplissait autrefois sur les manuscrits de l'abbaye. Ses doigts fins étaient faits pour pareil labeur, si bien qu'il ne vit pas le temps passer.

En un clignement d'œil, il avait déjà épuisé la moitié de la caisse. Les bougies disparues avaient été remplacées par une véritable armada de petites boules de cire. Neven voulut se lever, mais ses jambes ankylosées protestèrent vivement. C'est là qu'il comprit qu'il avait dû rester assis bien plus longtemps qu'il ne l'avait imaginé.

Il n'en était pourtant qu'à la moitié de sa corvée, alors il ignora ses muscles froissés, tandis qu'un couinement pitoyable s'échappait de ses lèvres sous le coup de l'effort. Il scruta les alentours d'un œil de faon effarouché, avant de réaliser avec soulagement que sa partie du pont était déserte. Tant mieux.

La senteur des bougies et la cire malléable sous ses doigts l'avaient plongé dans un autre monde, l'espace de quelques heures. En se concentrant un peu, il pouvait presque sentir l'odeur de pierres vieillies et humides qui régnaient à l'abbaye. Ce brusque retour à la réalité fut donc bien rude pour lui.

Tout d'abord, il réalisa que le ciel s'était considérablement assombri. Pas de beaucoup, mais les nuages se faisaient de plus en plus denses, recouvrant le *Boréas* d'un voile d'ombre. Neven eut le soudain pressentiment qu'il ferait mieux d'aller disposer ses bougies aux quatre coins du navire aussi vite que possible.

Le reste de l'équipage s'agitait tout autour de lui avec un acharnement redoublé. Jamais auparavant il n'avait vu autant de matelots affairés dans les haubans. Personne ne tirait au flanc et il n'y avait plus le moindre écho de chansons paillardes sur le pont. Luiana et le maître-canonnier veillaient sur tout cet émoi avec attention. Avec leur air sévère, ils paraissaient plus effrayants que tous les monstres que le *Boréas* pourrait rencontrer. Le regard de Luiana suffisait à pétrifier les matelots de peur, son handicap ne la desservant en rien. Jack n'était toutefois pas en reste et nombreux furent les pirates à sursauter après s'être fait aboyer dessus par leur cerbère de supérieur.

Autant dire qu'une ambiance pesante régnait à bord. Neven empoigna ses bougies sous le bras, tout en faisant de son mieux pour passer inaperçu aux yeux de ces deux furies, des allumettes prêtes à l'emploi dans sa poche.

La première flamme, il vint la puiser dans un brasero qui grésillait au beau milieu du pont. Les souvenirs du mousse étaient formels, le brasier ne se trouvait pas là la veille. Il s'en serait rendu compte, si une telle flamme avait éclairé le *Boréas* lors de son escapade nocturne. Sans doute s'agissait-il d'une nouvelle lubie du capitaine, mais il ne chercha pas à en savoir plus et se contenta de mener sa tâche à bien.

Chacune des mèches qu'il allumait réchauffait un peu plus son cœur, y insufflant du courage. Et il en avait besoin, car les nuages immaculés au-dessus de lui se changeaient rapidement en de sinistres moutons noirs. Parfois, un éclair zébrait le ciel, y dessinant d'affreuses cicatrices jaunâtres.

Certains membres de l'équipage comptaient avec attention les secondes avant que le tonnerre ne retentisse, afin de déterminer si la tempête se rapprochait ou s'éloignait. Neven fut pris de sueurs froides lorsqu'il réalisa que le décompte se réduisait de plus en plus.

Le vent vint gonfler les voiles du *Boréas* et il souffla également les bougies du mousse à une vitesse folle. Même une fois qu'il eut fini de les répartir sur le navire, il dut sans cesse courir d'un bout à l'autre du pont pour les rallumer. Quelques heures plus tôt, il aurait qualifié un tel geste d'excès de zèle, mais plus maintenant. À présent que le *Boréas* se rapprochait de plus en plus des Crocs d'Ébène, il pouvait sentir que des forces anciennes étaient à l'œuvre ici et il ne se voyait pas les affronter dans l'obscurité.

Néanmoins, lorsqu'il passa sous le mât du navire, il ne put s'empêcher de jeter un regard vers les hauteurs. De Waëlle, il ne vit qu'une étincelle blonde, mais cela suffit à le rasséréner. Peut-être Mishrad n'avait-il pas complètement tort, à son sujet. Même s'il n'avait aucun désir conscient de courtiser la jeune femme, il se sentait heureux en sa présence.

Il aurait voulu pouvoir échanger quelques mots avec elle, pour se rassurer encore un peu plus. La nuit dernière, il avait envié sa grande confiance en elle. Il aurait souhaité lui ressembler, devenir ce que Mishrad et le capitaine attendaient de lui.

Son instant d'introspection prit toutefois fin lorsqu'un perroquet atterrit sur son épaule. Il en était déjà à se demander s'il avait un biscuit dans sa poche, quand une voix impérieuse lui indiqua qu'il s'agissait en réalité du capitaine :

— Neven, est-ce que toutes les boules de cire sont prêtes ?

Le mousse ne savait ce qui était le plus étonnant. Que le capitaine s'adresse à lui, ou bien qu'il ait soudain recours à son véritable nom et non pas à « mousse » ou « gamin ».

— Oui capitaine, tout est prêt.

— Tant mieux. J'ai une nouvelle mission pour toi. Tu vas aller les donner à chaque marin, en leur ordonnant de se boucher les oreilles avec ces boules de cire.

Cette fois, Neven fronça les sourcils, se demandant sérieusement si Connor n'avait pas perdu l'esprit à l'approche des Crocs d'Ébène.

— Je veux bien, capitaine, mais ils risquent de ne pas m'écouter. C'est une requête assez étrange et je n'ai pas encore très bonne réputation à bord de votre bâtiment.

Neven aurait pu se confondre en excuses longtemps, mais Connor l'arrêta vite. Le regard du capitaine se porta vers les effrayantes falaises qui se rapprochaient de plus en plus.

— Ne t'inquiète pas, tout se passera bien. S'ils protestent, Luiana et Jack ont pour consigne de les rappeler à l'ordre. Tu peux te faire aider, si tu le souhaites. L'important, c'est que tu aies accompli ta tâche avant que nous n'ayons franchi la passe. Compris ?

— Oui, capitaine !

La réponse du mousse vint se perdre dans la brise, car Connor s'était déjà envolé pour prendre des nouvelles d'autres membres de l'équipage. Durant tout leur entretien, Neven l'avait senti nerveux et fébrile. Le capitaine passait des choses sous silence, il en avait l'intime conviction. Le jeune homme ressassa les derniers mots du perroquet dans son esprit. Quelqu'un pour l'aider...

Son regard se porta vers la silhouette de Waëlle, mais il y renonça vite. La vigie devait rester à son poste, elle occupait un rôle trop important à bord du *Boréas* pour se charger de tâches subalternes. Ne restait plus qu'une personne que Neven connaissait assez bien pour oser lui demander son soutien. Même si cela lui déplaisait, il n'avait pas le choix.

Le mousse partit donc à la recherche de Mishrad.

Neven trouva le pirate en train d'attacher une corde à sa ceinture. Le marin semblait d'ailleurs rencontrer quelques difficultés, ce qui fit rire le mousse sous le coup de la nervosité. Lorsqu'il l'entendit, le forban le toisa avec agacement.

— Ne fais pas le malin, p'tit. Je m'applique pour que ce soit aussi solide que possible, comme le maître-canonnier me l'a ordonné. Crois-moi : s'il nous dit qu'il faut s'attacher, c'est que ça va secouer.

Le mousse nota rapidement cette information dans un coin de son esprit. Il aurait aimé que le capitaine le mette au courant de ce détail capital. Quand cet ordre avait-il été donné ? Neven n'en avait pas le moindre souvenir en tout cas. Il se fustigea de s'être laissé distraire un peu plus tôt.

— Moi, j'ai surtout l'impression que tu as dû abuser du rhum.

— N'importe quoi. Au contraire, ça m'aide à garder les idées claires.

— C'est pour ça que tu as les mains tremblantes, je suppose ? Enfin, je vais bien devoir me contenter de toi. Le capitaine m'a demandé de distribuer des boules de cire à l'équipage et il veut que tu m'aides. Nous allons devoir nous boucher les oreilles avec, apparemment. Ne me demande pas pourquoi.

Neven n'hésitait pas à dire tout ce qui lui passait par la tête, distrait par le nœud qu'il était en train de lacer. Il venait juste de finir son ouvrage lorsqu'il sentit Mishrad se tendre. Il crut d'abord que son ami était en colère pour d'obscures raisons et il lâcha, agacé :

— Quoi, qu'est-ce que j'ai dit, encore ?

Il fallut qu'il relève la tête pour réaliser que ce n'était pas l'énervement qui avait pris le pas sur son ami, mais l'effroi.

— Parsembleu ! De la cire, j'aurais dû comprendre plus tôt ! Tu as raison, gamin, je n'aurais pas dû laisser le grog m'embrumer l'esprit. Dire que je croyais que le capitaine voulait s'en servir pour reboucher les fissures dans le bois du bateau !

— De quoi parles-tu, Mishrad ?

— Tu n'as toujours pas compris, bougre d'abruti ?

— C'est-à-dire que non, pas vraiment.

— C'est le seul moyen de résister au chant des sirènes. Des créatures horribles qui emportent les marins au fond des mers pour les dévorer. Tu dois bien connaître leur nom, au moins !

— Eh bien, je connais quelques tableaux d'artistes censés les représenter, oui. Il paraît que les plus beaux, sont ceux des maîtres de...

— Lâche-moi la grappe avec tes histoires d'art ! Là, je te parle de vrais monstres, prêts à te boulotter jusqu'à la moelle si tu n'y prends pas garde. Alors un conseil : dépêche-toi d'aller distribuer tout ça à l'équipage. Et surtout, n'oublie personne.

— Tu vas m'aider ?

— Et comment ! Je n'ai pas envie de perdre des amis aux griffes de ces bestioles. Allez, dépêche-toi. Il faut que tout le monde ait des bouchons de cire avant que ces saletés ne nous tombent dessus !

Mishrad ne tergiversa pas plus et l'envoya accomplir sa mission avec une claque dans le dos. Neven fut effrayé par ces révélations, mais trouva néanmoins le courage nécessaire pour s'élancer dans la direction opposée à celle empruntée par Mishrad.

Contrairement à ce qu'il avait craint, les pirates acceptèrent les protections auditives sans broncher. En revanche, ils arborèrent tous la même expression, proche de la panique. Certains dirent que c'était de la folie, que jamais ils n'en sortiraient vivants. Beaucoup envisagèrent de se rebeller contre Connor en une mutinerie générale, avant qu'il ne soit trop tard.

Ils n'en eurent toutefois pas l'occasion. De toute évidence, le capitaine s'attendait à une telle réaction et il avait géré son temps en conséquence. Lorsque les premières plaintes s'élevèrent, le *Boréas* embouquait[10] déjà la brèche des Crocs d'Ébène. Le jeune mousse ne put s'empêcher de jeter un

10. S'engager dans un passage étroit.

coup d'œil par-dessus bord, impressionné. La coque du navire semblait passer à quelques centimètres à peine des rochers tranchants en contrebas et les falaises escarpées refermaient leurs bras tortueux sur le navire. Désormais, ils ne pouvaient plus reculer, en dépit du danger.

Néanmoins, le pire demeurait à venir.

Le bâtiment s'engagea dans une caverne sombre et les ténèbres envahirent le pont. Il n'y eut bientôt plus que le brasero et les chandelles allumées par Neven pour éclairer le *Boréas*. L'atmosphère était particulièrement lugubre et celui-ci se félicita d'avoir accompli son travail avec ferveur. Il n'aurait pas supporté de traverser ce lieu sinistre dans le noir complet.

Quoique la lumière ne leur apportât pas que du réconfort. Sur le côté, il pouvait voir des épaves échouées sur la berge. Les moules et autres crustacés y avaient élu refuge, au milieu des planches pourries, des algues et… Neven s'arrêta un instant, espérant avoir mal vu. Ses yeux ne l'avaient pourtant pas trompé.

Oui, il s'agissait bien d'ossements. Certains squelettes portaient encore un bandeau sur leurs orbites vides, ou une bouteille de rhum à la main. Neven ne put que se livrer en conjectures quant à la raison de leur trépas. S'étaient-ils fait prendre au piège par ces sirènes que Mishrad redoutait tant ? Avaient-ils perdu la vie lors du naufrage de leur navire ? Ou bien étaient-ils simplement morts de faim, à attendre indéfiniment sur leur banc de sable une aide qui n'était jamais venue ?

Il aperçut un gros crabe à la carapace verdâtre se glisser dans une cage thoracique et c'en fut trop pour lui. Neven recula d'un pas et alla se planquer aux côtés de Mishrad. Le pirate était la présence la plus rassurante qu'il avait sous la main. Arrivé près de lui, il remarqua que même le marin à la langue bien pendue tremblotait un peu et pas uniquement à cause de l'alcool. Toutefois, Mishrad se reprit, le temps de passer une corde autour du bassin du mousse. Cette fois, il parvint à nouer le nœud dès le premier essai, puis il sortit une flasque métallique de sa poche et en avala une grande gorgée.

Il la tendit alors à Neven. Ils ne pouvaient peut-être plus communiquer à cause de leurs oreilles bouchées, mais la proposition était explicite. Cependant, le jeune homme leva une main devant lui pour refuser. En cas d'attaque, il aurait besoin de garder les idées claires.

Pourtant, les ténèbres ne leur apportèrent pas mort et désespoir. Le timonier manœuvra le *Boréas* avec habileté, sans faire attention à Connor qui se balançait d'une patte sur l'autre juste à côté de lui. Le capitaine se rongeait les sangs, tandis que Luiana tenait son sabre brandi devant elle, prête à embrocher la moindre créature marine un peu trop hardie.

Bientôt, un grand halo lumineux s'ouvrit devant eux, marquant la sortie de cette passe meurtrière. Certains pirates lançaient déjà des exclamations de joie et l'allégresse emplissait leur cœur, désormais convaincus qu'ils étaient protégés par les vieilles divinités marines. Le Vieux négocia le dernier virage avec une facilité déconcertante, les extirpant une bonne fois pour toutes de la mâchoire des Crocs d'Ébène. Un flash blanc éblouit les pirates, alors que le *Boréas* retrouvait l'air libre. Dès qu'ils recouvrèrent la vue, quatre d'entre eux se saisirent du héros du jour pour le faire grimper sur leurs épaules et célébrer sa réussite.

Hélas, cela fut fatal au pauvre homme.

Neven ne vit rien d'autre, qu'une silhouette élancée comme une flèche fuser vers le marin malchanceux. L'instant d'après, l'homme se retrouvait dans les airs, emporté par la créature. Elle avait des plumes bleues, aussi claires que le ciel avec lequel elles se confondaient. Toutefois, le mousse n'eut pas le temps de s'attarder sur ce camouflage fort bien réussi. Le monstre s'éleva, encore et encore, jusqu'à finalement laisser le timonier retomber. Sa chute ne dura qu'un instant et son corps disloqué partit se briser à la surface de l'eau.

Dans un bref moment de lucidité, Neven comprit que personne n'avait pensé à attacher le timonier au navire. Ou alors, on avait dû le croire trop occupé à la barre pour oser l'importuner. Les conséquences de cette erreur s'étalaient désormais devant leurs yeux à tous. Le corps du vieil homme sombra et la créature qui venait de causer sa mort le suivit dans les profondeurs marines, ses babines ouvertes sur des crocs acérés, avide de se repaître de ce repas facile.

Captivé par ce spectacle ignoble, Neven ne vit pas le danger foncer droit sur lui. D'énormes serres se rapprochèrent de son visage, mais au dernier moment il tomba à terre, emporté par le poids de Mishrad. La sirène enfonça ses griffes dans l'épaule du pirate et y laissa de profondes éraflures, mais elle ne parvint pas à l'enlever. Un marin plus téméraire que les autres en profita pour lui planter un poignard dans l'aile. La créature poussa un cri perçant et reprit la voie des airs, abandonnant sa proie. La cire protégea l'équipage de son hurlement, mais en dépit de cette défense, Neven sentit une vibration désagréable lui envahir tout le corps et une douleur sourde parcourut ses membres.

Bientôt, une myriade de prédateurs aux ailes bleutées se détachèrent de la voûte céleste pour s'élancer vers le *Boréas*. Les matelots prirent leurs sabres, pistolets ou coutelas en main dans l'espoir de leur résister.

Mishrad et Neven roulèrent jusqu'au bastingage, entraînés par le mouvement du *Boréas*. Heureusement pour eux, le navire ne tanguait pas assez pour qu'ils passent par-dessus bord. Le mousse mit un genou à terre pour se relever, mais Mishrad le maintint plaqué au sol. Pendant un bref instant, il ne comprit pas, puis son ami lui désigna les sirènes du doigt.

Elles continuaient de distiller la mort autour d'elles, impitoyables. Même les cordes attachées aux bassins des marins se révélaient le plus souvent inutiles. Grâce à leur force herculéenne, ces êtres de cauchemar tranchaient facilement le chanvre, avant de s'envoler avec leur victime.

Après que l'envie de prier les Dieux pour que ce carnage cesse lui fut passée, Neven saisit enfin ce que Mishrad cherchait à lui montrer. Les monstres s'arrangeaient pour ne jamais trop se rapprocher du pont du navire, sûrement de peur de s'y retrouver épinglés par un sabre ou une hache. Elles s'attaquaient aux cibles les plus en hauteur, la proximité avec le sol assurant donc une protection supplémentaire au mousse et au pirate.

Pendant un instant, Neven se reprocha sa lâcheté. Il regroupa ses forces, prêt à s'opposer à Mishrad et à se mêler à la bataille. Au même instant, le choc d'un corps venant se fracasser sur l'eau retentit jusqu'à ses oreilles, lui faisant oublier toute bravoure. Il se replia dans l'encoignure du bastingage, adressant une nouvelle supplique à Alessa et ses frères.

Un chaos sans nom régnait sur le navire. Hommes et sirènes se livraient une lutte sans merci, s'écharpant farouchement. Pourtant, ce n'était pas le pire. Sans personne à la barre, le *Boréas* dérivait lentement et se rapprochait inlassablement des récifs bordant les Crocs d'Ébène. Bientôt il s'y échouerait, laissant l'équipage en pâture aux monstres ailés.

Connor refusait de voir son périple s'achever si prématurément. Il agrippa l'épaisse roue de bois de ses griffes et tira dessus de toutes ses forces, tout en battant des ailes avec ferveur. Son effort fut tel, qu'il souleva des montagnes de vent, ou du moins ce fut son impression. Il demeura toutefois incapable d'actionner la barre comme il l'aurait souhaité.

Alors que tout espoir semblait perdu, des mains tremblantes se posèrent juste à côté de ses serres. Connor releva la tête, envahi par un optimisme nouveau. Tout cela, pour découvrir que c'était Ed qui avait pris cette initiative. De tout l'équipage, le médecin était sans doute le seul à n'avoir aucune notion de navigation. Connor lâcha un juron, que le concerné n'entendit heureusement pas grâce à ses bouchons de cire.

Le perroquet inspira à fond et se prépara à guider ce parfait amateur. Il se plaça à gauche de la barre, bien en vue du médecin. Ed hésita un instant, les doigts moites et tremblants et Connor trépigna sur son perchoir pour exprimer son impatience.

Ed surmonta ses doutes et tourna enfin la barre dans le sens indiqué par le bec du perroquet. Connor vit avec soulagement le dangereux récif s'éloigner. Mais ce n'était pas fini. Il oscilla d'un pied sur l'autre, sautillant sur la barre, afin de guider Ed dans cette manœuvre délicate. Heureusement, le médecin avait de bons réflexes et des doigts précis. Il suivit à la perfection le rythme imposé par le perroquet. Les boules de cire l'aidèrent à ne pas entendre les cris de douleur et d'effroi de ses amis qui se battaient toujours.

Le *Boréas* avança encore de quelques mètres et alors, un vent puissant gonfla ses voiles. Il dispersa les sirènes, qui préférèrent s'en retourner vers leurs falaises. Les créatures n'allaient pas prendre le risque de s'éloigner de leurs rivages alors qu'elles avaient déjà de quoi festoyer.

Comme un seul homme, tout l'équipage s'affaissa sous le poids de cette accalmie nouvelle. Connor sauta au cou d'Ed et lui fit cadeau de quelques coups de bec affectueux, mettant sa dignité de côté sous le coup de l'euphorie. Beaucoup ne croyaient pas à leur chance d'être encore en vie.

Maintenant, les Crocs d'Ébène et ses sinistres sirènes se trouvaient derrière eux. Mais devant s'étendait la Mer Archaïque, aux mille dangers ô combien plus redoutables.

Chapitre 7 :

De sombres funérailles

Nous reprenons la mer, l'âme navrée,
contents d'échapper à la mort, mais pleurant les amis.

Homère, *L'Odyssée*

Encore un peu confus par la bataille, Neven retira les bouchons de cire de ses oreilles. Le monde sembla dès lors s'abattre sur lui avec une acuité toute nouvelle. La liesse des marins autour de lui bourdonna dans ses tympans et il posa une main sur son front, déboussolé par cette soudaine explosion de sensations.

— Ça va aller, gamin ?

Neven ne répondit pas à Mishrad. À la place, il se pencha par-dessus le bastingage et déversa le contenu de son estomac dans la mer.

— D'accord, je vois.

Le ventre du mousse fut saisi de spasmes pendant encore quelques minutes, avant qu'il ne puisse s'éloigner de la rambarde. Il essuya sa bouche du coin de sa manche, pestant intérieurement contre le goût amer qui collait à son palais. Le jeune homme n'eut pas le temps de protester que, déjà, il se retrouvait prisonnier de l'étreinte de Mishrad.

— Nous sommes vivants, p'tit ! vivants ! Ah, ça ! Quand je débarquerai au port, toutes les filles tomberont dans mes bras quand elles apprendront que j'ai survécu à une attaque de sirènes !

— Ces choses... c'était des sirènes ?

— Qu'est-ce que tu voudrais que ce soit d'autre ? La reine d'Ilésie ?

— Mais, les tableaux... Je croyais que...

— Des histoires de bonnes femmes, tes belles sirènes à queue de poisson ! Tes artistes, ils n'ont jamais dû mettre le pied sur un navire. Tout bon marin sait que les sirènes, les vraies, ce sont de gros oiseaux carnassiers, prêts à te dévorer jusqu'à la moelle. Leur cri est tellement strident qu'il peut t'assommer un homme comme ça, en un claquement de doigts.

Mishrad accompagna sa parole par le geste. Son action fut néanmoins maladroite, une grimace déformant ses traits alors que sa blessure à l'épaule se rappelait à lui. Des perles écarlates suintaient des trois sillons rouges creusés dans sa chair.

— Par Alessa, tu es blessé ! Vite, il faut faire quelque chose !

— Te bile pas, p'tit, ça me fera une cicatrice de plus. J'irais voir Ed quand tout le monde se sera calmé.

Neven accepta l'argument sans broncher. En cet instant, tout ce qu'il désirait, c'était un peu de réconfort.

— Nous sommes en sécurité maintenant que nous sommes loin des côtes ?

— À l'abri des sirènes, oui. Mais te réjouis pas trop pour autant. Nous voguons sur la Mer Archaïque, désormais. J'ai le sentiment que ces bestioles n'étaient que le comité d'accueil. Si tu veux mon avis, nous aurions dû nous mutiner contre le capitaine tant que nous en avions encore l'occasion. Il nous a bien eus, le Coco, à nous dissimuler l'existence de ces monstres jusqu'au dernier moment !

— Nous ne pouvons vraiment plus faire marche arrière ? Peut-être y a-t-il un moyen de convaincre l'équipage de prendre le contrôle du *Boréas,* pour retourner vers des eaux plus tranquilles ?

La peur poignardait le jeune mousse au ventre, alors que son cœur ne cessait de tambouriner. Il appuya une main sur sa poitrine pour le calmer, tout en sachant son geste vain. Mishrad lui répondit par une œillade désolée.

— Non, gamin, ce n'est plus possible. Et ça, l'autre piaf le sait très bien. Faire demi-tour impliquerait d'affronter les sirènes de nouveau. Tu as envie de remettre le couvert, toi ?

Neven chancela rien qu'à cette évocation. Il se sentit tourner de l'œil et Mishrad l'attrapa par l'épaule :

— Tu es sûr que tu ne t'es pas cogné la tête ?

— Ce n'est rien...

Une tache rouge et bleue passa dans le coin de son champ de vision, attirant le regard de Neven. Perché sur l'épaule d'Ed, Connor exhortait le médecin à se porter à l'aide des survivants. Un matelot plus chevronné reprit la barre, pour le plus grand bonheur du chirurgien. Diriger un navire ? Plus jamais !

Apercevant le jeune mousse, Ed fit un détour vers lui. Là, il commença à lui délivrer un discours sans queue ni tête, où il envisageait d'abandonner la piraterie pour retourner vers son village natal. Une fois là-bas, il se repentirait auprès du curé local, puis aiderait les mères à accoucher et apaiserait les rhumatismes des vieillards. Il s'apprêtait à poser des questions sur l'alessisme continental et les bonnes façons d'en pratiquer le culte, lorsque la voix stridente du perroquet le tira de sa rêverie nostalgique :

— Laisse donc ces idioties de côté, tire-au-flanc. Tu ne veux quand même pas une médaille pour te remettre à travailler, j'espère ? Le dernier qui a eu le droit à une ovation nourrit actuellement les poissons. C'est ce dont tu as envie, Ed ?

— Non, capitaine.

— Bien ! Alors, magne-toi un peu. Austin a besoin de bandages et... Luiana ? Il y a un problème ?

D'habitude, Connor ne se faisait que peu de soucis pour sa compagne. C'était une grande fille, capable de se défendre seule, mais il fut néanmoins soulagé de la voir revenir saine et sauve. Il s'élança vers elle, frottant sa tête emplumée contre la joue de la pirate. Elle lui répondit par une brève caresse, mais Connor ne tarda pas à ressentir de l'inquiétude en découvrant la mine grave et triste qu'arborait Luiana. Du sang coulait encore de son sabre et il sut d'avance qu'elle lui apportait une mauvaise nouvelle.

La pirate leva silencieusement le menton vers les hauteurs des cordages. Connor n'eut pas besoin de plus d'explications et il s'éleva dans les airs, tandis que plusieurs matelots grimpaient à sa suite.

— Qu'est-ce qu'ils font ?

— Crois-moi, tu ne veux pas le savoir.

— Tu peux bien m'appeler gamin si ça te chante, Mishrad, mais je suis embarqué avec vous tous dans cette galère, maintenant.

— Ils vont chercher un corps que les sirènes n'ont pas réussi à emporter…

Un mort de plus. Étrangement, la nouvelle secoua à peine Neven. Comme tout l'équipage, le mousse fit un pas en avant, mais plus par mimétisme que par curiosité. Il se sentait comme vide, épuisé émotionnellement par le massacre auquel il venait tout juste de réchapper.

La foule des matelots devint rapidement compacte et Neven crut qu'il ne pourrait même pas apercevoir le défunt. Il parvint néanmoins à se frayer un chemin vers le mât lorsque Mishrad le rejoignit et joua des coudes à travers la masse des pirates pour lui permettre de passer.

— Merci, murmura le mousse.

S'adressait-il à Mishrad, aux dieux, à la providence ? Il n'aurait su le dire. Soudain, il ne vit plus qu'un pantin désarticulé que l'on descendait du mât.

Une minute... du haut du mât ?

Neven se lança alors dans des théories plus fantasques les unes que les autres. Il s'agissait sans doute d'un pauvre bougre lâché là par une des sirènes, un inconnu dont Neven ne se souciait guère. Le sort ne pouvait se montrer si cruel envers lui…

Le mousse porta une main horrifiée à sa bouche lorsque de belles boucles blondes tombèrent sur le côté. Il détourna le regard pour ne pas voir le visage sans vie de Waëlle. Neven prit ses jambes à son cou, voulant échapper à cette vision d'épouvante. Mishrad l'appela, mais Neven ne l'entendit pas, plongé dans un état second. L'équipage le couvrit d'injures lorsqu'il fendit la foule à toute allure, mais il s'en moqua, hanté par le rire de la vigie. Ce rire qui ne retentirait plus jamais à ses oreilles.

— Calme-toi, p'tit. Je sais bien que tu avais le béguin pour Waëlle, mais regardes la vérité en face, tu la connaissais à peine. Arrête de larmoyer pour rien et d'aggraver la douleur de ses proches.

Neven cilla à peine en sentant la grande main du pirate se poser sur son épaule.

— Que je me calme ? Waëlle est morte !

— Je sais. Au vu de ses blessures, la pauvre petite a dû se prendre un coup de serre en plein cœur.

— Et ça t'amuse de me raconter ça ?

— Écoute-moi bien. Tu as peut-être craqué pour ses beaux yeux de biche, mais Waëlle, c'était une pirate. Pas une de ces cruches du continent qui se balade avec quatre gosses à chaque main et qui se laissent cogner par leurs maris sans rien dire. Elle est morte en se battant et elle aurait voulu qu'on se souvienne d'elle ainsi. Pas parce qu'elle avait un beau sourire ou une autre idiotie du genre.

Le discours de Mishrad poussa Neven à se retourner vers ce qui restait de Waëlle. Il n'eut à affronter cet horrible spectacle que pendant quelques secondes, avant que Luiana ne drape un linceul blanc sur la dépouille de la vigie, sous le regard profondément attristé de Connor. Cette vision aviva la fureur de Neven.

— Voilà, c'est fait. Tu es content ?

— N'essaye pas de me faire culpabiliser, le mousse, t'y arriveras pas. Qu'as-tu perdu, aujourd'hui ? Une jolie fille que tu connaissais à peine ? Moi, ce sont de vieux amis que j'ai vus mourir sous mes yeux et pourtant tu ne me vois pas chouiner. Je suis un pirate et j'ai toujours su dans quoi je m'engageais. Tous ceux qui sont morts sous les griffes de ces maudites sirènes le savaient aussi et ils ne voudraient certainement pas de ta pitié.

Cette fois, le jeune homme ne trouva rien à répliquer. Avant qu'il ait pu balbutier quelques mots d'excuse, une silhouette furibonde fendit la foule. Neven reconnut au tout dernier moment la chef des esclaves admis à bord par Connor.

— Ne vous approchez pas de cette femme ! La malédiction est sur elle. Je le sens. Jetez son corps à la mer au plus vite ou empressez-vous de le purifier. Le mal ne doit pas se répandre sur le navire !

Le discours presque mystique d'Irum vint alourdir un peu plus le moral des marins. Tous portèrent un regard circonspect sur la jeune femme, agacés par son intervention intempestive.

— La malédiction est sur elle ? Tu nous en diras tant, l'étrangère ! Qu'est-ce qui t'a mis la puce à l'oreille ? Les sirènes, le sang ou le drap mortuaire que nous venons de poser sur son corps ?

La colère se répandit vite chez les pirates. Les yeux de lynx de la vigie leur avaient sauvé la vie plus d'une fois et tous l'appréciaient. Ils brandirent un poing menaçant vers Irum, mais elle les toisa du regard et continua à avancer vers la dépouille de Waëlle, sans afficher la moindre crainte.

— Ne t'approche pas plus ! ordonna Connor dans un caquètement inquiet.

Après être passé tout près de la mutinerie, le capitaine n'allait certes pas se mettre en danger pour les croyances rituelles de l'étrangère. Mais là encore,

Irum l'ignora et tendit une main vers la forme inerte de Waëlle, tout cela pour être arrêtée au tout dernier moment par la poigne d'acier de Luiana.

La fureur défigurait les traits félins de la pirate, refusant elle aussi qu'une étrangère profane le corps de Waëlle de ses incantations impies. Son geste suscita une ovation parmi ses hommes et les rassura. Luiana était une sorcière des mers, après tout. Si elle osait s'opposer à Irum, c'était qu'il n'y avait rien à craindre du monde des esprits.

— Lâche-moi, pauvre sotte, ou vous le regretterez tous ! Je dois savoir d'où proviennent les forces obscures qui hantent ce navire. Je connais bien les sirènes. Je vous garantis que cette fille n'a pas été tuée par l'une d'entre elles.

Cette annonce résonna comme un coup de canon et elle ébranla tout le navire.

— On peut savoir ce que tu sous-entends par là ?

La voix de Connor tenait surtout du grondement.

— Un de tes hommes a assassiné cette fille en profitant de la confusion de l'attaque.

— Es-tu en mesure de le prouver ?

— La malédiction est sur elle. Je n'ai besoin de rien de plus.

L'espace d'un instant, le doute s'empara de Connor. Si Irum disait vrai, il ne pouvait ignorer sa mise en garde. Il se balança d'une patte sur l'autre, ne sachant que faire, puis opta finalement pour prendre toutes les précautions nécessaires.

— Luiana, tu es l'une des meilleures magiciennes qui existent de ce côté du globe, alors je m'en remets à ton jugement. As-tu senti quelque chose ?

La compagne de Connor fit signe à deux marins et ils saisirent Irum pour la tenir éloignée de la défunte, le temps que la sorcière mène son enquête. Avec respect, elle posa un genou à terre devant la dépouille de Waëlle. Elle ferma les yeux et rapprocha sa main du drap, sans aller jusqu'à toucher le corps. La pirate demeura immobile pendant quelques instants, avant de se relever.

— Est-ce que tout cela est bien nécessaire ? Ils ne peuvent pas laisser Waëlle en paix ? hoqueta Neven, révulsé par ce spectacle macabre.

L'abbaye lui avait enseigné que la magie était tout le contraire de la foi. En désacralisant son corps avec ses pouvoirs impies, Luiana ruinait certainement toutes les chances de Waëlle d'être acceptée auprès du Quatuor Sacré. Même ses prières ne suffiraient sans doute pas à laver cette salissure.

— Oui, il le faut gamin. Le capitaine ne peut laisser l'étrangère instiller le doute parmi ses hommes. Pas après être passé si près d'une mutinerie.

Il n'eut pas le temps de développer son idée plus avant. Devant eux, Luiana donna son verdict en hochant négativement la tête, indiquant qu'elle n'avait senti aucune force magique. Une euphorie nouvelle gagna alors l'équipage : celle de savoir que goules et fantômes n'avaient pas investi leur navire. Ce sentiment ne dura toutefois qu'un instant, avant de laisser place à la colère.

— C'est l'étrangère qui a menti pour semer la discorde parmi nous ! Elle veut sans doute accaparer le *Boréas* pour elle et les siens !

— Elle voudrait qu'on s'entre-tue pour pouvoir s'emparer du butin. J'ai toujours dit que nous n'aurions jamais dû la prendre à bord !

— Qu'on la jette à la mer ! C'est elle qui est maudite, pour sûr !

Les élans d'agressivité dirigés contre Irum se multiplièrent, au grand désarroi de Connor. Jamais il n'avait cherché pareil déferlement de haine. S'il voulait empêcher l'Orientale de se faire lyncher, il devait faire vite.

— Calmez-vous ! Irum a passé plusieurs mois dans les cales d'un navire esclavagiste et elle y a souffert du manque d'eau et de nourriture. Vous êtes tous très bien placés pour savoir que dans de telles conditions, même les plus chevronnés des marins ont tendance à perdre la raison et à voir des choses qui n'existent pas. La pauvre a dû avoir des hallucinations. Elle ne mérite pas d'être condamnée à mort pour sa folie.

La jeune femme proféra un juron outré dans sa langue d'origine.

Quelle imbécile ! pensa Connor. Ne comprenait-elle pas qu'il cherchait à la protéger à travers ce mensonge ?

Elle cracha en direction de l'équipage, hurlant de nouveau que les dieux allaient abattre leur colère sur eux. Le perroquet soupira. Non, de toute évidence, elle n'avait pas saisi ses intentions.

— Je ne sais pas si elle est folle ou non, capitaine, mais nous ne voulons pas d'une furie pareille parmi l'équipage ! Les sirènes de tout à l'heure c'était amplement suffisant.

— Oui !

— Débarrassez-nous d'elle !

Luiana se plaça entre Irum et les marins, ce qui permit de calmer ces derniers, mais seulement pour un temps. La sorcière des mers échangea avec Connor un regard entendu : des mesures drastiques s'imposaient.

— Je comprends votre emportement, mais nous n'avons aucune preuve qu'Irum ait sciemment comploté contre nous. Ce n'est qu'une pauvrette à l'esprit égaré qui croit apercevoir des fantômes un peu partout.

— Ce n'est pas vrai, je sais ce que je...

Luiana lui flanqua un coup discret dans l'estomac.

— Rassurez-vous, je ne compte pas prendre de risques inconsidérés. Cette jeune femme sera retenue dans les cachots, jusqu'à ce que ses véritables intentions soient découvertes.

Un murmure parcourut la foule. La confiance des marins en leur capitaine avait été mise à mal lors de l'attaque des sirènes, mais finalement cette résolution l'emporta. Une fois enfermée, l'étrangère ne pourrait plus colporter ses mensonges ou nuire à quiconque.

— Vous m'aviez promis la liberté, mais je vois que vous n'êtes qu'un menteur de plus. Vous le regretterez, lorsque la malédiction…

D'une clef de bras, Luiana mit fin aux menaces d'Irum. Elle la tira ensuite avec rudesse jusqu'à la cale.

— Voilà ! Maintenant que ce problème est réglé, il est temps pour nous de faire nos adieux à Waëlle, annonça le capitaine.

Les adieux en question furent rapides et sommaires. L'équipage se contenta de garder le silence une seconde, avant qu'un pirate – Austin, si la mémoire de Neven était bonne – ne la porte à la mer. En le voyant faire, le mousse fut piqué d'une jalousie mal placée. Il aurait voulu être auprès de Waëlle à la place d'Austin, pouvoir lui dire au revoir en tout dernier, caresser doucement ses boucles blondes pour la réconforter dans la mort et recommander son âme au grand dieu Yesmin, lui qui était si bon et clément envers les humains.

Comme toujours, Mishrad déchiffra sans mal les émotions du jeune mousse. Ce qu'il y lut lui déplut fortement. Assez, en tout cas, pour qu'il écrase le pied de Neven sans pitié.

— Aïe ! Je peux savoir pourquoi tu as fait ça ?

— Pour que tu arrêtes de te montrer mesquin envers ce pauvre Austin. Oh non, ne fais pas l'innocent, gamin ! Laisse-moi te le répéter une dernière fois, crâne de piaf : tu ne connaissais pas Waëlle. La preuve : tu ignores même qu'Austin est son frère. C'est à lui de faire ses derniers adieux à la p'tite. Pas un type qui espérait lui extorquer un ou deux baisers au clair de lune…

Neven baissa la tête, pris en tort. Le mousse replongea dans un silence respectueux, évitant avec soin de lever les yeux vers Austin.

— Crâne de piaf ?! Qui a dit ça ?

Ils sursautèrent en entendant la voix de Connor caqueter à leur oreille. Le perroquet les fixait avec animosité.

— C'est moi, capitaine. Je parlais du gamin. Une vraie tête de linotte, celui-là !

Connor se détendit. Visiblement, les linottes devaient appartenir à un ordre moins respectable que les perroquets selon ses critères, car il n'en prit pas offense.

— Je vois. À l'avenir, arrange-toi pour lui faire part de tes remontrances en dehors des cérémonies d'enterrement. Ce n'est pas très respectueux.

— Vous avez raison, mon capitaine.

— Je l'espère bien. En attendant, retournez tous à vos postes ! Le navire ne va pas se diriger tout seul. Nous sommes sur la Mer Archaïque, désormais et vous savez très bien ce que cela veut dire.

— Oh que oui, je sais très bien ce que cela signifie : nous allons sans doute tous crever... grommela Mishrad.

Il réalisa bientôt qu'à défaut d'avoir atteint le capitaine, ses mots étaient parvenus à terroriser Neven. Il passa une main dans les cheveux du mousse, le décoiffant au passage :

— Respire, gamin ! Tu me connais, je ne suis qu'un vieux loup de mer pessimiste. Si ça se trouve, il y aura un survivant ou deux et tu en feras partie. Après, tu pourras retourner dans ton abbaye et raconter comment tes dieux t'ont miraculeusement sauvé. Peut-être même qu'on fera de toi un saint ou un martyre et tu pourras couler des jours heureux aux frais de la princesse. Ou encore du Quatuor Sacré...

— Mishrad, je ne te donne pas de conseils sur la navigation, car je sais que tu en connais bien plus que moi. Alors s'il te plaît, fais pareil avec moi et la religion. De toute façon, il n'y a que les morts qui peuvent atteindre la sainteté.

— D'accord, d'accord, je te laisse tranquille avec ça. Va donc balayer un peu le pont, ça t'aidera à garder les pieds sur terre, loin de toutes ces bizarreries spirituelles. Les environs sont déjà assez dangereux comme ça. Pas la peine d'attirer des créatures mystiques avec de mauvaises pensées.

Neven soupira et il saisit la serpillière que Mishrad tendait vers lui.

Connor attendit que tous ses hommes se soient remis au travail pour s'éclipser discrètement dans un nuage de plumes. La confrontation s'était mieux passée que prévu, au point où il en aurait presque remercié Irum. Avec ses manières brusques et franches, l'étrangère avait focalisé sur elle le blâme et la fureur de l'équipage.

Il ne s'enorgueillissait pas de l'odieux stratagème par lequel il avait berné ses hommes, les mettant en danger alors que lui ne risquait rien. Les sirènes s'en prenaient aux humains et pas aux perroquets. Aussi gras soient-ils à cause d'un excès de biscuits.

Ses ailes lestes le menèrent tout droit aux cellules, là où Irum croupissait déjà. L'étrangère détecta aussitôt sa présence, mais elle demeura prostrée sur elle-même, refusant de lui adresser la parole. Pas de doute, elle lui en voulait.

— Alors, tu as résisté aux sirènes, Connor ? résonna une voix grave dans l'obscurité. Dis-moi, combien d'amis as-tu sacrifiés aujourd'hui pour parvenir à tes fins ? Ah, suis-je bête ? Tu ignores sans doute le nom des hommes tombés durant l'assaut.

Lawrance. La tragédie qui venait de secouer le *Boréas* était allée jusqu'à lui faire oublier la présence de son vieil ennemi, ce qu'il regretta aussitôt. Connor ne se sentait pas en état de l'affronter aujourd'hui. Pourtant, il ne pouvait faire preuve de faiblesse.

Il avança jusqu'aux barreaux derrière lesquels l'officier croupissait. Du sang séché collait à son arcade sourcilière et de nombreuses ecchymoses parsemaient son visage et ses avant-bras. Luiana n'y était pas allée de main morte.

— Si tu veux tout savoir, Lawrance, les sirènes ont emporté très exactement quatorze de mes hommes. Des marins auxquels je tenais. Je serais d'ailleurs en train de faire mon deuil, si je ne devais protéger les survivants lors de la traversée de la Mer Archaïque.

— Ne te cherche pas d'excuses. C'est quand même toi qui les as menés jusqu'à cet océan rempli de créatures d'un autre âge. N'en ressens-tu donc aucune culpabilité ?

— Tous savaient que s'engager dans un équipage de pirate, c'était obéir à son capitaine et mettre leur vie en jeu par la même occasion. Je ne suis pas le roi d'Ilésie et je ne fais pas de fausses promesses.

— Crois-moi, Sa Majesté est bien plus honnête que toi. Je suis certain qu'à l'heure qu'il est, la flotte royale est déjà à tes trousses.

— Tu es bien naïf, si tu t'imagines que le roi va envoyer des navires jusque sur la Mer Archaïque pour te secourir, mon ami. Ta lettre de marque[11] ne te

11. Document officiel autorisant un corsaire à courir contre tout ennemi déclaré du souverain qui la signe.

sauvera pas. À présent, je te prierai de te tenir tranquille, Lawrance. C'est à la dame que je suis venu parler. Pas à toi.

— À la dame ? Je ne suis plus une folle écervelée, maintenant ?

Irum s'agita contre ses fers, le regard furibond. Lawrance ne manqua pas sa réaction et éclata d'un grand rire franc.

— Une autre de tes amies, Connor ? Nous sommes tous deux dans la même situation, très chère, je le crains. De pauvres âmes en peine, trahies par ce démon de perroquet.

— Toi, l'esclavagiste, je ne veux rien entendre qui vienne de ta bouche ! Le capitaine a peut-être du mal à tenir ses promesses, mais j'ai plus d'estime pour lui que pour un vaurien dans ton genre.

Connor gonfla son poitrail et leva la tête bien haut en voyant Lawrance se faire insulter de la sorte. Il méritait bien que quelqu'un lui rabatte son caquet, celui-là !

Le perroquet sautilla jusqu'à Irum, l'esprit un peu plus léger.

— Pas la peine de faire le fier, vous...

— Je m'en doute bien, ma chère. Je m'excuse de mon attitude de tout à l'heure. Si je vous ai fait venir ici, c'est uniquement pour vous mettre à l'abri de la colère de mes hommes. Les marins ont le sang chaud et un accident est vite arrivé. Cependant, je reviens vers vous afin d'avoir les détails de cette affaire.

— Les détails ? Qu'y a-t-il à dire, sinon que la fille portait la trace d'une malédiction sur elle ? J'espère que vous avez jeté son corps par-dessus bord, au moins. Nous n'avons pas besoin d'un esprit damné à bord. Les revenants ont la sale habitude de venir régler leurs affaires eux-mêmes.

— Pas d'inquiétude à avoir de ce côté-là. Son frère s'en est chargé.

— Si vous avez assez confiance en moi, amenez-le ici avant la prochaine lune. Je m'assurerai que le sort ne s'empare pas de lui. La fille pourrait se servir de lui comme point d'ancrage, pour revenir d'entre les morts...

Connor se gratta à l'aide de ses serres, gêné. Il le fut encore plus lorsqu'il prit conscience de son geste. Il reposa sa patte à terre, comme s'il venait de se rendre coupable d'un crime terrible. Irum eut la gentillesse de ne faire aucune remarque, mais Lawrance ne fut pas si tendre :

— Alors, Coco, je constate que tu as pris quelques habitudes ? Crois-tu que tu conserveras ces mimiques, lorsque tu auras récupéré ton véritable corps ?

— Lawrance, cette discussion ne te concerne pas. Si tu continues, je vais demander à Luiana de revenir s'occuper de toi.

— Merci de faire remarquer que je n'avais pas été assez torturé, Connor, c'est charmant, vraiment.

— Vos disputes ne m'intéressent pas. As-tu de réelles questions à me poser, capitaine ? Si ce n'est pas le cas, j'aimerais au moins pouvoir profiter de ma tranquillité. C'est bien le seul avantage qu'il y ait à être en prison.

— Elle n'a pas dû être souvent en rétention, ta nouvelle recrue, Connor. On ne fait pas plus bruyant qu'un cachot !

La jeune femme se leva, offensée et tira sur ses chaînes pour se retrouver au plus près des barreaux de sa cellule. Lawrance fit de même et ils commencèrent à s'insulter en utilisant les termes les plus imagés de leur répertoire.

Connor ouvrit le bec, une réprimande sur la langue, puis décida de s'abstenir. Lassé, le capitaine abandonna les deux prisonniers à leur dispute et s'en retourna commander son équipage.

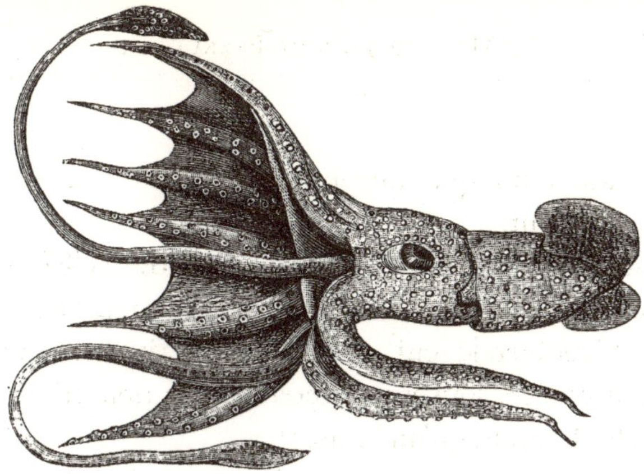

CHAPITRE 8 :

Les monstres de la Mer Archaïque

De Cétus, on raconte la chose suivante :
que de la mer il venait chez les Troyens ;
si ces derniers lui offraient des jeunes filles en pâture,
il repartait, sinon, il dévastait leur pays.

PALAPHAITOS, *Histoires incroyables*

Mishrad balança un caillou au loin et le regarda s'enfoncer dans les profondeurs océanes. Il avait sur les lèvres un vieil air paillard, mais le cœur n'y était pas. Il s'assit ensuite sur un tonneau, juste à temps pour voir Neven faire rouler une poignée de dés au sol.

— Je n'aurais jamais cru dire ça de la Mer Archaïque, mais on s'ennuie comme des rats morts.

— Nous sommes affamés comme des rats, aussi, grogna le mousse.

L'attaque des sirènes remontait à plus d'une semaine, maintenant. Depuis ce sinistre jour, le *Boréas* croisait[12] sur une mer d'huile. Pas une vague à l'horizon : le vent était aux abonnés absents. En revanche, le soleil ne les oubliait pas, harassant les marins, dont il brûlait la peau avec une assiduité sans faille. Malgré les rationnements imposés par le capitaine, les réserves de vivres et d'eau douce fondaient à vive allure, annonçant un futur précaire.

— Allons ! Tu exagères encore, gamin. Tu as peut-être appris à te gaver de vin et de fromage dans ton abbaye, mais sur un bateau pirate, il faut vivre à la dure. Dis-toi que les monstres marins ne voudront pas de toi, si tu n'as que la peau sur les os.

— Les monstres marins, les monstres marins… Si tu veux mon avis, ce ne sont que des légendes, tes monstres. Des bêtes marines de plus de dix mètres de long, ça n'existe pas. Des pirates ont dû inventer ces histoires pour se prétendre plus courageux qu'ils ne l'étaient. Au fait, c'est à toi de jouer.

Le pirate saisit les dés et souffla dessus afin qu'ils lui portent chance. Neven surveilla son geste avec sévérité, s'attendant à une entourloupe. Mishrad était un grand adepte de la tricherie. Le mousse l'avait découvert dès leurs premières parties de cartes. C'est pour cela qu'il affectionnait plutôt les jeux de dés, désormais. Au moins, il pouvait vérifier facilement si son ami n'en avait pas rajouté un.

— Des histoires, tu y crois vraiment, à celle-là ? Les sirènes, c'était des histoires ? Tu devrais peut-être aller demander à Waëlle, pour en avoir le cœur net.

Dans un geste brusque, Mishrad envoya tournoyer les dés sur le plancher du bateau. Les cubes de bois mal taillés roulèrent avec difficulté, freinés par leurs faces inégales et cabossées.

Le nom de Waëlle fit frissonner Neven. Il se rappela le sourire énergique de la jeune femme et il perdit toute envie de jouer aux dés. Pourtant, il se força à demeurer assis, ne désirant pas s'attirer une nouvelle brimade de la part de Mishrad. Le mousse vivait son deuil à sa façon. Chaque soir, il allait se recueillir en regardant les dauphins batifoler près de la coque du *Boréas*. Il aimait imaginer ces créatures argentées en émissaires des dieux, venus veiller sur l'âme de Waëlle.

— Arrête de me provoquer, Mishrad. Je suis déjà d'assez mauvaise humeur comme ça, entre la faim et ce maudit soleil…

---

12. Naviguait.

— Que la vie est cruelle avec toi. Tu veux un mouchoir, peut-être ?

— Je voudrais surtout remporter cette manche.

Neven fusilla les dés du regard, comme s'ils étaient responsables de tous ses tourments. Il les prit en main et les soupesa, craignant qu'ils ne soient pipés. Mais il ne décela rien d'anormal et Mishrad lui offrit son plus beau sourire narquois :

— Alors as-tu si peu confiance en moi, gamin ? Quel intérêt aurais-je à tricher ? Nous ne jouons même pas pour de l'argent. Rien que pour passer le temps.

— Oui, parce que tu m'as déjà pris toute ma solde aux cartes. D'ailleurs, je me demande bien pourquoi je te parle encore.

— Peut-être parce que je suis le seul à t'adresser la parole ?

Neven ne le prit pas aussi mal qu'autrefois. Sa valeur, il l'avait prouvée rien qu'en survivant à l'abordage du navire marchand ainsi qu'aux sirènes. Toutefois, il n'allait pas se faire d'amis maintenant. Pas alors qu'une vague de soupçons flottait sur l'équipage.

Nul n'avait oublié les sombres prédictions d'Irum. Une fois le calme revenu, des théories farfelues avaient commencé à circuler. Beaucoup accusaient l'étrangère d'avoir pactisé avec des forces maléfiques, attirant le malheur sur eux. Pour d'autres, les sirènes avaient appris à maîtriser la magie et s'en étaient servies pour ensorceler le *Boréas*. Un troisième groupe, plus minoritaire, murmurait que Waëlle avait été assassinée par un membre de l'équipage jaloux de ses talents.

Tout cela, ajouté à la chaleur et aux privations, aboutissait à une ambiance exécrable. Pas une journée ne passait sans qu'une bagarre n'éclate pour des broutilles. Si bien que les pirates se fuyaient les uns les autres comme la peste. Il n'y avait guère que Mishrad pour conserver son flegme habituel et prendre plaisir à jouer aux dés sur le pont, alors que le reste de l'équipage était farouchement enfermé dans ses quartiers.

Neven n'ayant jamais vraiment trouvé sa place au sein de cette joyeuse bande de pirates, cela ne le dépaysait pas trop. Il chassait son ennui du mieux qu'il pouvait, tentant d'oublier que les jeux d'argent menaient à la dépravation. Quelques prières suffiraient sans doute à effacer sa faute, somme toute minime.

— Dis donc, Mishrad, tu fais preuve d'un tact imparable, comme toujours ! Allez, passe-moi les dés.

— Tu penses que ça vaut vraiment la peine de jouer, sans rien à parier ?

— C'est ça ou trouver quelque chose d'autre à faire.

— Bon, d'accord. Tiens !

Mishrad prit les dés en main pour les donner à Neven. Au même instant, un claquement d'aile résonna sur le pont abandonné du navire. La chaleur avait fait fuir l'essentiel des créatures vivantes à la cale, mais pas toutes. Un oiseau au plumage chamarré se posa juste devant les deux joueurs, la tête penchée vers eux.

— Coco ? Biscuit ?

Par ces conditions hostiles, Connor aussi avait besoin de distractions. Or, il se trouvait que les querelles entre Mishrad et le jeune mousse l'amusaient toujours beaucoup. Sans compter qu'il n'était pas du genre à refuser un amuse-gueule gratuit.

— Encore toi ? Tu ne pourrais donc pas aller voir ailleurs ?

— Bon biscuit. Coco veut. Donne, donne !

Le perroquet tapa du bec contre les doigts refermés de Mishrad, tentant de s'emparer des dés. C'était qu'à force, il jouait de mieux en mieux l'idiot.

— Ça ne se mange pas, imbécile ! Quand je pense qu'on dit ces bestioles intelligentes, juste parce qu'elles savent parler...

— Oh, ça me donne une idée ! s'enthousiasma Neven.

— Quoi ? Fourrer ce satané Coco dans un sac et le jeter à la mer ? À moi aussi, ça m'est passé par la tête. Le problème, c'est que si le capitaine l'apprend, c'est nous qui allons finir déplumés.

— Pour qui me prends-tu, à la fin ? Bien sûr que non, je ne veux pas tuer cette pauvre bête ! En revanche, c'est une bonne façon d'augmenter les enjeux de notre partie. Celui qui perd donne son biscuit au perroquet. Qu'est-ce que tu en penses ?

— Vendu !

Mishrad sourit, déjà certain de sa victoire et passa les dés à Neven.

Connor se mordit la langue de justesse. Il n'avait été pas loin de déclarer que lui aussi, il voulait jouer, afin de gagner double ration de biscuits si le sort lui était favorable.

Pour son plus grand malheur, Luiana faisait honneur à sa réputation de compagne impitoyable et il devait se priver tout autant que ses marins. Depuis plusieurs jours, il se nourrissait exclusivement de graines sèches, dont il devait méticuleusement retirer la coque avant de pouvoir se sustenter. De quoi rendre un perroquet fou.

Neven secoua les dés dans sa main, les laissant rebondir entre ses phalanges. Par réflexe, il demanda leur aide aux dieux, avant de se souvenir qu'ils désapprouveraient sans doute de le voir participer à des jeux de hasard. Peut-être aurait-il mieux valu qu'il n'attire pas leurs regards sur lui dans ces moments-là, mais les vieilles habitudes avaient la vie dure.

— Arrête de me faire attendre et lance ces fichus dés. Regarde, même le perroquet s'impatiente !

Connor confirma en se dandinant d'une patte sur l'autre :

— Coco a faim ! Biscuit, biscuit !

— C'est bon, laissez-moi une minute, que je me concentre !

— Te concentrer ? Tu es en train de jouer aux dés, pas en train de construire une cathédrale. Alors, dépêche-toi de balancer les dés, j'n'ai pas toute la journée !

Neven soupira et envoya valser les cubes de bois devant lui. Le premier s'arrêta aussitôt, tandis que les autres tournoyèrent plus longuement, avant de retomber à plat eux aussi. Mishrad frappa dans ses mains :

— Un un et un deux ! Je suis désolé de te le dire, gamin, mais ça ne va pas être très dur de rattraper ton retard. Prépare le biscuit !

Neven posa sur le marin des yeux pleins de suspicion et Connor en fit de même. L'oiseau avait néanmoins un avantage de taille sur le mousse. Il savait à quelles fourberies s'attendre de la part des pirates de son équipage. Avant que Mishrad n'ait pu ramasser les dés, il referma une serre sur l'un d'entre eux et le retourna. Il révéla une autre face… identique à la précédente.

— Qu'est-ce que… J'avais vérifié les dés au début de la partie, pourtant ! À moins que… Mishrad, espèce d'arnaqueur ! Ne me dis pas que tu as échangé les dés lorsque j'avais le dos tourné !

— Ne te mets pas en colère comme ça, p'tit ! C'est ça, le jeu. Tu discutes avec ton adversaire jusqu'à ce qu'il ne fasse plus attention. Et là, tu en profites pour placer ta combine. Ce n'est pas de ma faute si tu es trop crédule !

— Je suis honnête !

— Ça revient au même, si tu veux mon avis.

Connor rit sous cape, amusé de les voir se quereller. Contrairement à la plupart des autres capitaines pirates, il n'avait jamais trouvé essentiel de condamner les jeux de dés et de cartes à bord du *Boréas*. Les esprits s'échauffaient rarement, de toute façon. Les joueurs savaient qu'en cas de bagarre, ils devraient ensuite rendre des comptes à Luiana.

— N'importe quoi. Tu dis ça juste parce que ça t'arrange !

— J'ai l'impression que même notre ami le perroquet ici présent a été plus malin que toi, sur ce coup.

— Coco malin ? Coco biscuit ? tenta Connor.

Se divertir était une chose, mais son estomac commençait sérieusement à le tirailler. Impatient, il gratta le sol du navire avec ses ergots, afin que les deux marins lui apportent son dû.

— Donne-lui à manger, Mishrad.

— Pourquoi moi ? Je n'ai pas perdu aux dés.

— Peut-être, mais je t'ai surpris à tricher. C'est comme si tu avais perdu !

— Dans ton abbaye miteuse, peut-être, mais je suis un vrai pirate. Je n'obéis pas à ces règles désuètes.

— Coco veut, maintenant !

À eux trois, ils créèrent un capharnaüm digne d'un cri de sirène, prêts à se chamailler pendant des heures pour un simple biscuit.

Un homme blond et à la forte carrure surgit soudain de la cale, ameuté par le raffut. Il avait le visage rouge de ceux qui ont trop forcé sur la boisson. Tel un bélier, il fonça droit sur Neven et saisit le mousse à la gorge. Avec une facilité dérisoire, il le souleva d'une main, jusqu'à ce que ses pieds pendent dans le vide, par-dessus le bastingage.

Le sang bourdonna aux oreilles de Neven alors que l'air se raréfiait dans ses poumons. La panique s'empara de lui, tandis qu'il peinait à comprendre ce qui lui arrivait.

— Tout est de ta faute ! C'est toi qui as voulu qu'elle disparaisse ! Je le sais, il y a des gens qui t'ont vu avec elle. Assassin !

— Austin, ça va ? s'inquiéta Mishrad. Tu m'as l'air un peu chamboulé. Tu ne voudrais pas venir t'asseoir à côté de moi, histoire qu'on discute un brin ? Ne t'inquiète pas, je surveillerai le mousse le temps que vous régliez vos affaires.

— Je ne lâcherai pas ce meurtrier ! Sauf si c'est pour le voir se faire engloutir par l'océan, comme ma sœur l'a été ! Mais avant, je veux qu'il prenne bien conscience de ce qui l'attend. Qu'il sache que l'abysse va se refermer sur lui...

— Je vois. Ne lâche pas, alors.

Mishrad essayait de désamorcer la situation tant bien que mal, mais ses talents de diplomate en situation de crise ne volaient malheureusement pas bien haut. La main d'Austin tressauta et Neven sentit les doigts poisseux d'alcool glisser sur son cou.

Le pirate ne le rattrapa que de justesse, l'empêchant de passer par-dessus bord. Il voulut ouvrir la bouche, négocier pour sauver sa vie, mais les doigts d'Austin se serrèrent de nouveau autour de sa nuque, jusqu'à ce qu'il commence à suffoquer.

— Non, je ne veux pas entendre ta sale voix de malheur ! Qu'est-ce que tu lui as raconté, à ma sœur, ce soir-là ? De quel mensonge as-tu usé pour la faire tomber dans tes filets ? C'est toi qui l'as ensorcellée, pour qu'elle devienne une cible facile pour les sirènes ? Arrête de faire non de la tête ! C'est comme ça que ça s'est passé, tout le monde le dit ! Tu savais qu'il y aurait des sirènes. C'est toi qui as préparé les bouchons de cire !

Austin s'enfonçait de plus en plus dans l'hystérie, le regard fou. Dans cet état, il fallait s'attendre à tout de sa part et surtout au pire. Connor décida que c'était de son devoir d'intervenir. Tant pis s'il grillait sa couverture. Il avait fait la promesse de protéger Neven et il comptait bien honorer sa parole.

— Austin, laisse le garçon partir tout de suite. C'est un ordre de ton capitaine.

Mishrad chercha du regard un nouvel ara rouge, sans en trouver. Il s'arrêta ensuite sur le soi-disant Coco, qui avait soudain perdu son air bête et emprunté, au profit d'une allure plus altière.

— Capitaine ? Je croyais que c'était Coco et que tu voulais un biscuit ?

— Oui, bon, ça va ! Pas la peine d'en rajouter. Chacun s'amuse comme il le peut. Toi, tu pipes bien les dés pour martyriser un pauvre mousse. Alors, ne viens pas me faire la morale. De toute façon, nous avons d'autres chats à fouetter.

— Je dois bien vous accorder ça, capitaine. Histoire de régler ça tout de suite, que diriez-vous de me laisser tranquille avec cette affaire et en échange, je ne révèle pas votre petit passe-temps ?

— Ça me paraît honnête, Mishrad. Marché conclu. Maintenant, occupons-nous de Neven.

La soif vengeresse d'Austin s'était calmée un instant, le temps que le forban assiste à cet étrange échange entre le marin et le perroquet, ébahi par leur âpreté en affaires.

Quant à Neven, toujours étranglé au-dessus des flots, il les fusillait du regard, les suppliant silencieusement de lui venir en aide au lieu de se laisser distraire par des broutilles.

— Capitaine, c'est bien vous ? demanda Austin, suspicieux.

— Oui, c'est moi, Coco… Connor. Maintenant, sois gentil et ramène Neven à bord.

— Non ! C'est lui qui a assassiné ma sœur !

— Et puis quoi encore ? Waëlle lui aurait flanqué la raclée de sa vie s'il s'en était pris à elle, renifla Mishrad.

— C'est ce qu'il veut te faire croire ! Il a utilisé des sortilèges anciens tirés de grimoires interdits, c'est ce que les autres ont dit ! Même qu'il sacrifierait des perroquets la nuit, pour faire des totems et des poupées avec leurs plumes, comme les cannibales !

L'esprit aviné d'Austin refusait d'admettre son erreur, convaincu par la véracité de son délire. D'ordinaire Mishrad et Connor se seraient esclaffés à imaginer Neven en sorcier occulte, si la situation n'avait été aussi critique. Mishrad balaya toutefois ses arguments d'un geste de la main :

— De la magie ? Je ne crois pas, non. Il vient d'Ilésie, là où le roi ne supporte pas le moindre hérétique à sa foi. Les sorciers, il les condamne à la corde, au bûcher ou à l'écartèlement. Il est encore moins tendre avec eux qu'avec les pirates, c'est dire. Le p'tit a grandi dans une abbaye, en plus.

— Il dit vrai, Austin. J'ai eu le temps de l'observer et Neven n'est pas coupable.

— Pourtant, je croyais que…

— Bon sang, vous avez vu cette chose ?! Dépêchez-vous de ramener le gamin à bord !

Mishrad avait les yeux écarquillés et son cri présageait un fléau terrible. Même les sirènes ne lui avaient pas inspiré une telle panique. Austin fronça les sourcils :

— Si tu crois que je vais me laisser avoir aussi facilement, tu te fourres le doigt dans l'o…

Mishrad se jeta sur lui et le plaqua à terre. Par chance, la poigne de l'ivrogne sur le cou de Neven était forte et le mousse fut emporté avec eux. Les trois hommes roulèrent sur le pont dans un embrouillamini de jambes et de bras, chacun donnant des coups pour se dépêtrer de la prise des autres. Austin se releva comme il le put et leva le bras, prêt à frapper Mishrad en guise de représailles.

Une immense nageoire effilée surgit derrière son dos. Le bras squameux se referma là où Neven s'asphyxiait un peu plus tôt. L'étrange appendice s'éleva encore de plusieurs mètres, jusqu'à dépasser la hune du *Boréas,* à la recherche de sa proie disparue. Quand il retomba enfin, il pourfendit la surface des eaux dans un fracas épouvantable, envoyant une vague immense éclabousser le pont de part en part. Le choc fut tel, que le navire se mit à tanguer dangereusement alors que d'autres excroissances monstrueuses jaillissaient des flots.

— Par Enekan ! Tu as bien vu la même chose que moi, gamin ? murmura Mishrad.

— Vu quoi ? s'étrangla Neven affalé sur le pont, la mine violette.

— La bestiole gigantesque qui vient tout juste d'essayer de t'attraper, par les dieux ! Des nageoires préhensiles, longues comme un navire !

— Désolé, j'étais occupé à ne pas mourir d'asphyxie. De toute façon, tu as dû halluciner. Une bête d'une telle taille ne peut...

Une nouvelle secousse fit perdre l'équilibre au jeune homme et Mishrad agrippa son poignet au dernier moment, l'empêchant de tomber à la mer. Le navire se balança d'un bord à l'autre, tandis que les heurts contre la cale se multipliaient, ces à-coups devenant de plus en plus violents.

Le *Boréas* s'immobilisa brutalement, maintenu par la créature qui les attaquait. Les imposantes nageoires enserrèrent la coque dont le bois commença à craquer sous la pression. Neven blêmit, ses premiers doutes oubliés.

— Qu'Alessa me protège, quel genre d'atrocité est-ce là ?

— Un Cétus. Le cauchemar de tous les marins depuis l'aube de l'humanité. La légende le prétend capable de dévorer des navires et de provoquer des raz-de-marée à lui seul. Je savais que la Mer Archaïque pullulait de monstres en tous genres, mais je pensais ces choses éteintes depuis des millénaires... murmura Connor.

— C'est bien beau, tout ça, mais si on se bouge pas, c'est nous qui allons lui servir d'amuse-gueule !

Le cri d'alerte de Mishrad sortit Connor de sa contemplation tandis qu'une nouvelle secousse ébranlait le bâtiment.

— Du calme, je sais quoi faire. Enfin, je crois... Austin, cours réveiller les marins qui n'auraient pas été alertés par tout ce raffut et dis-leur de s'installer aux canons. Mishrad, prends la barre, avant que cette saleté ne nous entraîne par le fond. Neven, déploie les voiles !

— Mais capitaine, il n'y a pas le moindre zéphyr depuis des jours. Sans compter que cette chose retient le *Boréas*. Cela ne servirait à rien !

— Ne discute pas ou nous allons tous finir en chair à pâté !

Toute envie de biscuit désormais abandonnée, le capitaine se posta sur l'épaule de Mishrad, prêt à guider son équipage dans cette nouvelle épreuve. Pour sa plus grande joie, il découvrit néanmoins que le pirate possédait un don caché pour piloter un vaisseau. Le forban sut déjouer avec habileté les attaques du prédateur aquatique pour conserver l'équilibre du *Boréas* et l'empêcher de sombrer alors même que le monde tout entier tremblait autour de lui. Par miracle, il réussit à dégager le bâtiment de l'étreinte du Cétus. Ce n'était toutefois que le début d'une course contre la montre dantesque. S'ils ne s'enfuyaient pas de là au plus vite, le Cétus finirait tôt ou tard par briser la coque ou renverser le *Boréas*.

— Tu te débrouilles bien, Mishrad ! Je ne te connaissais pas un tel talent.

— Plus tard les compliments, Coco.

— Si tu pouvais éviter d'employer ce nom…

— Allez plutôt aider Neven. Le gamin n'est pas bien doué et j'ai peur qu'il ne tombe à la mer sans personne pour veiller sur lui.

Connor s'exécuta de mauvaise grâce, grommelant des imprécations dans sa barbe, toute métaphorique fut-elle. Il sauta de l'épaule de Mishrad et en un battement d'ailes, il trouva le chemin des haubans, où le mousse s'affairait déjà à libérer les cordes les plus récalcitrantes.

Au même moment, Mishrad fit pivoter la barre et le *Boréas* prit un grand virage à tribord. Cela permit d'amortir le coup de nageoire que le Cétus assenait à la charpente du navire. Toutefois, Connor ne s'attendait pas à ce que le bateau vire si brusquement. Il se retrouva donc à planer au-dessus de l'océan et son instinct s'affola aussitôt. Il s'éleva aussi haut que possible dans les airs, espérant que l'altitude lui prodiguerait un refuge de fortune. Connor dut néanmoins composer avec des courants aériens d'une grande violence. Malgré tout, les voiles du *Boréas* demeuraient désespérément immobiles, alors même que le perroquet bataillait de toutes ses forces contre les vents, à quelques mètres de là à peine. Autant dire que cela sentait le maléfice à plein nez.

À force d'efforts, il finit par se rapprocher du *Boréas*, mais une masse énorme jaillit hors des flots, fusant vers lui tel un harpon. Par réflexe, Connor jeta un œil en contrebas et regretta aussitôt cette erreur. La nageoire qui cherchait à le happer menait tout droit à un gouffre rose et béant, empli de dents tranchantes comme des rasoirs et essaimées de morceaux de chair putréfiés. Une tête de baleine tranchée nette pendait tristement, coincée entre deux crocs. Connor y vit également des mâts entiers, souvenirs d'esquifs tombés devant la frénésie destructrice du monstre.

Cette gueule avide était tournée vers un unique but : s'emparer du pauvre volatile.

Voler avec la grâce et la vélocité d'un aigle n'était pas donné à tous les perroquets et pourtant Connor réussit cet exploit, motivé par la panique et le désir de survivre. Il fondit en piqué loin de cette gueule gargantuesque, jusqu'à se retrouver sous l'égide du *Boréas*, où il alla se poser sur un cordage, le cœur encore palpitant. Le mastodonte finit de nouveau bredouille. Aveuglé par sa rage destructrice, il projeta une déferlante bien plus redoutable que les précédentes sur le navire.

— Mishrad, tiens bien la barre ! Neven, accroche-toi !

Cet avertissement de dernière minute fut salutaire aux deux matelots. À nouveau, le *Boréas* pencha dangereusement vers les flots, mais la frégate tint bon grâce à la main experte de Mishrad.

Le navire se remit droit et au même moment, des pirates affolés commencèrent à émerger de la cale, Austin à leur tête. Pourtant, le gros de l'équipage se faisait toujours remarquer par son absence, nota Connor avec impatience. Croyaient-ils que le danger allait disparaître de lui-même, s'ils se cachaient dans le fond du navire ?

La bataille contre les sirènes revint alors à l'esprit de Connor et il réalisa soudain que oui, c'était peut-être effectivement le raisonnement que ces idiots avaient suivi. Cette bande de pleutres n'hésiterait pas une seconde à laisser la sale besogne à d'autres, inconscients que leurs vies à tous étaient en péril !

— Vous voilà enfin, espèces de capons[13] ! Rejoignez votre poste et abattez-moi cette engeance des enfers à coups de canon ! Les autres, prenez des seaux et écopez-moi toute cette eau avant que le *Boréas* ne soit envoyé par le fond !

Comprenant l'urgence de la situation, les marins se ruèrent sur le moindre contenant à leur portée. Tonneaux, seaux, vieilles bouteilles de rhum, n'importe quoi faisait l'affaire pour agréner[14] le pont. Connor ne fut toutefois pas dupe ; ils s'offraient un répit, rien de plus. La clef de leur survie se trouvait ailleurs.

13. Lâches, pleutres.
14. Vider l'eau d'un bâtiment, d'une embarcation.

— Les canons sont en batterie, capitaine !

— Alors abattez-moi cette saleté !

La fureur d'une détonation finit enfin par retentir à ses oreilles, alors qu'il voyait les premiers projectiles fendre l'air avec fracas. Il trépigna d'excitation, le frisson de la bataille s'opposant à sa peur d'y laisser la vie. Après être passé si près des mâchoires impitoyables du Cétus et en être sorti indemne, il se sentait soudain invulnérable.

— Allez, du nerf ! Pulvérisez-moi cette abomination ! Prouvez-moi que vous êtes des pirates dignes de ce nom et pas juste un ramassis d'incapables !

Ces ordres portèrent leurs fruits et bientôt, les premiers boulets commencèrent à atteindre le flanc de la bête, quelques marins parvenant à viser juste en dépit du chaos ambiant. Toutefois, les projectiles égratignaient à peine le cuir du Cétus : ces mortelles perles noires ne lui infligeaient pas plus de dégâts que des gouttes d'eau…

— Ce n'est pas suffisant ! Envoyez une nouvelle salve ! rugit Connor.

Les canons toussèrent à nouveau leurs boulets et leurs nuages de fumée, mais l'issue demeura inchangée. Non seulement ils ne transpercèrent pas le flanc de la bête, mais le Cétus revint à nouveau à la charge. Les impacts des boulets de canon se voyaient à peine sur son corps immense et ne devaient pas le gêner plus que des piqûres d'insecte. Connor grinça du bec, ses petits yeux noirs croisant un instant le regard tout aussi sombre et intelligent de l'autre animal. Cette saleté savait ce qu'elle faisait. Plus le combat perdurerait, plus ils perdraient le faible avantage qu'ils pouvaient encore posséder.

Tandis que Connor tergiversait, Neven s'approcha maladroitement du perroquet, ses doigts tremblants s'accrochant au chanvre avec bien plus de difficultés que les serres de l'oiseau. Connor lâcha un juron à moitié étouffé. Le *Boréas* tanguait bien trop pour que quelqu'un s'aventure dans les cordages.

— Capitaine, j'ai une idée ! Si nous visons sa gueule ou ses yeux, nous pourrions sans doute le blesser !

La proposition du mousse n'était pas bête, mais sa mise en application ne serait pas simple et ils manquaient de temps.

— Non, nous ne pouvons prendre ce risque. Avec mon ancien équipage, peut-être. Mais la plupart des gars ici ont plus de chance de toucher leurs propres pieds que cette bête abominable, aussi grande soit-elle.

— Mais, peut-être que Mishrad…

— Il est plus doué que la plupart des lâches qui composent mon équipage, je te l'accorde. Mais sans lui à la barre, le *Boréas* sombrera en quelques minutes.

Au même instant, les yeux du perroquet tombèrent enfin sur la personne qu'il cherchait, la seule capable de les sortir de ce mauvais pas.

Tel un fauve enragé, Luiana surgissait des profondeurs de la cale, traînant par la peau du cou les derniers pirates récalcitrants. Connor se rappela soudain ce qui l'avait tant attiré chez elle, sans pour autant se laisser aller à d'inutiles considérations nostalgiques. Pas tant que chaque seconde les rapprochait d'un sinistre destin.

Il décolla de son perchoir jusqu'à atterrir sur l'avant-bras de sa compagne, qui haussa à peine un sourcil face à son arrivée impromptue. En dépit de l'urgence de la situation, elle dégageait toujours un calme froid, se distinguant par là du perroquet, dont l'esprit était au bord de l'ébullition.

— Luiana, un Cétus nous attaque ! Nous devons partir d'ici, le *Boréas* ne tiendra plus longtemps. Utilise tes pouvoirs !

La pirate le fixa d'un air désolé, avant de faire non de la tête. Les plumes de Connor s'en hérissèrent. Emporté par ses émotions, il ne se retint que de justesse de lui donner un vilain coup de bec.

— Écoute, je sais qu'à cause de la malédiction, tes pouvoirs sont diminués et qu'il t'est difficile de résister à une autre force magique. Mais pour nous sortir de ce pétrin, tu n'as pas besoin de gagner. Le moindre petit souffle de vent nous sera salutaire !

Quelque chose changea au fond des prunelles de sa compagne et un profond soulagement s'empara de Connor. Il quitta alors son bras, conscient qu'il ne ferait que la gêner.

Même s'il trouvait cela légèrement rabaissant, Connor décida de se poser à ses pieds sur le plancher du navire, afin d'être près d'elle en cas de contrecoup. Affronter les forces magiques de l'océan avait toujours un prix.

Luiana ferma ses paupières, concentrée. Elle leva les mains en l'air et se hissa sur la pointe de ses pieds, tandis que sa poitrine s'agitait de soubresauts, comme en transe. Ses lèvres murmurèrent des incantations muettes, des bribes de formules depuis longtemps interdites et oubliées des hommes. Au rythme de sa respiration, un lourd drap d'angoisse se posait sur l'équipage.

Tandis que Luiana invoquait des forces anciennes, le Cétus emprisonna à nouveau la coque de ses nageoires, avec plus de force que jamais. Un craquement sinistre retentit et Connor crut leur fin venue.

Au même moment, les paupières de Luiana se rouvrirent sur un océan déchaîné.

Iris, cils, pupilles, tout laissa place à un lac céruléen aux profondeurs insondables. Le perroquet eut la prudence nécessaire de s'éloigner d'elle, refusant de se laisser hypnotiser par ces perles glacées. Il craignait trop le feu de la magie pour s'y frotter.

La mer ne s'agita pas sur son injonction. Non, elle réagit bien plus violemment que cela. Elle rua, se cabra, tenta de se débarrasser du *Boréas* comme un cheval de son cavalier. Plus d'une fois, le navire plana dans les airs quelques instants, avant de retomber sur les flots dans une gerbe étincelante. Les voiles relâchées par Neven et les autres pirates se gonflèrent de vent, tandis que le mât ployait sous la force des éléments. Toujours à son poste, Mishrad serra les dents et fit de son mieux pour apaiser cette bête indomptable.

Des murs d'eau colossaux s'élevèrent de part et d'autre du bâtiment et à bien les regarder, Connor leur trouva des airs un peu trop humains. Au cœur de la tourmente, il crut apercevoir des yeux, une main et même un crochet... Il pria pour que Luiana parvienne à les tirer des griffes de telles entités.

Du Cétus, il n'y avait plus trace. La bête était sans doute partie se réfugier dans les tréfonds abyssaux, à l'abri de la tempête. En dépit de son gigantisme, elle devait être tributaire des aléas du climat, comme tous les animaux marins. Un repas, aussi copieux soit-il, ne valait pas la peine de se faire entraîner par des courants traîtres, jusqu'à se retrouver échouée sur un banc de sable, à attendre une mort lente et douloureuse sous le soleil éclatant de la Mer Archaïque.

— Capitaine, le *Boréas* est gravement endommagé ! Nous ne pourrons pas continuer comme ça très longtemps ! avertit Mishrad.

Connor prit immédiatement les dispositions qui s'imposaient. À défaut de pouvoir secouer sa compagne par les épaules, il saisit une mèche de ses cheveux dans son bec et tira fort.

— Luiana, arrête ! Nous sommes assez loin, maintenant ! l'exhorta-t-il lorsque la douleur ne fut pas suffisante pour la réveiller.

Encore un échec. Il se rabattit bientôt sur les traditionnels coups de griffes et de bec. Au départ, ses efforts parurent inutiles, mais il se refusa à perdre espoir. Après une longue lutte, Luiana cligna enfin des yeux, ses pupilles ayant retrouvé leur coloris naturel. Heureux de sa réussite, Connor s'ébattit dans les airs alors que le *Boréas* se stabilisait doucement.

— Nous l'avons fait, Mishrad ! Ah, ça ! Tu as intérêt à me le donner, ce satané biscuit !

Le marin ne rit pas à sa demande, ce que le capitaine prit d'abord pour de l'avarice mal placée.

Connor se tourna vers lui, l'air grognon, curieux de comprendre pourquoi il refusait de célébrer leur victoire. La réponse lui apparut alors très clairement.

Connor eut tout juste le temps de s'accrocher à Luiana, avant que l'énorme nageoire caudale du Cétus ne se fracasse sur le *Boréas*.

Marie Kneib

La Malédiction du Perroquet

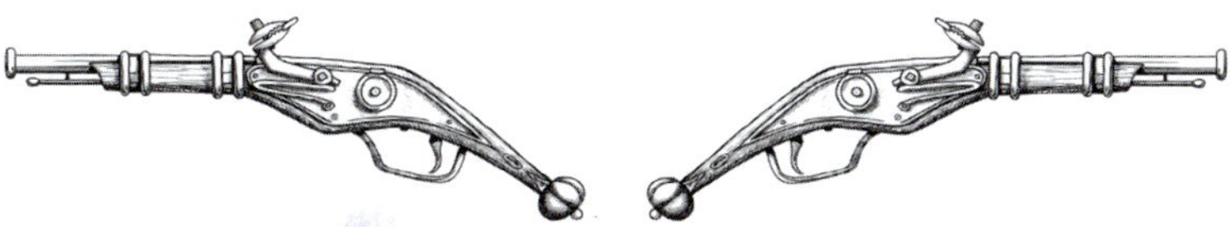

Collection Imaginaire

Connor

Connor a toujours eu la piraterie dans le sang. Pendant des années, il a semé la terreur sur les océans, à la tête d'un équipage redouté de tous. Même le puissant roi d'Ilésie s'est révélé incapable de mettre un terme aux pillages de ce capitaine insatiable.

Mais aveuglé par sa soif d'or, Connor s'est confronté à une magie qui le dépassait et il en a payé le prix. Accablé par une malédiction, il s'est métamorphosé en perroquet. La plupart de ses hommes l'ont alors abandonné, refusant de demeurer sous le commandement d'un capitaine à plumes. Désormais, il n'a plus qu'une unique obsession, redevenir humain…

J. Robin

Lawrance
J. Robin

Luiana
J. Robin

Mishrad

Depuis toujours, le pirate Mishrad écume les mers, à la recherche d'aventures et de richesses. Forban issu d'une ville côtière, il a bourlingué aux quatre coins du globe et servi dans de nombreux équipages, avant d'entrer sous les ordres du capitaine Connor.

S'il porte fièrement les cicatrices de sanglants abordages, il privilégie cependant toujours la ruse à l'affrontement direct.

Loup de mer aguerri, son esprit retors lui est très utile à bord, notamment pour esquiver les tâches les plus ingrates.

Toutefois, les ordres du perroquet vont le mener bien loin de la vie de pillages à laquelle il aspire...

J. Robin

J. Robin
Neven

Chapitre 9 :

Rivages inconnus

Naître, c'est faire naufrage sur une île.

James Matthew Barrie, *Peter Pan*

Encore sonné, Neven se mit à genoux et toussa à pleins poumons pour se débarrasser du sable dans sa bouche. Les grains clairs glissaient sous ses doigts et collaient à ses cheveux. Pourquoi se trouvait-il sur la terre ferme ? Il ne s'en souvenait plus et une atroce migraine l'empêchait de creuser dans ses souvenirs. Il eut du mal à se hisser sur ses deux jambes, au milieu de cet océan ocre qui tanguait bien plus que le pont d'un navire. Toujours groggy, le jeune homme perçut à peine le doux murmure des vagues derrière lui.

Le mousse essuya ses mains puis ses paupières, les délestant de toute poussière afin de balayer d'un coup d'œil la plage autour de lui. Les souvenirs furent lents à lui revenir et pendant un instant, il se demanda même pourquoi il ne se trouvait pas dans son lit, à l'abbaye.

La carcasse du *Boréas*, échouée à quelques pas de là, agit sur lui comme un électrochoc. Étant donné l'enfer qu'il venait de traverser, le navire s'en était sorti en plutôt bon état, mais un large trou perçait néanmoins sa coque. Avec une pareille blessure, le *Boréas* ne naviguerait pas de sitôt.

Neven sprinta jusqu'à l'épave sur des jambes encore mal assurées. Le sort du navire lui importait peu ; c'était pour ses amis qu'il s'inquiétait.

— Mishrad ? Capitaine ? Luiana ?

Neven fit le tour de la frégate, courant lorsque son corps affaibli le lui permettait. Ses cris réveillèrent les mouettes et les crabes encore endormis, mais il n'obtint pas la moindre réponse humaine. Par acquit de conscience, il fouilla chaque tas de sable aux alentours du *Boréas*, de peur que l'un de ses amis n'ait été enterré en dessous. Il n'y dénicha que du sable, encore et toujours plus de sable. Se débarrasser des amas poisseux qui collaient à sa peau en se baignant était tentant, mais il ne pouvait le faire sans ralentir ses recherches et il s'y refusa donc.

Il ne voulait pas retourner sur le *Boréas*. Le navire échoué avait quelque chose de sinistre, avec son allure de baleine mourante. Pourtant, Neven s'obligea à affronter sa crainte et grimpa à bord du bâtiment. Tout était en désordre et il ne parvenait plus à reconnaître ces lieux autrefois familiers.

— Hé ho, il y a quelqu'un ?

— Bon sang gamin, parle moins fort ! Je me suis pris une planche sur le crâne et j'ai l'impression qu'un bataillon entier est en train de s'affronter là-dedans.

— Mishrad, c'est toi ? Qu'Alessa soit louée, tu es vivant ! Tu n'as rien ?

Le mousse bondit aussitôt auprès de son pirate d'ami. Ce dernier se massait la tête, l'air agacé, mais il tenait debout et ne semblait pas souffrir de blessures importantes. Neven en fut infiniment soulagé. Ce qu'il avait eu peur d'être le seul survivant ! Il n'hésita pas à l'étreindre un bref instant, avant de se faire repousser d'une main bourrue :

— Ça va, gamin, je ne suis pas mort ! Je me suis fait ballotter par le courant pendant Dieu sait combien de temps, alors je dois avoir des bleus un peu partout. À part ça, je suis encore en un seul morceau. J'ai déjà croisé le capitaine. Lui et Luiana ont survécu. Mais il n'y a rien d'étonnant à ça, elle est increvable, c'te femme. Elle l'aura protégé. Austin et Ed s'en sont sortis, aussi. Oh, te réjouis pas comme ça ! Une bonne majorité de l'équipage y est quand même passée et le *Boréas* ne lèvera plus les voiles de sitôt. Le Coco va avoir des problèmes plus graves que de réclamer ses fichus biscuits !

Mishrad était désabusé comme jamais. Ses épaules ployaient sous la peine et les soucis. Son rire sonnait faux. Neven lui aurait bien offert quelques paroles de réconfort, mais il le savait trop fier pour les accepter.

— Le capitaine est donc toujours en vie ?

— Oui. Cet oiseau de malheur est doué pour mettre les autres dans la galère, mais lui, il s'en sort à chaque fois. Fut un temps, des rumeurs couraient, comme quoi il était prêt à trahir ses amis pour un rien. Moi, je lui ai été fidèle et j'ai toujours refusé d'y croire. C'pas impossible que j'aie eu tort.

Mishrad ne prononça pas ces paroles avec énervement ou frustration. Non, l'apathie dominait tout son être et l'empêchait d'éprouver le moindre sentiment violent. Ses mots semblaient détachés les uns des autres et dénués de sens, comme sortis de la bouche d'un automate.

— Est-ce que tu saurais où il est allé ? Nous ferions mieux de tous nous rassembler.

Neven ne voulait pas s'engager dans une conversation risquée. S'il obéissait aux ordres de Connor, ce n'était que parce que sa mère en avait jugé bon, avant de pousser son dernier soupir. Il respectait son ultime volonté, comme un bon fils se devait de le faire. Il lui était également plus simple d'agir ainsi que de prendre sa vie en main et de faire ses propres choix.

— Il est parti dans la cale, avec Luiana et les deux autres. Ils cherchent des survivants et ce qu'il peut rester du trésor. Évidemment, ce vieux rapiat pense plus à ses richesses qu'à nous. Il doit déjà rêver à ce qu'il fera de son or, une fois redevenu humain. Ah, ça ! Il pourra s'en acheter, des biscuits !

— Je vais voir, dans ce cas.

Neven s'éloigna. Il plongea par la trappe menant droit à la cale. Avec le *Boréas* penché de travers, progresser dans cet espace exigu relevait de l'exploit et Neven dut s'accrocher aux murs et au mobilier pour ne pas chuter.

Tout le bateau sentait l'algue et le sel marin. Neven trouva quelques poissons gisant sur le flanc. Malheureusement pour lui, la traversée devint bientôt plus morbide. De nombreux pirates avaient dû se perdre dans l'océan, mais les autres étaient encore là, à fixer Neven de leurs yeux désormais glauques et inexpressifs.

Derrière les embruns océaniques, il pouvait déjà discerner la puanteur des charognes. Le mousse porta une main à sa bouche, ravalant de justesse un haut-le-cœur, tandis que son estomac se révoltait face à ce spectacle infect.

Il voulait s'enfuir. Pourtant, une force invisible paralysait ses membres, le forçant à affronter ce tableau morbide. Une nuée de mouches volait déjà au-dessus des cadavres, venue se repaître de ce banquet inespéré. Leurs pattes poilues tâtonnaient la peau bleuâtre des macchabées, à la recherche de la moindre blessure dont elles pourraient tirer le suc. Face à l'horreur, Neven perdit finalement la bataille et il se courba en deux pour vomir ses tripes sur le plancher humide. Il se releva avec un goût de bile dans la bouche et des larmes plein les yeux.

Il parvint à mettre des noms sur quelques visages blanchis par le sel : Yrvain, le jeune coq ; Jack, le maître-canonnier qui ne ratait jamais une occasion de le réprimander lorsqu'il tirait au flanc. Néanmoins, nombre de pirates étaient trop défigurés pour être identifiés.

Neven sentit l'usage de ses jambes lui revenir et il n'hésita pas un seul instant. Il courut à perdre haleine, désespéré d'échapper à ce spectacle cauchemardesque, alors même que les lugubres allégations d'Irum concernant la malédiction lui revenaient à l'esprit. Les lattes de bois crissaient sous ses pieds et il lui semblait parfois entrapercevoir des squelettes aux doigts décharnés dans l'angle de son champ de vision. Le mousse tenait encore trop à la vie pour s'arrêter et vérifier si ces spectres n'étaient que le fruit de son imagination.

Au bout de longues minutes de course effrénée qui lui parurent durer une éternité, un tintement métallique attira l'attention du mousse. Il sursauta, s'attendant presque à ce qu'un macchabée se relève et l'emporte avec lui dans les méandres de l'au-delà. Après cet instant de panique, Neven revint lentement à la raison et il avança avec circonspection en direction de ce bruit. Le son résonna encore plusieurs fois et la curiosité finit par prendre le pas sur sa peur, bien que cela n'empêchât pas son cœur de battre la chamade.

Sa quête le mena tout droit jusqu'à la salle des cachots, où il eut le bonheur de trouver Luiana, accompagnée de Connor. Irum se tenait à leurs côtés, débarrassée de ses fers et occupée à essorer le bas de sa tunique. Toutefois, le regard du capitaine était porté sur quelqu'un d'autre.

Une menotte enserrait encore le poignet de Lawrance, le maintenant attaché au *Boréas*. À l'aide d'une hache, Luiana s'évertuait à briser ce lien, sous l'œil inquiet du concerné. Connor tournait autour des deux protagonistes sur ses petites pattes, regrettant de ne pouvoir prendre une part active à ce spectacle.

— Je sais que nous n'avons pas toujours été en bons termes, Connor. Mais si tu pouvais empêcher ton amie de me trancher la main…

— Arrête de dramatiser. Luiana ne te fera pas de mal ! Elle va te libérer et ensuite, nous pourrons tous sortir d'ici.

Un nouveau coup de hache s'abattit sur l'acier. Le métal résonna dans un boucan assourdissant et Lawrance sursauta. L'homme plein d'insolence qui n'hésitait pas à se moquer de Connor avait laissé place à cet être prostré.

— Tu crois vraiment que je vais te faire confiance de nouveau ? Après tout ce que tu as fait ?

— Il va bien le falloir. Crois-moi, cela ne me fait pas plaisir non plus. Tu vas sans doute tenter de rassembler des informations pour Howell à l'instant même où tu seras libre.

— Capitaine ?

Le perroquet fit volte-face et se précipita vers Neven dès qu'il l'eut reconnu. Lawrance lui cria de ne pas l'abandonner entre les griffes de Luiana, mais le capitaine ignora sa supplique. Il se figea en vol stationnaire, à quelques centimètres à peine du mousse.

— Neven ! Oh, que les dieux soient remerciés, tu es sain et sauf ! Je te croyais perdu en mer ! Ne t'éloigne plus de nous. Je ne voudrais pas qu'il t'arrive d'autres mésaventures.

— Ne l'écoute pas, mon garçon. Cet oiseau apporte le malheur sur tous ceux qui l'entourent. Il n'y a qu'à me regarder pour s'en rendre compte.

— Personne ne t'a demandé ton avis, Lawrance !

Luiana frappa une dernière fois et cette fois les liens du prisonnier se rompirent. Le choc se répercuta néanmoins jusqu'à son poignet et l'officier poussa un cri d'animal blessé. Il massa la chair endolorie de sa main gauche, sans oublier de lancer un regard peu amène à la pirate. Cette dernière haussa les épaules, montrant bien que sa souffrance lui importait peu.

— Pouvons-nous enfin quitter cette embarcation maudite, à présent ? susurra une voix provenant des tréfonds du cachot. Je ne resterai pas plus longtemps dans ces lieux marqués du sceau de la mort...

Une fois de plus, Irum parvint à insinuer la peur dans l'âme de Neven. Il fut pourtant bien le seul. Luiana adopta une expression ouvertement hautaine et méprisante envers l'étrangère et Connor rentra un peu sa tête entre ses ailes, gêné, mais pas effrayé. Quant à Lawrance, il ne prêta pas la moindre attention à l'esclave, trop occupé à se plaindre de l'état de son poignet.

Si Neven espérait être rassuré par l'un de ces quatre-là, il était très mal tombé. À côté d'eux, même Mishrad devenait de bonne compagnie.

— Oh non, nous n'en avons pas encore fini avec le *Boréas*. D'autant plus que je reste persuadé que mon bâtiment n'a été victime d'aucune malédiction. C'est simplement la Mer Archaïque qui l'est et depuis toujours. L'important est d'y récupérer autant d'or que possible, afin de pouvoir payer des artisans pour qu'ils réparent le navire.

— Attendez, trouver des artisans ? Nous nous sommes échoués au beau milieu de nulle part ! s'écria Neven.

Les prunelles noires de Connor brillèrent de malice et le mousse sentit qu'il était à la traîne, une fois de plus.

— Tu as été secoué par le naufrage, je me trompe ? Il suffit pourtant de lever les yeux au-dehors pour voir…

— Pour voir quoi ?

— Le légendaire repère pirate de Las Hayas. De quoi réchauffer les cœurs, après toutes les avaries que nous venons de subir !

Ce fameux port, Connor n'avait cessé de leur en rebattre les oreilles depuis le début de leur périple, le présentant à tout l'équipage comme un eldorado de la piraterie. Malgré tout, il en connaissait peu de choses, à part qu'il s'agissait d'un lieu de dépravation. Étrangement, il n'en avait jamais eu vent à l'époque où il vivait à l'abbaye de la Grande Alessa.

Neven songea à Mishrad et à son air hagard. À son avis, il lui faudrait plus qu'une escale à la taverne pour le remettre d'aplomb, mais cela, il le garda pour lui. Il n'était qu'un mousse, après tout. Forts de leur expérience, Connor et Luiana n'accorderaient sans doute aucun crédit à ses remarques.

— Aurais-tu l'obligeance de me dire ce qu'il adviendra de moi, une fois à Las Hayas ? Ce n'est pas que la captivité me pèse, mais j'ai des services à rendre à Sa Majesté…

— Pour que tu embarques sur le premier navire, rejoignes Howell et lui dévoiles ma position ? Tu n'iras nulle part, Lawrance ! Luiana y veillera.

La pirate pointa une lame contre le dos du concerné, menaçante. Lawrance prit la sage décision de garder ses réflexions désobligeantes pour lui. Neven ne put s'empêcher de lancer vers l'homme un regard fasciné. Il pouvait bien se prétendre officier du roi d'Ilésie s'il le voulait, Lawrance n'en ressemblait pas moins à un capitaine pirate. La malignité lui collait à la peau, comme s'il elle y avait été imprimée au fer rouge et il avait l'allure fière des grands forbans. Le mousse ne l'avouerait jamais publiquement, mais à son humble avis, Lawrance endossait mieux la charge de la piraterie que le pauvre Connor.

— Libre à vous de rester. Pour ma part, j'en ai assez. Vos querelles d'hommes des mers ne m'intéressent pas. Adieu !

Après avoir craché ces quelques mots au bec de Connor, Irum s'éloigna du taudis humide, la tête haute.

— Elle reviendra, conclut le perroquet, pensif. Irum a un tempérament explosif et elle s'emporte facilement, mais elle reviendra. En tant qu'étrangère, le seul travail qu'elle pourra trouver ici, c'est une position de… ahem… serveuse. Ça ne lui plaira pas. Sur ce, partons récupérer le trésor !

Ils traversèrent le corridor emprunté par Neven un peu plus tôt, mais cette fois, nulle trace de spectres ou d'esprits. Cela ne suffit toutefois pas à convaincre le mousse qu'ils n'avaient jamais existé. Pour ce qu'il en savait, la présence de Luiana pouvait très bien garder ces âmes damnées éloignées d'eux. Durant toute l'exploration du navire, il prit d'ailleurs bien soin de rester en permanence près d'elle, ou encore du capitaine. On n'était jamais trop prudent.

Le butin qu'ils purent sauver fut moins juteux que Connor ne l'avait escompté. Ils trouvèrent la plupart des épices ruinées par l'eau de mer. En fin de compte, il n'y eut que l'or et l'ivoire qu'ils purent récupérer, mais là, ce furent les bras qui leur manquèrent ; et ce même en faisant appel à Mishrad et aux autres rares survivants. Certes, ils repartaient déjà avec une belle petite fortune, mais Connor s'en voulait de laisser pareil trésor derrière lui, sans surveillance.

Il ne se faisait guère d'illusions. À en croire les rumeurs, Las Hayas regorgeait de voleurs et de pilleurs. D'ici quelques heures, toutes les richesses abandonnées auraient disparu.

Cependant, il lui fallait encore récupérer son bien le plus précieux…

— Neven ! Par ici, petit ! murmura le perroquet, assez bas pour que seul lui le perçoive.

— Oui, monsieur ? Qu'y a-t-il ?

— Suis-moi. J'ai encore un petit quelque chose à faire et j'ai besoin de mains innocentes pour m'aider. J'ose espérer qu'un brave garçon élevé dans une abbaye fera l'affaire.

Une chaleur immense vint gonfler la poitrine du mousse. Pour une fois que les talents liés à son éducation n'étaient pas dévalués et méprisés ! Tout ce qu'il demandait de la vie, c'était d'accomplir un travail honnête, pour lequel les dieux le récompenseraient.

— À vos ordres, capitaine ! Je vais faire de mon mieux pour mener cette tâche à bien, je vous le jure par le grand Quatuor Sacré et...

— Oui, oui, c'est très bien, mais c'est une tâche qui demande de la discrétion. Un peu de silence.

L'intervention de Connor brisa son moment de ferveur religieuse et Neven préféra encore ne rien ajouter, soudain plus renfrogné.

Le perroquet vola en rasant le sol, bien à l'abri du regard de leurs compagnons déjà descendus du navire. Neven ne comprit pas l'emploi d'une telle ruse. En plus d'être tout sauf naturelle, cette attitude avait de quoi attirer seule la suspicion. Le capitaine se hâta jusqu'à atteindre ses quartiers, Neven à sa suite.

Le mousse hésita un instant sur le seuil. Pour lui, la cabine du pirate avait quelque chose de sacré. Rien que la porte, décorée d'une réplique de crâne, empestait l'autorité.

— Dépêche-toi, petit ! Nous n'avons pas de temps à perdre.

— Mais je ne suis qu'un mousse, je n'ai pas le droit...

— Ah, non ! Tu ne vas pas chipoter maintenant ! Tu m'ouvres cette porte trop lourde pour moi et tout de suite !

Un meuble avait glissé devant le hublot, bouchant l'entrée secrète du capitaine. Neven actionna la poignée de ses mains moites. Il pénétra dans la loge luxueuse qui servait de cabine au capitaine. Même abîmé par la tempête, l'endroit resplendissait encore de par sa richesse et son opulence, loin des rudes conditions de vie auxquelles avaient droit les matelots. Le jeune homme se prit à s'extasier sur le perchoir finement ouvragé de Connor, mais le perroquet le tança :

— Laisse ça. J'aurais bien aimé l'emporter aussi, mais il y a plus important. Fouille mon oreiller.

— Quel oreiller ? Je ne voudrais pas vous offenser, capitaine, mais vous êtes un perroquet. Sans compter que je me suis attiré des ennuis, la dernière fois que quelqu'un m'a dit de...

— Arrête de contester les ordres de ton supérieur ! Tout m'appartient sur ce navire, alors techniquement, oui, c'est *mon* oreiller.

Neven baissa la tête sous le poids de ces nouveaux reproches et il s'approcha du lit défait. La charpente en bois de la couche présentait de sévères lézardes et l'eau de mer imbibait les draps. Le mousse lança une brève prière pour que les dieux soient cléments avec lui et ne lui imposent pas la même mésaventure que la dernière fois. Peut-être avaient-ils eu la bienveillance de noyer les éventuels poux résidant dans la taie d'oreiller. Il prit l'objet en main et entreprit de le fouiller sous l'œil critique de Connor, vraisemblablement ignare dans l'art de choisir des cachettes efficaces.

Finalement, ses doigts se refermèrent sur un petit objet métallique qu'il extirpa de la prison de toile. Il le porta devant ses yeux pour découvrir une clef finement ouvragée, tout en fioritures. De délicates arabesques ornaient l'anneau et la tige, les lignes s'entremêlant en un motif complexe.

— C'est bon, j'ai la clef. Pouvons-nous partir ?

— Bien évidemment que non ! Tu crois vraiment que je serais venu ici rien que pour récupérer une clef ?

— C'est qu'elle a l'air très belle. Elle doit valoir de l'argent, alors j'ai cru…

— Je t'ai pris avec moi pour que tu me prêtes tes mains, pas pour que tu réfléchisses. Maintenant, va jusqu'à mon bureau de travail. Le grand meuble en merisier, là-bas. Celui qui a l'air encore neuf, sous les algues.

Neven laissa ses doigts glisser sur la surface lisse, en appréciant la texture. Par endroits, le bois était déjà bombé à cause de l'eau qui venait de s'y infiltrer. Il ne faudrait pas longtemps avant que ce meuble merveilleux se mette à pourrir.

— Insère la clef dans le premier tiroir et tourne-là vers la gauche.

— Je n'y arrive pas.

— Bien sûr, que tu n'y arrives pas, tu fais ça dans le mauvais sens. Vers la gauche, j'ai dit !

— C'est ce que j'ai fait !

— Non, certainement pas. Si la gauche était de ce côté, ça se saurait. Bon, nous allons faire autrement. Tourne la clef à bâbord.

Neven fit pivoter son poignet dans l'autre sens, jusqu'à entendre un léger cliquetis. Cette fois, le tiroir s'ouvrit. Connor pesta un instant contre les mousses qui ne savaient pas discerner leur gauche de leur droite.

— Bien ! Maintenant, tire-le vers toi.

Le bureau de Connor était un coffre aux trésors à lui tout seul. Une multitude de bijoux dorés apparurent sous les yeux du mousse, tous plus magnifiques les uns que les autres. Il se fit la réflexion que pareilles merveilles devraient servir d'offrandes aux dieux, plutôt que de croupir sur un bateau pirate. Il pouvait facilement imaginer une statue de la grande Alessa drapée de ces pierreries pour rehausser sa beauté éternelle.

— Maintenant, enlève-moi tout ça.

— Que faut-il que je prenne ?

— Rien du tout. Nous n'avons pas de quoi nous encombrer de toutes ces breloques. La plupart ne sont que de la verroterie bas de gamme, de toute façon. L'important, c'est ce qui se trouve en dessous.

— C'est ça que vous cherchez ?

Il tenait en main un collier aux mailles fines et aux pierres plus étincelantes que le reste. Peut-être s'agissait-il d'un vrai, cette fois-ci ? Mais Connor lui répondit par un mouvement d'aile agacé :

— Est-ce que je t'ai dit d'arrêter de vider ce fichu tiroir ? Non ! Alors, tu continues sans discuter !

Les belles illusions que le mousse avait eues un peu plus tôt en suivant son capitaine dans cette mission de confiance s'estompèrent vite.

Le souvenir de sa mère l'empêcha cependant de se rebeller ouvertement contre le perroquet. En outre, le mousse se trouvait sur une île perdue au milieu de tout, sous les remparts d'un repaire abritant la pire racaille du globe. Ce n'était pas vraiment le moment de prendre son indépendance et d'aller découvrir le monde tout seul.

Bien sûr, une âme moins innocente aurait caressé le dessein de se faire embaucher dans un autre équipage, où les chances de s'enrichir auraient été supérieures et le taux de décès moindre. La loyauté de Neven le garda cependant de proférer de telles pensées et il se contenta de prier les Dieux de lui accorder une situation plus favorable, ou au moins d'adoucir le caractère de Connor.

Il en était à réciter les versets consacrés à Solal lorsque sa main atteignit enfin le fond du tiroir. Le jeune mousse sourit, convaincu d'avoir été entendu par le dieu.

— J'ai tout enlevé, capitaine.

— Enlève le double fond et prends ce qu'il y a en dessous. Ensuite, nous pourrons partir.

— Le double fond ?

— La planche de bois tout au fond du tiroir, imbécile ! Tu ne croyais quand même pas que j'allais laisser mes biens les plus précieux à la portée de tous ?

Évidemment, le capitaine ne précisa pas qu'il n'avait adopté un tel dispositif qu'après avoir écouté les mises en garde de la regrettée Waëlle.

Neven souleva la plaque, révélant un parchemin enroulé. Il le déplia, ne pouvant résister à la curiosité de voir ce qu'il y avait dessus. Connor ne lui en laissa cependant pas l'occasion, lui infligeant un vilain coup de bec sur la main.

— Hey ! Pourquoi est-ce que vous avez fait ça ?!

— Parce que ce qu'il y a d'écrit là-dessus ne te concerne pas. J'ai besoin de toi pour transporter ce document, pas pour l'analyser. Alors, bas les pattes !

— Vous auriez pu le dire, au lieu de m'attaquer.

— Désolé. C'est mon instinct qui prend le dessus, par moments. Enfin, nous avons la c... Ahem, le document, je veux dire et nous allons pouvoir rejoindre les autres. Prends soin de le cacher dans ta chemise.

En dépit de ses paroles, Connor ne semblait pas être désolé du tout. Il épiait le parchemin avec jalousie et guettait le moindre geste de Neven. Celui-ci se sentit de plus en plus gêné par la situation.

— Pourquoi est-ce que je devrais faire ça ? Les autres n'ont pas le droit d'être au courant ?

— Ce n'est pas le problème, Neven. Si je le pouvais, j'en informerais tout l'équipage. Ce qu'il en reste, du moins. Mais un tel comportement nous mettrait tous en danger. Ce que tu portes m'est très précieux et je souhaiterais éviter que quelqu'un évente son existence au cours d'une beuverie. L'alcool délie facilement les langues et il paraît qu'il coule à flots, à Las Hayas.

Neven finit par ranger l'objet sous ses vêtements, sincèrement déçu. Si Connor s'était montré plus agréable, il aurait pu prendre cette mise dans la confidence comme une marque de confiance. Au lieu de quoi, il avait juste l'impression de se faire manipuler encore une fois par ce perroquet de malheur, pour lequel il avait de moins en moins de sympathie.

— Voilà ! Une bonne chose de faite. Maintenant, partons rejoindre les autres, moussaillon !

Si Connor décolla d'un vol énergique, ce fut avec réticence que Neven lui emboîta le pas.

Chapitre 10 : Las Hayas

Je vous ai dit que c'était un morceau de parchemin et non pas de papier.
Le parchemin est une chose durable, presque impérissable.
On confie rarement au parchemin des documents d'une minime importance,
puisqu'il répond beaucoup moins bien que le papier
aux besoins ordinaires de l'écriture et du dessin.

Edgar Poe, *Le scarabée d'or*

Aux premiers abords, Las Hayas avait des allures de montagne égarée au beau milieu de l'océan. La ville était construite sur un seul et même pic, aux pentes assez douces pour qu'on y construise des habitations. L'organisation et le chaos s'y mêlaient en une harmonie instable. Les autorités de la cité avaient soigneusement élagué la falaise afin de pouvoir exploiter la moindre parcelle de terre disponible et gagner du terrain sur la sauvagerie de cet îlot tropical.

À côté de cela, les maisons, tavernes et autres établissements mal famés poussaient dans un fouillis incontrôlable, comme autant de mauvaises herbes. La ville était une véritable jungle de briques et de chaume et les rayons du soleil peinaient à percer la canopée des toits. Ce monstre architectural étendait ses racines jusqu'au rivage où il puisait sa subsistance en la présence des marins égarés qui venaient s'échouer dans ce bourbier.

Les infortunés naufragés préféraient s'installer à Las Hayas plutôt que de reprendre leur route et de se frotter à nouveau aux périls de la Mer Archaïque. Quelques bateaux de pêche s'aventuraient bien au large pour assurer la subsistance de l'île, mais non sans pertes humaines. De quoi convaincre la grande majorité des anciens pirates de s'établir définitivement à terre.

Il n'y faisait pas bon vivre pour autant. Les pirates conservaient leurs manières rustres, d'autant plus que Las Hayas abritait les pires d'entre eux. La ville apparaissait comme un gigantesque carnaval, où la vertu était décriée et les crimes, loués. La lie de l'humanité s'y rassemblait pour vivre une existence d'excès et de débauche. Ce vivier grouillant exhalait des odeurs de crasse, d'alcool et de parfums bon marché.

Au sommet de cette fourmilière agitée trônait un bâtiment plus imposant que les autres. Il dominait l'horizon de toute sa magnificence et ses piliers de marbre immaculé éblouissaient quiconque posait le regard dessus. Il semblait trop pur pour côtoyer de si près les bouges et autres lieux de dépravation agenouillés à ses pieds. Toutefois, son architecture lourde avait également quelque chose d'écrasant. Assez, en tout cas, pour mettre les survivants du naufrage mal à l'aise.

— C'est une cathédrale ou un temple, le grand bâtiment là-bas ? demanda Neven.

Il pointa le doigt vers le péristyle colossal, même s'il n'y avait aucune équivoque possible. Nulle construction n'aurait pu rivaliser avec le gigantesque édifice au point de méprendre ses compagnons.

— Un temple ? Non, certainement pas, p'tit ! Je serais prêt à me couper une main si tu trouves une seule personne ayant la foi dans cette ville pourrie. Toi excepté, bien sûr. Non, ce que tu vois tout là-haut, c'est le palais du gouverneur de Las Hayas. L'homme le plus respectable de toute cette porcherie d'île, à en croire les mythes qui circulent sur cette île.

— Un homme respectable ? Dans ce cas, comment parvient-il à vivre entouré de... De tout ce stupre et de toute cette débauche ?

Quelques minutes de marche suffirent à la petite troupe pour commencer à arpenter les rues de la ville. Ce que le mousse y observa ne lui plut guère. Les hommes avaient tous le regard vicieux et ils portaient fièrement un sabre ou un pistolet à leur ceinture. Parfois, une bagarre éclatait et on abandonnait le perdant dans le caniveau, mort ou vif. Partout où Neven posait les yeux, les citadins se gavaient de guildive[15], de bière, ou d'autres alcools exotiques. Des femmes aux vêtements volontairement rapiécés faisaient de l'œil aux passants, exhibant leurs charmes d'une façon que l'alessisme réprouvait fortement.

Mishrad éclata d'un grand rire :

— Rassure-toi pour le gouverneur, gamin. Ça ne le dérange pas le moins du monde, ton saint homme, parce que c'est lui-même qui les gère, tous ces taudis. C'est sur la misère et le crime qu'il a bâti tout son empire et il a de quoi faire. Ils sont nombreux, les pirates trop intrépides qui s'embarquent sur la Mer Archaïque mal préparés et qui une fois arrivés ici, décident de rester y vivre plutôt que d'être exposés à de nouveaux dangers. En plus, ce type se balade toujours avec un masque sur le visage. Il y a en qui prétendent qu'il est immortel, d'autres, que le masque se transmet de génération en génération. Dans tous les cas, c'est louche.

Neven tomba dans le mutisme, laissant cette information s'intégrer à sa vision du monde. En Ilésie, les puissants étaient tous de fervents protecteurs de la foi, à l'exception de quelques excentriques qui vivaient enfermés dans leur château et que la rumeur disait habités par le démon. À côté de ces derniers, ce fameux gouverneur semblait être le diable en personne.

— Tu en sais plus, sur lui ?

— Non, pas vraiment. Les quelques rumeurs que j'ai entendues proviennent des rares marins ayant échappé aux griffes de la Mer Archaïque et retournés à l'extérieur. Ils ne sont pas légion, tu peux me croire. Et encore, il est difficile de démêler le vrai du faux. J'en ai croisé, des beaux parleurs qui prétendaient revenir de la Mer Archaïque. Beaucoup se contentaient de reprendre des rumeurs à leur compte et l'avouaient au bout de quelques bières. Personne ne s'aventurerait ici de son plein gré, si cette mer maudite n'offrait pas d'immenses promesses de richesse.

— C'est pour ça que tu as accepté de venir ici, Mishrad ? Pour de l'argent ?

Pour la première fois, Neven s'accorda un instant pour s'interroger sur la vie de Mishrad. Que connaissait-il vraiment de son ami, en vérité ? Avait-il une famille ? Certainement que non. La piraterie ne permettait pas vraiment de rentrer chez soi, le soir, pour border ses enfants. Ou s'il en avait, cela devait faire des mois, plus probablement des années, que Mishrad ne les avait plus vus.

15. Rhum.

— Il devait y avoir de ça, je suppose. Mais je pense que mes raisons étaient assez proches des tiennes. Je ne savais pas vraiment quoi faire d'autre. Je me sentais lié au *Boréas* ; ce vieux rafiot a toujours été comme une sorte de maison, pour moi. Je me suis dit que je resterais à bord jusqu'à ce que ça se gâte trop. Les autres aussi sont restés par habitude. Si le matin, le capitaine leur avait annoncé haut et fort : « Aujourd'hui, c'est le jour où on affronte des monstres marins, les gars ! », tu peux être certain que beaucoup se seraient défilés et j'aurais sûrement été du lot.

À ces mots, Neven jeta un coup d'œil au capitaine. Il progressait aux côtés de Luiana et Lawrance, sans accorder la moindre importance aux quelques autres survivants. Comme d'habitude, le perroquet et sa compagne paraissaient plongés dans une conversation muette qu'eux seuls pouvaient comprendre. Quelques mètres devant, Irum ouvrait la voie, peu désireuse de se mêler à leur groupe depuis son retour la tête basse de la cité pirate. Austin se tenait à l'écart, le regard honteux.

Mishrad et le capitaine avaient accusé l'ivrogne d'être responsable de leur déveine. Pour eux, c'était lui qui avait attiré le Cétus en pendant le mousse au-dessus de la surface lors de sa crise de colère. Il n'y avait bien qu'Ed, compatissant par nature, pour se rapprocher de lui de temps à autre et tenter de faire passer sa tristesse.

Neven décida cependant de mettre fin à son inspection de leur misérable troupe, taraudé par de nouvelles interrogations :

— Maintenant que nous sommes ici, que vas-tu faire, Mishrad ? Rendre ta veste et essayer de te trouver une place de vigile dans une taverne ?

— Moi, rester cloué sur la terre ferme ? Est-ce que tu m'as bien regardé, gamin ? S'installer, gérer un commerce, vivre une existence bien tranquille... Ce n'est pas pour moi, ça. Je veux continuer à écumer les mers, même si c'est un sort ingrat. J'ai ça dans les veines depuis que je suis tout petit et il est trop tard pour que je change.

Visiblement, parler d'avenir mettait Mishrad de mauvaise humeur. De toute façon, leur conversation ne s'éternisa guère. Ils commençaient à arpenter les quartiers plus peuplés de Las Hayas et à leur approche, une vague d'inquiétude traversa l'équipage. Avant de pénétrer au cœur de la cité, Connor vint s'adresser à eux :

— Je suis désolé d'interrompre votre discussion, qui doit être fort intéressante, j'en suis persuadé, mais je vais avoir besoin de ton aide, Mishrad.

— De mon aide ? Pourquoi, vous voulez encore un biscuit ? À moins que vous ne souhaitiez vous lancer dans une nouvelle quête suicidaire ? Dans les deux cas, très peu pour moi.

— Alors Connor, tu ne parviens même plus à tenir tes propres hommes ? ricana Lawrance.

— Je peux savoir pourquoi tu me voues tant de haine ? C'est usant ! se plaignit le perroquet.

— Je croyais la réponse évidente, pourtant, s'agaça le prisonnier. Je t'en veux encore pour ce que tu as fait à mon pauvre frère !

— Ton frère ?

L'agacement de Connor fit place à la stupéfaction. Un sourire sombre vint éclairer le visage de Lawrance, lorsqu'il comprit que l'ignorance du capitaine n'était pas feinte et un rire amer franchit ses lèvres.

— Je m'étais laissé aller à croire que tu avais fini par deviner, depuis le temps. Alors qu'en réalité, tu es toujours le même monstre d'égoïsme que j'ai connu dans cette grotte, à Salariffe.

— Je ne veux plus entendre parler de cette affaire, Lawrance ! Je te l'ai déjà dit, je n'avais pas le choix. J'ai dû faire des sacrifices, afin de...

— Des sacrifices ! Je crois que c'est le terme approprié, oui ! Vous deux, le mousse et le costaud, je m'enfuirais loin de cette pourriture, si j'étais vous.

Mishrad et Neven ne surent comment réagir lorsque Lawrance les prit à parti. Dans le fond, la mise en garde du prisonnier allait de concert avec leurs inquiétudes des jours passés. Toutefois, l'officier demeurait un membre de la marine royale, un homme qu'ils avaient affronté en combat et qui aurait toutes les raisons de vouloir semer la discorde entre eux.

— Bon, j'en ai assez. Luiana, bâillonne-moi ce menteur, s'il te plaît. Nous ne passerons jamais inaperçus s'il continue à brailler aussi fort.

Sa compagne s'exécuta, telle la plus chevronnée des mercenaires.

— Nous allons débarquer dans une ville pleine de voleurs, de coupe-jarrets et de malfrats en tous genres, marmonna Connor. Mieux vaut que Lawrance ne fasse pas de nous une cible facile. De toute façon, Las Hayas est si mal famée que personne ne s'étonnera de nous voir avec un prisonnier.

— Tu fais ce que tu veux, perroquet de malheur, gronda Mishrad. Moi, je vais partir en quête d'une taverne. J'ai besoin de boire et de reposer mon dos sur un bon lit. Allez, le mousse ! Viens donc avec moi. Ça ne te fera pas de mal d'être écarté de toutes ces embrouilles.

Neven s'empressa d'accourir à la suite du marin, se sentant plus en sécurité à ses côtés. Dans cet océan d'ennui et de chagrin, il n'avait aucune autre perche à laquelle se raccrocher. Il se félicita rapidement de son choix, car il entendit bientôt une dispute éclater entre le perroquet et les pirates survivants, tandis qu'ils s'éloignaient.

— Tu veux en parler à nouveau ? Du capitaine et de ce que nous devrions faire ?

— Pas tout de suite, gamin. J'ai besoin de boire avant de réfléchir à tout ça.

Neven accepta cet argument sans ciller et s'enfonça avec Mishrad dans les frondaisons de Las Hayas. Une fois franchie la lisière de la ville, impossible de trouver comment en ressortir. Un instant, ils se promenaient seuls, entourés de quelques fermes vaguement isolées et la seconde d'après, ils se retrouvaient plongés au beau milieu d'une foule de passants.

La populace rendit Neven horriblement mal à l'aise. Bien que cela n'aille pas de soi au premier abord, un navire-pirate possédait un point commun avec une abbaye : la réclusion. Jour après jour, le mousse avait fréquenté les mêmes personnes, enfermé sur le navire comme il l'avait été dans son couvent. Bien sûr, une nouvelle recrue venait s'ajouter à l'effectif de temps à autre, mais là encore, la comparaison était possible.

Or, les rues bondées de Las Hayas en début de soirée ne possédaient pas cette impression d'être hors du monde que Neven chérissait tant. De nombreux malfrats se retrouvaient là pour faire carrousse[16] ou trousser des filles peu farouches. Chaque regard semblait d'ailleurs être tourné vers Neven, que ce soit celui des filles de joie ou des brigands.

Sa paranoïa n'avait par ailleurs rien d'idiot. Les malfrats savaient repérer les innocents, tout comme le loup sait trouver la brebis galeuse du troupeau, faisant de lui une proie de choix.

Heureusement pour le mousse, Neven pouvait compter sur la protection de Mishrad. Le pirate ne s'éloignait pas de lui d'un pouce et il repoussait les mendiants et les voleurs à la tire qui osaient s'approcher de son protégé. Il répondait aux avances des femmes de petite vertu avec une froideur qui les faisait déguerpir.

— Gamin, tu vois l'enseigne là-bas ?

— Celle avec le navire et le kraken ?

— Exactement. C'est là que nous allons.

16. Se saoûler.

— Pourquoi ?

— Parce qu'elle est pratiquement vide. Ce n'est pas là que nous trouverons les pires voleurs. Ils estimeront que l'endroit n'est pas assez rentable. Maintenant, suis-moi et surtout ne t'éloigne pas. Si l'une de ces fripouilles met la main sur toi, tu n'en ressortiras sans doute pas vivant.

Neven en fut encore moins rassuré et il avança d'un pas docile vers l'échoppe que Mishrad venait de lui indiquer. Même les jeunes filles qui lui adressaient parfois des clins d'œil aguicheurs lui semblaient n'être que des plantes vénéneuses prêtes à refermer leurs mâchoires sur lui.

Il fut donc soulagé en franchissant la porte de la taverne. *Au Calmar Édenté*, indiquait la devanture. Le nom laissa Neven dubitatif. Il ignorait si les pieuvres et autres céphalopodes possédaient réellement des dents et pour tout dire il s'en fichait comme de sa première chaussette.

Le doux crépitement de l'âtre et la chaleur qui en émanait dès qu'il mit un pied dans l'établissement adoucirent immédiatement ses inquiétudes. Pourtant, cette chaleur n'aurait pas dû être si bienvenue. Un été brûlant régnait sur Las Hayas, faisant de ses allées bondées de monde une fournaise infernale.

Mishrad, un peu plus attentif, interpréta aussitôt ce bien-être ambiant comme le résultat d'un acte de sorcellerie. Sans être le plus doué dans ce domaine, il avait côtoyé Luiana assez longtemps pour repérer les signes les plus évidents de ces pratiques.

Le sortilège ne l'incita pas à reculer, au contraire. Au moins, cela expliquait pourquoi il n'y avait pas foule au *Calmar Édenté*. La plupart des forbans, y compris les plus redoutables, répugnaient à l'idée de frayer avec la magie, préférant un pistolet ou un bon sabre. Pas besoin de potions d'alchimiste ou de formules interdites pour écumer les mers !

Mishrad ne partageait pas totalement ce point de vue. Dans l'ensemble, la magie lui déplaisait, il fallait bien le dire. Tout comme les dieux et les monstres, d'ailleurs. Il n'aimait pas savoir qu'il existait en ce monde des entités dont il ne pouvait se débarrasser d'un coup de poignard bien placé. En revanche, si la magie pouvait lui être bénéfique, il n'hésitait pas et se dépêchait de mettre tous ses à priori de côté.

D'un pas assuré, il s'avança vers le tenancier. Celui-ci récurait un verre avec acharnement, bien décidé à effacer une tache que seuls ses yeux affûtés parvenaient à voir. Dans le même temps, l'une de ses serveuses en avait nettoyé dix, sans se soucier des traces de doigts qui pouvaient subsister sur le bord.

— Tavernier ! Nous voudrions une chambre pour la nuit, mon ami et moi !

— Avec joie, si vous avez de quoi payer, bien sûr. C'est toujours un plaisir d'accueillir des clients dans notre humble établissement.

Un sourire goguenard sur le visage, Mishrad déposa un gros tas d'or sous le nez de l'aubergiste. Un trésor conséquent ! De toute évidence, c'était la première fois qu'il avait un tel butin entre les mains et il n'allait pas se gêner pour le dilapider. Tant pis pour l'hypothétique réparation du *Boréas* !

Le tenancier, un homme replet et à la figure affable, lui lança un regard amusé. Mishrad sentit immédiatement qu'il devait y avoir une embrouille quelque part. En offrant pareille fortune, il aurait dû être accueilli comme un roi dans toutes les tavernes du monde.

— Vous venez tout juste d'arriver à Las Hayas, mon ami. Je me trompe ?

— Quelle différence ça peut faire ? Prenez mon argent et donnez-moi la clef d'une chambre. C'est tout ce que je vous demande.

— La réponse est donc oui. Il y a quelques menues choses que vous devez savoir. Ceci…

L'aubergiste passa une main au-dessus des pièces de monnaie, dans un geste très théâtral. Neven approcha sa frimousse du comptoir, désireux de ne rien manquer de l'échange, ce qui fit grogner Mishrad.

— Ceci vaut peut-être énormément en dehors de la Mer Archaïque, mais ici, il en va tout autrement. Voyez-vous, des navires chargés à ras bord de richesses s'échouent sur nos côtes de manière presque quotidienne. Alors, tout naturellement, les pièces d'or valent bien moins ici que sur le continent. L'offre et la demande, vous comprenez ? Pour avoir une chambre, il faudrait dix tas équivalents au vôtre…

Mishrad ouvrit et ferma la bouche quelques fois de trop, scandalisé par cette nouvelle. Le pire, c'est que la sincérité emplissait les paroles de l'aubergiste, il pouvait le sentir. Ce n'était pas un filou prêt à tout pour extorquer de l'argent facile à ses clients. Le marin aurait préféré se trouver face à ce genre de crapule. Au moins, il aurait pu se venger en lui assenant son verre sur la tête.

Résigné, il extirpa d'autres bourses au contenu cliquetant des profondeurs de sa veste élimée. Il rechigna pendant un instant à les lâcher sur le comptoir, puis ouvrit finalement les bras. La cascade de tintements métalliques qui s'ensuivit déchira le cœur du pirate.

— Ah, je vois que j'ai affaire à des honnêtes hommes. Voici la clef de la chambre, comme promis. Vous la trouverez au deuxième étage, à droite. Est-ce que je peux faire autre chose pour vous ?

— Oui. Par curiosité, combien coûte une bière, ici ?

La réponse fit blêmir Mishrad. Il saisit la clef de la chambre et recula prudemment.

— Je vais m'abstenir, finalement. C'est que je ne voudrais pas avoir les idées trop embrouillées, vous comprenez. Comme vous dites, je suis un homme sérieux.

Ils entrèrent dans leur chambre, tandis que Mishrad pérorait toujours sur les prix exorbitants qui avaient cours à Las Hayas, effaré :

— Non, mais tu as vu ces rats ?! Prêts à te ronger jusqu'à la moelle, à tout te prendre jusqu'à la dernière pièce ! Pas étonnant que personne n'ait envie de finir ses jours dans ce trou pourri.

— Nous sommes parvenus à avoir une chambre pour nous reposer cette nuit, Mishrad. C'est l'essentiel.

— Tu te rends compte qu'à ce prix-là, nous aurions pu dormir dans un palace et avoir tout le personnel à nos pieds ? Au lieu de quoi, nous n'avons droit qu'à deux lits miteux, un plancher poussiéreux et une fenêtre sale, de la taille d'un mouchoir de poche !

— N'exagère pas, Mishrad. Tout cela reste bien plus confortable que le quartier des matelots sur le *Boréas*.

— Je sais, je sais. Laisse-moi juste quelques instants pour avaler ça. Me calmer n'est pas simple. Surtout sans bière...

Impatient de prendre un peu de repos, Neven alla s'asseoir sur le lit. Le matelas était dur et rêche et les draps, aussi doux et souples que du carton. Toutefois, après des mois passés en mer, cette couche infâme lui semblait le summum du confort. Accablé de fatigue, il s'étira en tous sens, pendant que Mishrad faisait les cent pas et lâchait de temps en temps une énième imprécation contre l'aubergiste.

— Ce n'est pas l'heure de t'endormir, gamin ! Je suis peut-être en colère à cause du prix de cette maudite chambre, mais il y a des choses dont je voudrais discuter avec toi. Avant que le capitaine et toute sa troupe ne nous tombent à nouveau dessus...

— De quoi veux-tu donc parler ? bâilla le jeune mousse en clignant des yeux.

— De ce que tu caches depuis que tu es revenu du *Boréas* !

Neven pâlit.

— N'essaye pas de jouer les innocents ! Tu es tellement discret que même les mouettes et les crabes doivent être au courant à l'heure qu'il est. Alors, qu'est-ce que c'est ? Tu t'es enfin décidé à devenir un vrai pirate et à voler quelque chose ? Dans ce cas, toutes mes félicitations ! Tu pourrais partager ce grand moment avec ton ami, non ?

Dans la bouche de Mishrad, les mots sonnaient plutôt comme « tu pourrais partager le butin avec ton ami ».

— Non, je n'ai rien volé. C'est le capitaine qui m'a dit de l'emporter avec moi et de le garder en sûreté.

— Emporter quoi ?

Allant contre toutes les recommandations de Connor, Neven tira le parchemin de ses vêtements. Il le posa devant Mishrad, qui fixa aussitôt l'objet avec avidité, toutes ses protestations contre le prix de la chambre soudain oubliées. Qu'est-ce que ce bout de papier avait de si important, pour intéresser le capitaine à ce point ?

Il déroula le parchemin avec soin, sous le regard curieux de Neven.

Le marin poussa un sifflement admiratif. D'une main légère, il ébouriffa les cheveux de Neven. Le mousse rentra le cou, agacé.

— Toutes mes félicitations, gamin. Tu as réussi à mettre la main sur une carte au trésor !

— Comment ça, une carte au trésor ?

Comme tout un chacun, le mousse avait déjà entendu parler de ces objets de légende. Pourtant, il ne parvenait pas à croire qu'il en avait une en sa possession. Seuls les plus grands pirates en avaient laissé derrière eux. Il s'agissait souvent d'hommes fanfarons, si imbus d'eux-mêmes qu'ils étaient persuadés que jamais personne n'égalerait leur intellect. Plus qu'une route à suivre, ces cartes offraient un défi, avec un butin énorme à la clef.

— Ouais, p'tit ! Une vraie de vraie, ou je ne m'y connais pas !

Mishrad ausculta le parchemin jauni et abîmé par endroits. Les coins partaient en lambeaux et l'encre composant la rose des vents avait méchamment coulé le long du papier. Mais dans l'ensemble, le dessin central demeurait intact et c'était tout ce qui importait.

— Regarde, là ! Cette boucle irrégulière, ce sont les falaises qui bordent la Mer Archaïque. Les deux traits parallèles que tu vois, ici, en plein milieu, c'est la passe des Crocs d'Ébène. Il y a même un dessin de ces saloperies de sirènes !

Neven but avec admiration les paroles de son aîné, impressionné par son savoir. S'il était doué pour décrypter les Écritures Saintes, faire parler une carte n'était pas de son ressort.

— Regarde ! Nous sommes ici, à Las Hayas. Elle n'est pas difficile à repérer : c'est le seul endroit de la carte où des tavernes sont indiquées. Juste à côté, nous avons une île avec dessinée dessus une espèce de construction primitive, peut-être une case de cannibales… Une chance que le *Boréas* ne se soit pas échoué là-bas. Ici, il y a des monstres marins… Regarde, voilà le Cétus ! Ne reste plus qu'à trouver où se cache le trésor.

Mishrad continua d'exposer avec calme la très longue liste des mille et un dangers qui auraient pu leur tomber dessus lors de leur traversée. Sa rancœur envers le capitaine n'en sortit que plus renforcée. Cet oiseau de malheur avait eu une parfaite connaissance des périls auxquels il soumettait son équipage, cela devenait évident. Assez pour donner au pirate l'irrépressible envie de partir lui tordre le cou.

— Là, un cimetière de bateaux… Et voilà la fameuse croix ! L'emplacement du trésor. Sur un îlot à seulement quelques miles d'ici, en plus ! Tu m'étonnes que le Coco n'ait pas été plus contrarié que ça par le naufrage. Ça tombe plutôt bien pour ses plans.

Neven fronça les sourcils. Il n'était peut-être pas un bon pirate, mais il avait un esprit pragmatique. Quelque chose dans tout ça clochait, il en était certain.

— Il y a juste une chose qui me paraît bizarre. Si le trésor est si proche de cette ville, comment se fait-il qu'aucun pirate ne s'en soit déjà emparé ? Ce ne sont pas les aventuriers avides d'or qui doivent manquer, ici.

— Très bonne remarque, p'tit. Tu vois ces symboles-là, là et là ?

— Oui, pourquoi ?

— À ton avis, de quoi s'agit-il ?

— Je ne sais pas trop. C'est rond et blanc. Des hosties, peut-être ? Non, ça ne doit pas être ça, il y a des points noirs à l'intérieur.

— Il faut toujours que tu rapportes tout aux dieux, hein, gamin ? Je peux t'assurer que non, ce ne sont sûrement pas des hosties. Ce que tu vois, ce sont des crânes. En d'autres termes, toute cette zone doit regorger de dangers plus mortels les uns que les autres. Voilà pourquoi personne n'en est revenu. En plus, toute l'île m'a l'air recouverte d'une jungle dense. Sans la carte, impossible de mettre la main sur le trésor.

— C'est là que le capitaine veut que nous allions ?

— Oui. Mais ne te bile pas, gamin. Demain, j'irai glaner des informations au sujet de cette Île Maudite. Il n'est pas question que je meure pour ce traître de piaf ! Surtout si ça n'en vaut pas la peine. Pour l'instant, reposons-nous.

Dehors, le soleil planait encore haut, mais le naufrage avait laissé les deux hommes fourbus et épuisés. Neven s'enfouit entre ses draps, prêt à accueillir le sommeil. Il releva toutefois la tête en voyant que le deuxième lit demeurait vide.

— Mishrad, tu ne vas pas te coucher ?

— Ne te fais pas de mouron pour moi. Je surveille juste la porte, histoire d'être certain que personne ne viendra nous voler.

Neven repéra en effet son ami allongé sur le plancher dur et inhospitalier, juste devant l'entrée de la chambre, la main arrêtée sur son couteau.

— Ce ne doit pas être confortable. Nous pourrions peut-être instaurer des tours pour que je te relaye ? Ta blessure à l'épaule doit encore te faire souffrir.

— Je préfère me charger de ça, sans vouloir t'offenser. Toute la racaille qui se trouve ici a survécu à la Mer Archaïque, si tu vois ce que je veux dire…

Neven opina et retourna s'allonger.

La fatigue eut vite raison de lui, mais des images d'assassins, de squelettes et de monstres marins emplirent tous ses songes.

Chapitre 11 :

L'évasion

Vous êtes dans une mauvaise passe : navire perdu, trésor perdu,
hommes perdus : toute votre entreprise a fait naufrage ;
et si vous voulez savoir à qui vous le devez, eh bien, c'est à moi !

Robert Louis Stevenson, *L'Île au trésor*

Neven et Mishrad n'eurent pas à goûter aux pièges qui guettaient les nouveaux arrivants à Las Hayas, mais Connor et le reste de la bande ne furent pas aussi chanceux. Cela, le mousse et le marin le découvrirent au petit matin, lorsqu'ils descendirent rendre la clef de leur chambre au tavernier.

Un oiseau aigri les attendait sur l'épaule de Luiana. La compagne du capitaine se rafraîchissait avec un rhum de la meilleure qualité. De toute évidence, le prix n'avait pas suffi à la rebuter. Connor ne se réjouissait pas de voir son argent ainsi dilapidé, mais c'était Luiana qui tenait les cordons de la bourse et non lui.

Dès qu'il aperçut la figure de ses deux compagnons, le perroquet se précipita vers eux à tire d'ailes. Toutefois, son vol fut maladroit et il faillit atterrir dans la chope de bière d'un pirate à l'allure particulièrement belliqueuse. Heureusement pour lui, Mishrad l'attrapa au milieu de sa chute. Il lança un mot d'excuse à l'homme que Connor venait d'importuner avant de se diriger vers Luiana. Il tira un siège à lui et s'assit à côté de la femme, qui lui adressa un air interrogateur. Neven s'installa bien vite à ses côtés, ne se sentant toujours pas à son aise.

— Je ne m'attendais pas à ce que tu sois aussi ravi de me voir, Coco. Essaye de te faire un peu moins remarquer, par contre. Il n'y a pas que de la bonne société, ici.

Fini, le vouvoiement. De toute évidence, la découverte de la carte au trésor avait achevé de détruire les dernières bribes de respect que Mishrad avait pour son capitaine.

— Ne m'appelle pas comme ça !

— Tu es sûr ? Je croyais te faire plaisir, moi. Tu avais l'air de bien l'apprécier, ce nom, quand tu quémandais des biscuits.

Luiana ne manqua pas de lui faire des reproches silencieux, tandis que Connor se balançait d'une patte sur l'autre, très embarrassé. Fallait-il donc que tout son équipage se fâche contre lui ? D'accord, il les avait exposés à la mort plus d'une fois, mais c'était à cela que se résumait l'existence d'un pirate ! Il promettait la richesse et l'aventure à ses hommes. Pas une petite vie tranquille au coin du feu, diantre !

— C'est bon, je me suis déjà assez ridiculisé, pas la peine d'en rajouter. J'ai passé un assez mauvais moment hier soir, j'aimerais que cela s'arrête.

— Hier soir ? Que vous est-il arrivé ? s'enquit Neven.

— Constatez par vous-mêmes !

Connor tendit son aile gauche et l'absence d'une bonne poignée de ses plumes devint alors flagrante. Le capitaine la replia bientôt près de lui, comme s'il venait de leur révéler un secret honteux.

— Qu'est-il arrivé ?

— Un malotru me les a arrachées, alors que nous cherchions un endroit où dormir. Sans doute pour les revendre. Ce maroufle[17] m'aurait sûrement laissé complètement nu, si Luiana n'était pas intervenue à temps. Par la faute de ce vaurien, je ne peux plus voler convenablement. J'avais un unique avantage à être un perroquet, un seul. Et là pouf ! Envolé, disparu ! En plus, nous n'avons même pas pu nous payer une chambre. Pas si nous voulions avoir assez d'argent pour reprendre la mer, en tout cas. Alors nous sommes retournés dormir sur la plage, à la merci des moustiques et des parasites en

17. Personnage grossier ou malhonnête.

tous genres. Je vois que vous, en revanche, vous ne vous êtes pas gênés pour mener la vie de château !

Mishrad bâilla, pas intéressé le moins du monde par les plaintes de l'oiseau :

— Bon, quelle est la suite du programme ? Vous vous êtes renseignés, pour le *Boréas* ? les interrogea-t-il, tout en lorgnant avec jalousie sur la boisson de Luiana.

La compagne de Connor se fendit d'un grand sourire vicieux, tandis que ses mots éveillaient à nouveau la colère du perroquet.

— Un peu que j'ai demandé pour le faire réparer, oui ! Mais ces sagouins m'en demandent mille fois le prix ! Même si nous avions fait naufrage les cales pleines, je n'aurais pas eu de quoi payer ! En plus, des pillards sont déjà venus voler des planches de mon navire, il ne reste pratiquement plus rien. Le bois semble être plus prisé que l'or, par ici. Une île de fous, cet endroit !

— Alors comment allons-nous repartir ?

— Disons que j'ai dû faire de nouveaux... sacrifices.

À ce mot, Mishrad vit rouge et il abattit son poing sur la table, assez fort pour imposer le silence dans toute la taverne. Voyant les curieux pendus à ses lèvres, il chuchota non sans colère :

— Je vous préviens : si vous m'annoncez que vous avez vendu Irum au marché aux esclaves ou je ne sais qui d'autre pour remettre votre rafiot à flot, c'est moi qui vais vous déplumer, ici et maintenant ! J'en ai assez de vos manigances et je ne me laisserai plus faire. Je vous ai suivi jusque là pour vous remercier de m'avoir sauvé la vie, il y a des années de cela. Mais j'ai l'impression que l'homme prêt à risquer sa peau pour protéger ses matelots est mort depuis longtemps.

Inconsciemment, Mishrad s'était remis à vouvoyer le capitaine, les vieilles habitudes ayant la vie dure. Toutefois, il s'adressait désormais à lui comme à un ennemi, sa voix pleine de fiel.

— Non, non, pas du tout ! Jamais je ne ferai une chose pareille ! Je suis sincèrement peiné que tu puisses m'en croire capable. C'est au *Boréas* que j'ai dû renoncer. Il me faudra capturer un nouveau navire digne de ce nom, dès que nous aurons quitté la Mer Archaïque. Pour le moment, je suis parvenu à échanger ce que nous avions contre un petit bateau de pêche. Il ne paye pas de mine, mais il est assez solide pour nous porter loin d'ici.

Neven et Mishrad échangèrent un regard, comprenant ce que cela signifiait vraiment. Cette nouvelle embarcation permettrait surtout à Connor de se rendre jusqu'à l'Île Maudite.

— Je vois. Vous êtes venus nous chercher pour que nous embarquions avec vous, je suppose ?

— Eh bien, c'est-à-dire… Pas vraiment, non. Nous sommes parvenus à entrer en possession d'un navire, certes, mais il est en assez mauvais état. Nous aurions besoin de votre aide afin de le réparer plus vite. Ça ne devrait prendre que quelques jours.

— l'espace d'un instant, j'ai oublié que nous n'étions que des matelots destinés à accomplir la sale besogne. Allez le mousse ! C'est l'heure de se bouger, ordre du capitaine. Nous avons passé une nuit à la taverne. Maintenant, c'est reparti pour des mois de galère…

Mishrad prit aussitôt le chemin de la porte, Neven sur les talons. Luiana poussa un profond soupir et abandonna son rhum à peine entamé pour les suivre. Au passage, elle ramassa Connor qui errait sur le plancher, colérique :

— Attendez un peu, bougres d'idiots ! Vous ne savez pas où nous nous sommes installés, jamais vous ne trouverez le chemin seuls !

La tension était palpable, au point où Neven avait le sentiment d'être aux côtés d'un fauve prêt à laisser exploser sa colère. Depuis le naufrage du *Boréas*, Mishrad était une bombe à retardement.

Ils suivirent Connor jusqu'à la plage dans un silence pesant. Les pirates passèrent sous l'arche des palmiers et des cocotiers, s'éloignant de la serre étouffante qu'était Las Hayas. Ils n'en furent pas mécontents ; sans argent à y dépenser, les pirates n'avaient que faire d'un repaire de ce genre.

Les embruns de l'océan et une symphonie de coups de marteau les accueillirent. Les rares survivants du *Boréas* travaillaient déjà. Même Irum et Lawrance avaient été mis à contribution. L'officier royal porta des prunelles assassines sur Connor dès qu'il s'aperçut de son retour, tandis que l'esclave préféra l'ignorer. Comme prévu par le capitaine, elle avait vite compris qu'il n'y avait aucun avenir honorable pour elle à Las Hayas.

Ils s'échinaient sur un tas de bois délabré, qui avait un jour dû porter le nom de bateau. Le mât sommaire de l'embarcation pendait tristement sur le côté, comme si le navire était conscient de sa propre déchéance et en baissait la tête de honte. Sable et poussières en tous genres collaient à la voile déjà élimée de toutes parts.

— C'est une plaisanterie ?! Rassurez-moi, vous n'avez pas échangé tout le trésor contre cette épave ? s'étrangla Mishrad, horrifié.

— Non, cela n'a rien d'une blague. Crois-tu vraiment que je serais en train de me casser le dos à réparer cette épave si j'avais un autre choix, pirate ? cracha Irum.

Son caractère explosif n'avait pas abandonné l'Orientale pendant la nuit.

Mishrad adressa un regard suppliant à Connor. Malheureusement, le perroquet vint confirmer les paroles d'Irum :

— Nous n'avons pu trouver mieux. Et encore ! Nous avons dû marchander sec pour avoir celui-là.

— Le *Boréas* est en bien meilleur état que cette... que cette chose !

— Tu dis cela parce que tu ne l'as pas vu après le passage des pillards, ce que je te déconseille très fortement de faire. Cela ne ferait que te briser le cœur. J'ai vogué des années durant sur ce bâtiment et j'ai eu l'impression d'avoir perdu un ami de plus.

La voix de Connor était assaillie de trémolos et il détourna les yeux. Il était loin d'être insensible au malheur de ses hommes, contrairement à ce que le marin prétendait. Il essayait simplement de refouler toute cette peine de façon à pouvoir continuer à avancer. Chaque jour le rapprochait un peu plus de la cruelle échéance imposée par sa malédiction. Ses amis tombés, il les pleurerait une fois tout cela achevé.

— Est-ce que tu te rends seulement compte du temps qu'il va nous falloir pour retaper cette épave ? Elle ne reprendra pas la mer avant des mois. C'est impossible !

Le cri indigné de Mishrad fut accueilli par la mine dépitée des travailleurs, tandis que Luiana sortait un papier froissé de sa poche.

Connor prit un air comploteur :

— Voici un programme que nous avons établi, Ed et moi. À l'académie royale, il n'a pas appris seulement à soigner les maladies, mais également à organiser le temps de manière productive. Les tâches de chacun sont répertoriées ici. Si vous suivez ces directives à la lettre, ce bateau peut être en état de naviguer d'ici dix jours. D'ailleurs, il a intérêt à l'être ! Car nous l'avons acheté à crédit, avec de l'argent que nous n'avons pas vraiment... Autant dire que s'il est encore à quai une fois ce délai passé, son ancien propriétaire reviendra le chercher et il ne sera pas tendre avec nous. Alors, au travail ! Il n'y a pas une minute à perdre !

Le discours du perroquet laissa les deux marins sidérés par son audace. Un peu plus tôt, Connor mettait en avant son attachement pour son équipage et maintenant, voilà qu'il les traitait tous comme des esclaves. Pas étonnant qu'Irum soit de si mauvais poil.

— Bon sang, si ce n'était pas notre unique chance de quitter cet îlot du diable, je te laisserais t'en occuper seul, de ton rafiot ! feula Mishrad.

— Ne le prenez pas si mal ! Je vous le répète, je n'ai pas eu le choix. Je mettrais la main à la pâte moi aussi, si je le pouvais. Malheureusement, je suis trop petit pour ça, vous le voyez bien. Et puis, je suis blessé.

— C'est bon, on a compris.

Ils se mirent au travail, sous le soleil de plomb.

Pendant les sept jours qui suivirent, la vie de l'équipage ne se résuma qu'au labeur. En tortionnaire chevronnée, Luiana les obligeait à participer aux réparations jusqu'à ce qu'ils tombent littéralement de fatigue. À défaut de travailler avec la dextérité de charpentiers chevronnés, tous les pirates s'adonnaient de temps à autre à l'activité de calfat[18]. De quoi, en théorie, les préparer à une débâcle telle que celle qu'ils expérimentaient en ce moment.

La tâche ne s'en avéra pourtant pas moins ardue. Plus d'une fois, Mishrad dut rattraper Neven ou Austin alors qu'ils s'effondraient sous le coup de l'épuisement. La pirate se comportait avec plus de férocité que le pire des chiens de garde, les forçant à retourner au charbon alors même que tout leur corps s'embrasait de douleur à chaque mouvement.

Connor n'approuvait pas vraiment ces méthodes de travail, mais c'était leur seul moyen de quitter Las Hayas. Et puis Luiana se montrait dure, certes, mais elle accomplissait elle-même le plus gros du chantier sans jamais se plaindre ni afficher la moindre peine ou fatigue.

Les plus fragiles du groupe, en l'occurrence Neven et Ed, le médecin, souffraient particulièrement de cette situation. Le mousse avait attrapé une vilaine fièvre, contre laquelle son organisme affaibli peinait à lutter. Leurs journées se résumaient à la morsure du soleil, aux clous à enfoncer dans le ventre de l'esquif et aux trous dans la voile qu'il fallait raccommoder. Bientôt,

18. Ouvrier employé en construction navale.

les mains de tous furent recouvertes d'ampoules et de cals, qui ruinaient leurs rares moments de repos. Tous souhaitaient s'échapper de cet enfer.

L'un d'entre eux y parvint lors de la septième nuit.

Le travail ne s'arrêta que très tard, lorsque la lumière ne fut plus assez abondante pour éclairer le chantier. Même les allumettes coûtaient une fortune à Las Hayas et ils ne pouvaient donc s'accorder ce luxe. Ils s'allongèrent tous en silence, bien trop fourbus pour avoir encore assez d'énergie pour faire la conversation.

Le lendemain, Lawrance brillait par son absence. L'officier avait réussi à trancher ses liens de chanvre sur un outil du chantier, avant de filer vers la liberté.

— Luiana, ma chérie, viens vite ! s'étrangla le perroquet. Cette ordure de royaliste s'est fait la malle !

La pirate ne lui répondit pas, ce qui était pour le moins inhabituel. Connor sentit ses plumes se hérisser sur sa tête, alors que l'inquiétude le gagnait à une vitesse folle.

— Je suis sûr qu'elle ne doit pas être loin. C'est une femme forte. Elle n'aurait pas laissé un gars comme Lawrance lui faire du mal, essaya de le rassurer Mishrad.

Peu importait sa rancune pour le capitaine, il n'avait pas le cœur à se montrer cruel envers lui à cet instant. Pas alors que la femme dont il s'était épris courait peut-être un grave danger.

Sa tentative maladroite pour réconforter le capitaine vira à l'échec, car Connor connaissait bien Lawrance. L'officier n'avait rien d'un gringalet. De plus, il maîtrisait une bonne dizaine de formes de combat différentes. À armes égales, Luiana le surpassait, mais si ce traître avait eu l'occasion de la prendre par surprise...

— Ed et moi, nous irons voir du côté de la ville. Si Lawrance cherche à vous échapper, il aura sûrement décidé de se rendre à Las Hayas pour se fondre dans la foule, proposa Austin.

Le blond faisait toujours le deuil de sa sœur, mais il avait les idées plus claires, maintenant qu'il lui était impossible de mettre la main sur une goutte d'alcool, car la denrée était trop chère.

— D'accord, mais si vous voyez quoi que ce soit, prévenez-moi avant d'agir. Lawrance n'hésiterait sûrement pas à vous éliminer, si l'occasion lui en était donnée.

D'ailleurs, Connor réalisait que lui-même l'avait échappé belle. Son rival aurait très bien pu tenter de l'occire dans son sommeil. Par chance, les réflexes de perroquet de Connor l'avaient préservé d'un sort si cruel. En effet, il n'avait su résister à l'envie de dormir perché dans l'un des grands arbres tropicaux bordant la plage, au milieu de ses congénères, ses instincts le dominant de plus en plus au fil des jours. Il s'y plaisait toujours mieux qu'au milieu de la plage, où il devait supporter des insectes irritants. À force de grands coups de bec, il s'était taillé une place de choix parmi les autres volatiles.

— Irum, Neven et moi pouvons nous occuper de fouiller la plage, à la recherche de Luiana. Elle ne doit pas être bien loin...

— Faites donc ça. Moi, je vais patrouiller depuis les airs, annonça Connor.

Cette dernière entreprise tourna bien vite à la catastrophe. Au lieu de planer au-dessus des arbres et des habitations comme il l'aurait souhaité, le capitaine parvint à peine à s'élever d'un mètre ou deux avant de retomber au sol, désespéré.

Pendant près d'une heure, il vécut dans l'angoisse, avant que les mots tant attendus ne soient prononcés.

— Ça y est, capitaine ! Nous avons retrouvé Luiana !

Irum leva les yeux au ciel et rectifia aussitôt Mishrad :

— Vous seriez encore en train de tourner en rond, ou à essayer d'attraper votre propre ombre si je ne vous avais pas menés sur la bonne piste.

Connor ne prêta aucune importance à leur algarade[19]. Malgré ses ailes défaillantes, il s'élança dans la direction indiquée par Mishrad. Ses gestes désordonnés le forcèrent bientôt à se poser à terre, d'où il continua à avancer, clopin-clopant, avant que le marin ne le saisisse entre ses mains.

— Je vais vous emmener, capitaine. Ce sera plus rapide.

Le perroquet bouillonnait d'impatience et de crainte, son cœur battant à tout rompre. Dans quel état allait-il retrouver Luiana ? Il imaginait déjà sa compagne le corps lacéré à la suite d'un duel à mort contre Lawrance.

— Neven a décidé de rester près d'elle. Ils ne sont plus très loin, maintenant.

19. Discussion vive, dispute.

En effet, Connor reconnut bientôt la silhouette de son mousse. Il était agenouillé à côté d'une forme inerte étendue au sol. Les mains du jeune homme étaient jointes en une prière fervente.

Connor bondit hors des bras de Mishrad. Cette fois, il parvint à maintenir un vol à peu près stable, jusqu'à se poser aux côtés de sa compagne. Luiana était allongée sur le sable, les yeux clos et ses cheveux noirs formant une auréole sombre autour d'elle. Pas de signes de lutte ou de combat, contrairement à ce qu'il avait redouté. Le sable était vierge de toute trace de sang. Pourtant, Luiana demeurait étendue face à lui, pâle comme la mort.

Le premier réflexe de Connor fut de gravir le bras de sa compagne jusqu'à pouvoir approcher la tête de son torse, dans l'espoir d'y entendre un souffle.

Un caquètement joyeux s'échappa de sa gorge :

— Elle est vivante !

— Peut-être, mais elle a l'air très faible. Il faut trouver ce qui ne va pas chez elle.

L'intervention d'Irum ramena Connor à la réalité et lui fit perdre son optimisme passager. Luiana était toujours avec eux, certes, mais pour combien de temps ? Et que lui avait donc fait Lawrance pour qu'elle se retrouve dans cet état ?

Ce fut alors qu'une fragrance aigre douce vint titiller son nez de perroquet. En dépit de sa transformation, Connor avait conservé un meilleur odorat que la plupart de ses congénères volatiles, rare vestige de son humanité. Il tourna d'abord la tête vers Irum, présumant que c'était forcément de l'étrangère que devait émaner un tel parfum. Il se rapprocha d'elle, mais l'odeur s'atténua. Mauvaise pioche.

Un instant, ses compagnons crurent que le capitaine avait sombré dans la folie, ou bien qu'il avait définitivement succombé à son côté animal. Il était vrai qu'il s'exprimait de plus en plus souvent par des piaillements ou des jacassements, sans même s'en rendre compte.

La piste le mena jusqu'à la bordure des lèvres de Luiana, qu'il examina de la pointe de son bec.

— Ce fourbe de Lawrance l'a empoisonnée. C'est pour cela qu'il a pu s'échapper sans encombre.

— Est-ce qu'elle va mourir ? Il y a peut-être un antidote, ou quelque chose dans ce genre ? paniqua Neven.

— Non, non, elle ne va pas mourir, que les dieux en soient remerciés et que la lumière éclaire toujours leur demeure marine ! Je connais cette substance. Elle affaiblit la personne touchée pendant un temps, mais elle ne tue pas.

— Peut-être que ce traître rôde encore dans les parages, cracha Irum. Je ferais bien un petit tour pour vérifier.

— Je te suis, conclut Mishrad.

Ils laissèrent donc Connor et Neven veiller sur Luiana, le temps que la drogue cesse de faire effet. Le jeune mousse s'accrochait toujours à ses prières, même si la pirate n'était pas en danger de mort. Il ne voulait pas songer à Lawrance qui rôdait sans doute non loin de là, prêt à abattre sa vengeance sur eux.

— Je peux te poser une question, Neven ?

— Bien sûr, capitaine, tout ce que vous voudrez.

— Ce que je t'ai confié... Est-ce que tu l'as toujours sur toi ?

Le mousse prit le temps de palper ses vêtements, jusqu'à rencontrer la forme familière du parchemin. Il hocha la tête, même si un doute l'assaillit. Connor le soupçonnait-il d'avoir examiné la carte avec Mishrad ?

— Oui, je l'ai toujours.

— Tant mieux. De toute évidence, j'ai bien fait de te la confier. Si Lawrance était parvenu à mettre la main dessus, ç'aurait été un véritable désastre.

Cette nouvelle affola quelque peu le mousse. Si Lawrance cherchait à mettre la main sur la carte, n'était-ce pas dangereux de l'avoir en sa possession ?

— Pourquoi est-ce qu'il voudrait s'en emparer ?

— Tu es trop curieux pour ton bien, petit. Disons simplement qu'un de ses amis aimerait beaucoup entrer en possession de cet objet, mais que cela signifierait notre perte à tous.

Une main faible se posa sur le plumage de Connor et le perroquet sursauta. Il fit volte-face et se retrouva nez à nez avec Luiana, sortie de son évanouissement. Le capitaine vint aussitôt se blottir contre elle et la couvrir de mots doux.

La pirate se redressa. Tout en gardant une main sur les plumes de Connor, elle alla tracer quelques lettres maladroites dans le sable, plissant les yeux pour se concentrer. Le perroquet se fit patient, sachant que ses notions en matière d'écriture se limitaient à quelques balbutiements. Finalement, ses efforts aboutirent au message suivant :

« *Howell ?* »

— Oui, c'est de lui que je parlais, comme tu t'en doutes. J'expliquais à Neven le danger qu'il représentait pour nous. Mais pour l'instant, tu devrais te reposer, ma douce, tu dois être encore faible.

D'un coup d'aile, il alla effacer le nom de son ennemi juré, mais pas assez vite pour qu'il échappe à l'œil attentif de Neven.

Howell.

Il nota ce nom dans un coin de son esprit. Il interrogerait Mishrad à ce sujet dès qu'il en aurait l'occasion.

Luiana ignora les recommandations de son compagnon et se releva rapidement. Neven tendit une main vers elle, mais la pirate la repoussa et lui renvoya un regard farouche. Pas question qu'elle se montre faible et demande de l'aide à qui que ce soit. Elle épousseta ses vêtements, avant de s'assurer que tout son attirail militaire était bien en place. Luiana grimaça en constatant l'absence de l'un de ses pistolets et attira l'attention de Connor à ce sujet.

— Je vois. Non seulement Lawrance est libre, mais en plus, il est armé.

— Capitaine, s'il a une arme en sa possession, nous devons immédiatement aller prévenir Mishrad et Irum ! Ed et Austin sont toujours en ville à la recherche de Luiana, eux aussi !

— Je suis bien d'accord avec toi, Neven, mais je ne peux quitter Luiana. Après les événements de cette nuit, elle doit être trop faible pour de telles aventures et…

La pirate roula des yeux et mit une pichenette à l'arrière du crâne du perroquet, afin de bien lui faire sentir sa désapprobation.

— Je ne veux pas te mettre en colère, Luiana. C'est juste que j'ai eu si peur pour toi ! Te souviens-tu de ce qui t'est arrivé ?

D'un signe de la tête, Luiana lui indiqua que non et qu'elle n'avait pas de temps à perdre à creuser dans sa mémoire. Elle vérifia l'état de son sabre, puis signifia à Neven qu'elle était prête à partir.

Trouver Mishrad et Irum ne leur fut pas difficile. Les deux éclaireurs n'avaient cependant pas trouvé trace de Lawrance.

— Si vous voulez mon avis, nous devrions rester près du bateau. Il est presque réparé, maintenant et cette ordure pourrait bien essayer de s'échapper avec. C'est ce que je ferais à sa place, exposa Mishrad.

— Tu as raison, mais il faut aussi que quelqu'un parte retrouver Ed et Austin, objecta Neven.

— Dis donc, tu as le pardon bien facile, gamin ! Tu as failli te faire croquer par le Cétus à cause d'Austin, non ?

— Nous ne pouvons pas laisser l'un des nôtres derrière nous, peu importe ce qu'il a pu faire par le passé. Et puis, Waëlle… Peut-être qu'elle me surveille depuis les cieux. Je suis certain qu'elle voudrait que je veille sur son frère.

La claque monumentale que lui donna Mishrad le sortit immédiatement de ses réflexions spirituelles. Neven porta une main à ses pommettes rougies :

— C'est bon, t'as fini ton délire ? Waëlle qui t'observe depuis un nuage… N'importe quoi.

Neven hocha la tête, au bord des larmes.

Irum posa une main sur l'épaule du mousse. Son visage se voulait avenant et compréhensif.

— Ta détresse est compréhensible, jeune pirate, mais…

Elle n'eut pas le temps d'aller jusqu'au bout de son sermon : des cris paniqués résonnaient au loin.

Neven tourna la tête et plissa les yeux jusqu'à entrapercevoir deux silhouettes slalomant entre les arbres. Il reconnut enfin Ed et Austin.

— Par tous les dieux, mais pourquoi font-ils un boucan pareil ?! gronda Connor.

L'oiseau referma le bec presque aussitôt. La raison de la panique des deux pirates venait tout juste de débouler du haut de la colline.

D'entre les cocotiers surgissait une troupe de gardes armés jusqu'aux dents, lancée à la poursuite de leurs amis.

Chapitre 12 :

La revanche de Lawrance

Abandonner monsieur ? Jamais ! répondit-il.
Je compte bien me noyer avant lui.

Jules Verne, *Vingt mille lieues sous les mers*

À la vue de cette meute furieuse fonçant droit vers eux, Mishrad réagit au quart de tour :

— Vite, tous au bateau !

— Mais il n'est pas complètement réparé !

— Tais-toi et cours !

Irum n'attendit pas le jeune mousse et s'élança vers l'embarcation, peu désireuse de mourir à cause de l'indécision de ses compagnons. Derrière eux, le fracas causé par leurs ennemis se rapprochait dangereusement. Les bottes des gardes foulaient le sable avec force, laissant sur leur passage un paysage exsangue, ravagé par leur avancée impitoyable.

— Et pour Ed et Austin ? Il faut les aider !

— Tu ne leur rendras pas service en te faisant prendre, gamin. Avec un peu de chance, ils nous rattraperont à temps.

Mishrad s'empara du poignet du mousse et le força à le suivre. Le marin avança à grandes enjambées, si bien que le plus jeune avait du mal à tenir l'allure. Devant eux, Irum atteignait déjà le bateau. Elle s'attela aussitôt à déplier la voile de fortune. Luiana suivit rapidement et s'empara des rames. Depuis son épaule, Connor caquetait des ordres que personne n'écoutait.

— Tu vas trop vite ! geignit Neven.

Mishrad n'était pas en bien meilleur état que le mousse, mais contrairement à lui, il avait une petite idée de ce qui les attendait s'ils se faisaient prendre. Des prisons, le marin en avait fréquenté plusieurs et il n'en avait pas retiré un heureux souvenir. Rien qu'à voir les visages bestiaux des gardes, il les imaginait déjà prompts à passer leurs prisonniers à la question.

— Montre-toi digne de ta mère qui t'observe depuis son brasier infernal : cours en silence !

Au bout d'une course brève, mais intense, ils bondirent enfin à bord de l'embarcation. À peine montés dans le bateau, Connor leur braillait déjà des ordres assez fort pour leur vriller les tympans, ne leur accordant aucun répit :

— Neven, aide Irum avec la voile ! Quant à toi, Mishrad, prends la deuxième rame ! Et essayez d'amener quelques planches de bois et des clous sur le navire. Au besoin, nous pourrons toujours tenter de faire les dernières réparations en mer.

Cette proposition lui valut un coup d'œil sceptique de la part de Mishrad, mais le pirate s'exécuta tout de même. Ils n'avaient pas le loisir de faire les difficiles.

Toujours à l'ombre des cocotiers, Austin et Ed galopaient comme des dératés, la peur au ventre. Au milieu de ce décor paradisiaque, cette course-poursuite avait quelque chose d'incongru.

— Au nom du gouverneur, arrêtez-vous immédiatement ! Vous allez répondre de vos crimes commis contre sa Magnificence !

— Des crimes contre le gouverneur ? râla Connor. Je les laisse seuls cinq minutes et ils se mettent toute l'île à dos ?

— Plutôt que de critiquer, vous ne voudriez pas trouver un moyen de vous rendre utile, capitaine ? grogna Mishrad.

Le marin hissa la dernière planche à bord, puis grimpa aux côtés d'Irum. Le marin s'empara rapidement de la seconde rame, mais demeura immobile, les sens en alerte.

Sans plus d'atermoiements, l'Orientale se mit aussitôt à pagayer. Contrairement à ce que sa petite stature laissait présager, ses bras possédaient une force stupéfiante. Le bateau commença à s'éloigner de la côte, sous les yeux effarés d'Ed et d'Austin.

— Dépêchez-vous, nous vous ferons monter à bord ! leur hurla Neven.

Ils franchirent les mètres qui les séparaient de l'embarcation en puisant dans leurs toutes dernières forces. Ils entrèrent dans l'eau avec fracas, s'y jetant la tête la première. Ils entamèrent la nage la plus rapide de leur vie, tandis que les gardes les talonnaient de près. Contrairement aux deux pirates, ils préférèrent continuer de cheminer à pied, leurs lourdes bottes leur permettant de lutter efficacement contre le courant, tandis que les fugitifs se faisaient ballotter par les vagues. Alors qu'Austin montait sur le navire, ruisselant et exténué, l'une d'entre elles giflait Ed au visage, quelques mètres plus loin. Il fut obligé de s'arrêter un instant pour tousser et recracher l'eau de ses poumons.

— Allez, plus vite ! l'exhorta Mishrad.

La tension monta d'un cran sur le navire. Ed peinait à gagner du terrain sur le ressac, tandis que les gardes se rapprochaient inlassablement.

— Ils vont l'attraper.

Austin cilla, horrifié. Ed n'était pas un sale type, contrairement à la majorité des pirates. Rien qu'un médecin ayant perdu son titre de l'université royale à la suite d'une sombre affaire de rivalité amoureuse. Il s'était engagé sur un navire-pirate par obligation, pas par appât du gain. Il ne méritait pas de finir ainsi.

— Je vais les retenir, annonça Austin d'une voix lugubre.

— C'est de la folie ! s'étrangla Connor. S'ils t'attrapent, ils vont...

— J'ai été incapable de sauver ma sœur et c'est à cause de moi que tout le monde est mort dans le naufrage. Sauf votre respect, capitaine, vous aurez plus besoin d'un médecin que d'un ivrogne.

Après un dernier regard d'adieu, Austin plongea et s'élança en direction des sbires du gouverneur.

Pendant ce temps, Mishrad et Luiana hissaient le malheureux médecin à bord où il put reprendre son souffle à grandes goulées.

Il se tourna vers la plage mais regretta aussitôt son erreur. Il surprit un des gardes en train de frapper Austin et de le pousser à terre. Leur ami s'écrasa dans un geignement de douleur.

— Ne vous faites pas du mal pour rien, gronda Mishrad d'une voix glaciale. Austin a fait son choix : à présent, partons d'ici.

— Nous ne pouvons pas naviguer comme cela, c'est trop dangereux.

La déclaration d'Irum jeta un grand froid, tandis qu'ils voguaient vers le large et colmataient à l'aide d'étoupe[20] les dernières brèches qui auraient pu mettre en péril leur embarcation de fortune. Luiana lui lança un regard sévère. Même Ed, pourtant timide et plutôt discret jusque là, s'insurgea :

— Ah oui, vraiment ? J'espère pour toi que tu ne vas pas venir nous rebattre les oreilles avec ta malédiction !

— Non, cela n'a rien à voir. C'est à propos du bateau.

— Il a servi lors d'un rituel satanique ? la railla Mishrad.

— Ce navire n'a pas d'âme et sans cela, il ne saura nous mener à bon port. Il faut que quelqu'un lui donne un nom.

— À quoi bon ? C'est une grosse barque, tout au plus. À nous six, nous tenons à peine dedans. Pourtant, l'un d'entre nous est un perroquet. Les bateaux de cette taille n'ont pas de noms, d'habitude, fit remarquer Neven.

— Oui, mais les bateaux de cette taille ne s'aventurent pas en plein cœur de la Mer Archaïque.

— L'étrangère a raison, gamin. Mieux vaut donner un nom à notre navire flambant neuf. Dans le meilleur des cas, ça nous attirera la sympathie des dieux de la mer. Et nous pourrons l'appeler autrement que le « vieux rafiot délabré ». Alors, quelqu'un a une idée ?

Le silence s'abattit sur l'équipage, chacun occupé à y cogiter avec sérieux. Nommer un navire n'était pas une mince affaire, ils le sentaient tous.

Le martèlement des vagues et des clous sur la coque du navire accompagnait leur réflexion. Parfois, ils croyaient entendre un cri au loin, mais ils préféraient se dire que ce n'était qu'une mouette, ou le fruit de leur imagination. Il n'y avait plus de retour en arrière possible.

— Cet esquif ne paye peut-être pas de mine, mais il n'en demeure pas moins un bateau pirate. Du moins, tant que nous resterons à son bord, parce que nous sommes des pirates. Il lui faut un nom qui inspire un minimum l'effroi. Que diriez-vous de *La Vigie Sanglante* ? Nous rendrions ainsi hommage à Waëlle… et au courage d'Austin.

20. Fragments de vieux cordages, de lin et de chanvre utilisés afin de colmater les interstices entre les planches et la coque du navire.

Connor étudia la proposition d'Ed pendant quelques instants. Quelques semaines plus tôt, alors que le *Boréas* baignait encore bien tranquillement dans la paisible Baie des Songes, jamais le capitaine n'aurait accepté qu'une telle décision soit prise par l'un de ses sous-fifres. Mais tout était différent, désormais. Il chérissait sincèrement les trois hommes et les deux femmes qui le suivaient encore, malgré son incompétence.

— Ça sonne bien. Un vrai nom de bateau pirate, ça. Qu'est-ce que vous en dites, vous autres ?

Après une brève consultation générale, ils approuvèrent tous le nom soumis par Ed.

— Très bien. À partir d'aujourd'hui, ce navire se nommera donc *La Vigie Sanglante*. Maintenant que ce point est réglé, peux-tu nous expliquer comment vous en êtes arrivés là, toi et Austin ?

Avant de répondre à la question, le médecin essuya la sueur et l'eau de mer qui goûtaient le long de son visage.

— Nous sommes simplement allés en ville glaner des informations, comme vous nous l'aviez demandé. Mais les gardes nous y attendaient. Dès qu'ils nous ont aperçus, ils nous ont aussitôt donné la chasse. Il n'est pas impossible que Lawrance soit parvenu à s'attirer les faveurs du gouverneur, d'une façon ou d'une autre. Ed et moi, nous nous sommes enfuis aussi vite que nous le pouvions, mais ça n'a pas suffi...

— Ne te torture pas l'esprit à ressasser tout cela. Lawrance est malin, cruel et retors. Il l'a toujours été. C'est moi qui aurais dû le surveiller de plus près, au lieu de me reposer exclusivement sur Luiana. Depuis le début, tout ceci est de ma faute et je m'en excuse sincèrement. Toutefois, je vous le jure sur le peu que je possède encore, dès que j'aurai retrouvé forme humaine, je vous rendrai tout cela au centuple.

— Nous verrons bien si tu dis vrai, capitaine. En attendant, nous devons décider d'un cap à suivre. Si jamais Ed a raison, le gouverneur ne va sans doute pas tarder à lâcher sa flotte à nos trousses, alors mieux vaut ne pas traîner.

La question était superflue. Leur destination, Mishrad la connaissait déjà.

— Mettez le cap à onze heures. Nous ne devrions pas tarder à apercevoir une île toute proche. Je ne vous aurais pas fait armer ce bateau, si nous avions dû naviguer avec sur un très long trajet.

— Très bien, capitaine.

Mishrad et Irum actionnèrent les rames de toutes leurs forces, pour mettre autant de distance que possible entre eux et Las Hayas. La petite taille de leur bateau représentait un avantage : ils devaient s'en servir pour disparaître à l'horizon avant que les navires du gouverneur ne les prennent en chasse. Le pari s'annonçait risqué, mais pour les pirates, la vie consistait en un éternel lancer de dés. Waëlle, Austin et tant d'autres avant eux l'avaient appris à leurs dépens.

Luiana réclama de ramer à la place de l'un d'entre eux, mais Connor l'en empêcha, insistant pour qu'elle se repose. La pirate s'installa donc à la barre.

De leur côté, Neven et Ed réparaient inlassablement le bateau, s'attaquant à la moindre fuite d'eau. Ils y trouvèrent un moyen de noyer leurs pensées et d'oublier momentanément le sort funeste d'Austin.

Leur voyage dura une journée entière et se révéla long et fastidieux. Au loin, les rescapés voyaient s'approcher d'heure en heure les voiles de grands navires de guerre, ce qui les incitait à ne pas relâcher leurs efforts. Ils ignoraient la nature du lien qui unissait Lawrance au gouverneur, mais les deux hommes devaient être proches pour que ce dernier lui ait octroyé une flotte si imposante.

Avoir été forcés de s'enfuir dans la précipitation apportait de nombreux inconvénients. *La Vigie Sanglante* ne possédait aucune réserve d'eau ou de nourriture, ressources pourtant essentielles lors d'un voyage en mer. Sous le soleil brûlant, rien que quelques heures passées sans boire devenaient un véritable supplice.

— Tenez bon, notre objectif est proche ! Ce n'est pas le moment de faiblir !

Les encouragements de Connor partaient d'un bon sentiment, mais ne rencontraient pas le succès escompté. Au lieu de redonner du moral aux troupes, ils ne parvenaient qu'à leur insuffler une violente envie de tordre le cou à un perroquet un peu trop bavard, qui n'avait pas à ramer ou à réparer l'embarcation, lui.

La nuit qui suivit leur offrit la fraîcheur, mais pas le repos. Un voile de brume vint se poser sur le ciel au-dessus d'eux, masquant la lune et les étoiles. Sans pouvoir recourir à cette carte naturelle, il leur devenait bien difficile de se repérer. Ils en furent réduits à s'en remettre aux dieux pour sortir indemnes de ces heures sombres.

Les vagues étaient couleur d'encre et leur surface, insondable. De quoi réveiller les pires cauchemars des matelots. Partout, il leur semblait voir un aileron géant fendre les flots ou le tentacule d'un kraken prêt à les dévorer. Si le *Boréas* avait peiné à essuyer une telle attaque, la *Vigie Sanglante* ne tiendrait pas cinq minutes à l'assaut d'un monstre marin.

Fort heureusement, ils ne rencontrèrent que des créatures imaginaires et bientôt, l'aube embrasa l'horizon.

Ils célébrèrent le retour de la lumière comme celui d'une vieille amie. Du moins, jusqu'à ce qu'Irum intervienne, le front plissé :

— Il y a quelque chose dans le ciel qui n'est pas normal. La magie va être à l'œuvre aujourd'hui, je le sens. Une magie ancienne et puissante. Nous ferions mieux de rester sur nos gardes jusqu'au coucher du soleil.

À peine se fut-elle tue qu'une masse sombre se détacha à l'horizon. Mishrad et Neven comprirent immédiatement à la dense végétation qu'ils apercevaient au loin qu'il s'agissait de l'île indiquée par la carte au trésor. Enfin, ils atteignaient le bout de leur périple !

Du moins, ils cherchaient à s'en convaincre. Pour cela, mieux valait ne pas songer au voyage de retour. *La Vigie Sanglante* pouvait bien porter un nom impressionnant, cela restait une barque mal retapée qui ne les mènerait pas bien loin…

— Terre en vue ! C'est vers cette île que nous devons nous diriger, capitaine ?

Ed fut bien le seul à se poser la question. Mishrad et Neven avaient vu la carte, Luiana connaissait assez bien son compagnon pour deviner ses intentions et l'intuition d'Irum lui indiqua tout de suite que l'Île Maudite serait leur prochaine destination.

— Oui, c'est bien là que nous nous rendons. La jungle nous permettra d'échapper à coup sûr aux troupes du gouverneur. C'est également là-bas que se trouve ce que je recherche ardemment : la clef pour déjouer notre malédiction, à Luiana et moi.

Les yeux noirs du perroquet brillaient d'une détermination nouvelle et il vint frotter sa tête contre le cou de sa compagne. Celle-ci lui répondit par un sourire léger.

— J'ai hâte que tu redeviennes humain, histoire de savoir enfin ce que Luiana te trouve ! plaisanta Mishrad.

Connor serra les dents, ou plutôt le bec et se consola en se disant que tout cela changerait sûrement, dès qu'il serait humain à nouveau. Il pourrait recruter un équipage digne de ce nom et sillonner les mers aux côtés de sa douce Luiana en paix, comme il l'avait toujours souhaité.

— Qu'allons-nous trouver, sur l'île ? Même d'ici, elle a l'air inquiétante...

Le point soulevé par Neven brisa quelque peu la bonne humeur tout juste retrouvée du capitaine.

— De grands dangers, cela ne fait aucun doute. Malheureusement, je n'en connais pas la nature. C'est un lieu d'où peu de personnes sont revenues. Pour ne pas dire aucune...

— Vous nous annoncez donc que nous allons sûrement tous mourir. Si j'avais su, j'aurais encouragé l'équipage à se mutiner contre vous lorsqu'il était encore temps !

Sous le coup de la colère, Mishrad donna un coup de rame un peu maladroit, ce qui fit dangereusement tanguer leur frêle esquif. Neven et Ed se précipitèrent alors de l'autre côté de l'embarcation, faisant contrepoids pour qu'elle conserve son équilibre.

— Prends garde, pirate ! s'agaça Irum. Des créatures ancestrales rôdent certainement dans ces eaux et nous ne voulons pas attirer leur attention.

— Ne t'inquiète pas, l'étrangère. Je sais ce que je fais ! pesta-t-il.

Depuis son apparition à l'horizon, l'île avait comme hypnotisé l'équipage. Le reste du monde semblait ne plus exister, à côté de cette tâche de noirceur qui les appelait de sa voix ensorcelante.

Neven en détacha toutefois les yeux et regarda en arrière :

— Pas besoin de s'inquiéter des monstres, chuchota-t-il alors d'une voix blanche. Quelqu'un d'autre les a déjà attirés...

Il pointa un doigt vers le plus beau navire de l'escadre du gouverneur. L'immense bâtiment était arrêté au beau milieu de l'océan, pris dans l'étreinte d'un gigantesque kraken.

Neven avait déjà entendu parler de ces monstres, mais il les avait crus éteints depuis des lustres, à l'instar du Cétus. Pourtant, la créature impie étendant ses bras gélatineux le long de la coque ennemie était on ne peut plus vivante et prête à emporter sa proie dans les profondeurs glacées des abysses.

Ses gigantesques tentacules verdâtres et visqueux enserraient le mat d'une étreinte mortelle. L'imposant navire avait beau se trouver à quelques miles de *La Vigie Sanglante*, Neven parvenait à entendre le fracas du bois qui se fissurait sous la force colossale du monstre marin. Quelques minutes plus tard, le tout s'effondrait et disparaissait dans des ténèbres ensanglantées.

— Nous n'aurions jamais fait le poids face à cette chose, réalisa Mishrad. Vu la taille de ce machin, il aurait pu nous avaler tout rond et le bateau avec.

Ses mains tremblaient sur les rames. Il prit soin de ne pas faire trop de bruit et de continuer de manœuvrer le navire avec délicatesse. Il ignorait si les poulpes géants vivaient en famille et il n'avait pas la moindre envie de le découvrir.

— Ce sera toujours un navire de moins lancé à nos trousses, je suppose ? tenta de relativiser Ed.

— Peut-être, mais le gouverneur n'est pas à court d'hommes pour autant, fit remarquer le perroquet en contemplant le reste de l'armada toujours à leurs trousses. Je le répète, notre seule option viable, c'est de perdre nos poursuivants dans la jungle. Avec un peu de chance, ils attireront à nouveau le danger sur eux et nous pourrons progresser sans risque.

Comme souvent, le discours de Connor pour remonter le moral des troupes n'eut pas vraiment l'effet désiré. Après les sirènes, le Cétus et le kraken, ses compagnons redoutaient la suite.

— On va tous mourir. Surtout moi... conclut Neven d'un air lugubre.

— Ne dis pas ça, gamin, le consola Mishrad. Tu es bien parvenu à survivre jusqu'ici, pas vrai ? Tu n'y serais pas arrivé si tu n'étais pas un véritable pirate.

— J'ai eu de la chance, c'est tout.

Les courants aux abords de l'Île Maudite étaient étonnamment plus violents qu'au grand large, comme si quelque esprit maléfique voulait les tenir à distance. Irum et Mishrad durent batailler sec pour avoir raison d'eux et parvenir à mener l'embarcation jusqu'à la terre ferme. Dès que l'un d'entre eux fatiguait, Luiana s'empressait de prendre le relais, malgré les protestations de Connor. Ed et Neven tentèrent bien d'apporter leur aide, eux aussi, mais les muscles de leurs bras étaient bien trop frêles pour servir à quelque chose.

Ils durent donc se contenter d'encourager les autres, tout comme le faisait déjà le perroquet.

Ils finirent par dépasser le sommet des récifs coralliens et dès lors, les flots se montrèrent sereins. La proue du bateau vint s'échouer sur les galets dans un crissement salutaire. Une fois leur embarcation à l'arrêt, les six aventuriers prirent une minute pour souffler et jeter un dernier regard vers les navires au loin.

Malgré la peur qui leur assaillait l'esprit, ils mirent pied à terre et s'élancèrent à la découverte de cette terre maudite.

Chapitre 13 :

Nature mortelle

Que prétendez-vous exiger de votre capitaine ? Vous laisserez-vous si facilement détourner de votre dessein ? N'appeliez-vous pas ceci une glorieuse expédition ? Et pourquoi l'était-elle ? Non pas parce que les eaux étaient favorables et calmes comme celles des mers du Sud, mais au contraire parce qu'elles étaient pleines de dangers et de terreurs ; parce qu'à chaque nouvel obstacle, il vous faudrait faire preuve de force d'âme et de courage ; parce qu'elle comportait mille dangers, y compris celui de la mort, que vous aviez pour mission d'affronter et de surmonter.

Mary Shelley, *Frankenstein ou le Prométhée Moderne*

Isla Tierna, tel était le nom de ce lieu de perdition. Il figurait en belles lettres enluminées sur la carte que Neven gardait précieusement sous sa chemise. Cependant, ni lui, ni Mishrad, ni Connor n'avaient jamais prononcé ce nom à voix haute. Ils savaient tous trois qu'évoquer des entités maudites portait malheur.

Pourtant, une fois traduit, ce nom perdait toute idée de malveillance. L'« île Tendre », voilà où ils avaient atterri. Toutefois, l'origine en demeurait macabre. Cette désignation se voulait une mise en garde contre la tendre étreinte des bras de la mort qui venait saisir le voyageur imprudent, échoué sur l'île par mégarde.

Les six derniers membres de l'équipage pirate ignoraient peut-être cette légende, mais la forêt la chantait de sa voix gutturale, les cailloux sous leurs pieds la murmuraient et loin sous les frondaisons, des animaux exotiques hurlaient.

Ils venaient à peine de débarquer que déjà, Luiana posait un doigt sur ses lèvres pour leur intimer le silence. Pour l'instant, le calme régnait autour d'eux. Les vagues se brisaient sur d'imposants promontoires de roche, avant de glisser jusqu'aux galets de la plage. Les arbres tanguaient doucement sous le vent et les grandes feuilles des bananiers se balançaient avec grâce au rythme de la brise. Pourtant, un mal indicible rongeait cette belle harmonie de l'intérieur, répandant partout ses exhalaisons fétides.

La jungle luxuriante s'étendait devant eux en un labyrinthe gigantesque, duquel s'élevait un léger murmure qui les appelait, les invitant à venir se perdre dans ses profondeurs inextricables. Ed et Irum échangèrent un regard inquiet. Même les dons de prescience de l'étrangère ne lui permettraient pas de retrouver son chemin dans un tel fouillis de lianes et de fougères. Neven et Mishrad ne partagèrent pas cette crainte, bien qu'ils soient eux aussi la proie des maléfices de la forêt. Ils pouvaient tenter de se reposer sur la carte soigneusement conservée par le mousse.

Connor ne sut comment réagir en se retrouvant nez à nez avec cette immense étendue recouverte de palmiers, d'hévéas, de papayers ainsi que d'une multitude d'autres arbres exotiques dont les noms lui étaient inconnus. À l'instar de ses amis, il ressentait une vague gêne aux abords de la forêt, mais il céda presque à son appel, qui résonna en lui avec plus d'intensité que chez ses compagnons d'infortune. En levant les yeux, il apercevait des perroquets de mille couleurs, dont plusieurs aras rouges. Fréquenter d'autres membres de son espèce n'avait jamais rien signifié pour lui. Jusque là, il était resté plus humain que perroquet. Pourtant, cette solide certitude commençait à vaciller, éveillant un profond trouble en lui.

La raison derrière ces doutes nouveaux, il la connaissait parfaitement. Il ne lui restait que trois ou quatre jours, tout au plus, avant que sa malédiction ne devienne permanente. Cela signifierait certainement perdre toute trace d'humanité.

Malgré tout, leurs ventres affamés eurent raison de leur frayeur. En voyant les bananes bien mûres qui pendaient aux arbres, Neven et Ed ne purent résister à la tentation et ils se jetèrent dessus. Ils épluchèrent les fruits avec avidité, impatients de pouvoir se remplir l'estomac. Ils allaient planter leurs dents dans la chair tendre des fruits lorsque le cri de l'ancienne esclave les arrêta :

— Non ! Ne touchez pas à ça !

La faim tiraillait tant Neven qu'il fut tenté de lui désobéir, mais il n'en eut pas le temps. Avant qu'il ait pu refermer la bouche, Mishrad lui prit le fruit de la main et l'envoya valser au loin.

— L'étrangère a raison. Vous devriez être un peu plus observateurs, tous les deux.

Du doigt, il leur indiqua un autre arbuste, en tout point semblable à celui sur lequel Neven et Ed s'étaient rués. Au pied de la plante gisaient plusieurs cadavres de singes, qui tenaient tous une banane entre leurs pattes. De toute évidence, la mort les avait saisis avant même qu'ils n'aient pu finir leur repas.

Ce n'était pourtant pas le pire. Une gueule béante, végétale et dépourvue de dents était refermée sur l'une des dépouilles, la digérant lentement à l'aide de ses sucs. Sous le choc, Ed laissa tomber le fruit vénéneux au sol.

— Cet endroit veut notre mort. Nous devons faire preuve d'une grande prudence. Si vous avez absolument besoin de manger, allez plutôt chercher des noix de coco, les tança Irum.

— Pourquoi les noix de coco te paraissent-elles plus sûres que les bananes ? voulut savoir Neven.

— Les singes qui en mangent ont l'air d'être en très bonne santé et les perroquets n'hésitent pas à aller picorer dans leurs restes.

Neven leva la tête et il assista en effet à cet harmonieux ballet naturel qu'Irum venait de lui dépeindre.

— Très bien. Je vais aller en chercher, dans ce cas. Attendez-moi en bas.

— Tu as intérêt à te grouiller, gamin. Si nous restons trop longtemps sur cette plage, les navires du gouverneur vont venir nous cueillir comme des fleurs.

— Je me dépêche.

Le mousse croisa les bras autour du tronc du cocotier et débuta son ascension, profitant de son faible poids pour se hisser le long de l'arbre. Néanmoins, il découvrit bientôt que cela nécessitait bien plus de force que pour grimper dans les haubans du *Boréas*. Neven serra les dents et fit de son mieux pour oublier la douleur émanant de ses bras et de ses cuisses. Il vivait chaque centimètre parcouru comme une petite victoire, la preuve qu'il s'était véritablement endurci durant leur périple.

Enfin, il parvint à la hauteur des noix de coco tant convoitées.

Il les détacha de l'arbre, puis les lança au sol, tout en prenant soin de viser loin de ses amis pour ne pas prendre le risque de les assommer. Le mousse récupéra ainsi quatre belles noix de coco, qu'ils pourraient manger sur la route.

Au moment où il balançait la dernière, il remarqua une variation inquiétante sur le visage de ses compagnons.

— Il y a un problème ?

Son cri fut trop faible et ne parvint pas jusqu'aux autres pirates. En revanche, il entendit très bien ce que lui hurla Mishrad :

— Tu dois dégager de là, gamin ! Tout de suite !

Neven l'avait rarement connu si épouvanté, excepté lors de l'attaque des sirènes et celle du Cétus. Le jeune homme se mit à paniquer, tournant la tête à droite et à gauche. D'où venait le danger ? Dans sa précipitation, Neven perdit tout appui et il se sentit chuter vers le bas, la gravité l'entraînant vers le sol à toute allure.

Ce fut ce qui lui sauva la vie.

Au-dessus de lui, il aperçut un gigantesque oiseau aux allures d'aigle. L'animal avait un bec crochu et un plumage poivre et sel. Il déchira la chemise du mouse du bout de ses serres, mais fut bientôt forcé de redresser son vol pour ne pas s'écraser à terre, lui aussi.

Pendant un bref instant, Neven crut que son crâne allait se briser sur les galets en contrebas.

Pourtant, il ne fut pas confronté à la dureté de ce sol rocailleux. Deux paires de bras l'attrapèrent au vol. Au-dessus de lui, Mishrad et Irum échangèrent un regard de connivence.

— J'espère que tu n'as rien de cassé, p'tit, parce qu'il va falloir courir vite pour échapper à cette nouvelle saleté…

Sans perdre une seconde, ils se précipitèrent tous vers le couvert des arbres. De milieu hostile, la jungle venait de se transformer en un refuge inestimable. Ed et Luiana portaient les noix de coco obtenues grâce aux efforts du mousse. Si la charge ne gênait pas vraiment la pirate, le médecin souffrait sous leur poids. Bientôt, Mishrad se résigna à attraper le bras d'Ed d'une main, puis celui de Neven de l'autre, afin de s'assurer qu'aucun des deux ne demeurerait à la traîne.

L'oiseau géant fit plusieurs descentes en piqué, le bec grand ouvert sur son gosier rose. Il prit Irum pour cible, mais l'étrangère roula sur le sol au dernier moment et le volatile se retrouva à avaler les pierres rondes disséminées sur la plage. Pendant un instant, ils eurent l'espoir de le voir s'étouffer avec, mais l'oiseau les recracha vite et se remit à leur poursuite.

Ils franchirent la lisière de la forêt à toute allure, se frayant un passage entre les branches épaisses. Ils ne firent pas attention à l'air qui s'alourdissait, à la noirceur déployée par le plafond de feuillage au-dessus d'eux, ou encore aux serpents qui lézardaient paresseusement le long des lianes tortueuses. Vint finalement un moment où la végétation se fit trop dense pour que leur assaillant poursuive sa chasse. Le volatile poussa un cri strident, puis s'envola loin au-delà de la cime des arbres, les abandonnant à leur sort. Les survivants sentirent leurs épaules retomber sous le poids du soulagement. Ils s'accordèrent un bref instant pour retrouver leur souffle :

— Je connais cette bête. Chez moi, nous lui donnons le nom de harpie féroce. Cette espèce se nourrit d'autres oiseaux, de petits mammifères et de serpents. Je n'en avais toutefois jamais vu de si grandes et je les croyais incapables de s'attaquer aux hommes.

Tout en disant cela, Irum caressait d'une main distraite les feuilles qui pendaient autour d'elle. La jeune femme se remémorait de vieux souvenirs, d'une époque où elle ignorait tout des pirates et des marchands d'esclaves...

— Je me fiche bien de ce qu'est cette chose, du temps qu'elle reste loin de moi, bougonna Mishrad. Bon, où devons-nous aller, capitaine ? Plus vite nous en aurons fini avec cet endroit, mieux je me porterai.

Connor redressa brusquement la tête, comme si Mishrad venait de le réveiller. Un cri animal lui échappa par mégarde et il dut se racler la gorge avant d'être capable de répondre :

— Donne-moi juste un instant. Après notre fuite, je... je ne sais plus vraiment où nous sommes. Peut-être, que...

Irum se mit à décortiquer les fruits chèrement acquis et à distribuer des bouts de coco à ses compagnons, afin d'étancher la faim de leurs estomacs grondants.

— Nous nous sommes dirigés vers le nord, capitaine. Ensuite, nous avons un peu bifurqué à l'ouest. Au bout de dix minutes de course, je dirais...

Tous les regards se tournèrent vers Neven. Le jeune mousse rougit, ne s'attendant pas à ce que ces mots lui octroient une telle attention. Il poussa un hoquet lorsque la main de Mishrad s'abattit dans son dos en une tape amicale.

— Tu vois bien que tu nous es utile ! Sans toi, nous serions complètement paumés au milieu de cette maudite cambrousse !

— Je ne suis pas certain que cambrousse soit un terme très approprié pour une forêt, Mishrad.

— Merci pour tes indications, Neven. Je vois à peu près où nous sommes. Maintenant, il nous faut prendre la direction du nord-est. Nous allons devoir nous enfoncer loin dans les terres, pour trouver l'autel que nous cherchons, les guida Connor.

— Dirigeons-nous de ce côté, dans ce cas. D'ailleurs, peut-être même que tu pourrais nous en dire plus sur ce fameux autel en chemin, histoire que la route nous paraisse moins longue ?

La requête de Mishrad plongea Connor dans un embarras profond.

— Je suis obligé ?

— À ce stade, oui, j'en ai bien peur pour toi. À moins que tu ne préfères affronter notre colère, évidemment ? renchérit Irum.

Devant eux, Luiana déblayait le passage à grands coups de sabre. Neven tentait lui aussi de taillader la végétation à l'aide de son couteau, mais il n'obtenait que de faibles résultats. Ils se résignèrent bientôt tous à devoir suivre le sillage de la pirate. Des machettes leur auraient été utiles pour défricher ce terrain hostile, mais ils devaient composer avec les moyens du bord.

— Cet autel est le pendant de la grotte où j'ai été frappé par ma malédiction, à Salariffe, soupira le perroquet. Je m'y étais rendu en quête d'un fabuleux trésor, mais l'expédition a tourné au désastre.

— Pour changer… ricana Mishrad.

— C'est un souvenir encore très douloureux, pour Luiana et moi. Fort heureusement, l'autel magique érigé ici va enfin nous permettre de redevenir nous-mêmes. Au terme d'un court rituel, le tour sera joué. Un grand trésor se trouve également dans cette partie de l'île : de quoi nous remettre à flots une bonne fois pour toutes.

Mishrad plissa les yeux, méfiant. À l'époque de l'incident de Salariffe, il faisait partie des marins chargés de garder le *Boréas*. Il n'avait donc jamais vraiment su ce qu'il s'était passé dans cette fameuse grotte.

— C'est tout ? Pas d'entourloupes, cette fois ?

— Je t'ai dit tout ce que je pouvais te révéler, Mishrad, je le jure. Plutôt que de vouloir m'accabler de tous les maux, ne crois-tu pas qu'il serait plus judicieux de surveiller les alentours avec un peu plus de concentration ? Nul ne peut prédire ce qui nous attend en ce lieu sordide…

Au fil de leur avancée, l'avertissement de Connor prit tout son sens. Ils enjambaient régulièrement des squelettes. Des lambeaux de chair en putréfaction pendaient parfois encore de leurs os, dégageant une odeur nauséabonde digne d'un terrier de putois, tandis que les plus anciens s'étaient fondus dans la végétation. De nouvelles pousses d'arbres jaillissaient d'entre leurs côtes et le sourire sinistre des cadavres s'ouvrait sur de ravissantes fleurs aux parfums enivrants.

Neven scandait des prières silencieuses, espérant que cela permettrait d'apporter la grâce du Quatuor Sacré à ces pauvres hères. Quelqu'un de moins croyant aurait d'emblée décrété qu'aucune divinité ne devait avoir de pouvoir en ces terres maudites, mais la foi de Neven demeurait solide, même après toutes ces épreuves. Le regard d'Alessa et de ses frères devait se poser ici et voir cet endroit pour ce qu'il était réellement : pas une forêt, mais un cimetière.

Mishrad, Irum et Luiana ne partageaient pas sa compassion envers les défunts. Une fois les gens morts, il n'y avait plus rien à faire pour eux. En revanche, ils auscultaient les cadavres avec attention, afin de déterminer la cause de leur trépas.

Cela leur permit d'éviter d'innombrables dangers. Un arbre engluant ses victimes dans sa sève, une fleur projetant ses étamines en avant sur la moindre créature vivante, des crocodiles se dissimulant dans la mousse qui tapissait le sol de la forêt… Isla Tierna regorgeait de mille façons de mourir. En revanche, il n'y avait qu'un seul moyen de survivre ; en ne relâchant jamais son attention.

À ce petit jeu, Luiana et Irum se révélèrent rapidement les meilleures. Les yeux d'aigles de la pirate repéraient le moindre piège, tandis que l'ancienne esclave pressentait les périls sur leur route. De son côté, Ed se servait de ses connaissances médicales pour ramasser des plantes sur le chemin. Utilisées de la bonne manière, elles pourraient permettre à ses amis de survivre, s'ils étaient blessés lors d'une attaque.

Ils avancèrent avec prudence pendant une bonne heure, parvenant à déjouer les pièges d'Isla Tierna. Des rugissements de bêtes féroces retentissaient bien souvent au loin, leur rappelant à chaque instant dans quoi ils s'étaient engagés.

Plus personne n'osait dire un mot. Parler, c'était indiquer leur position aux millions de prédateurs assoiffés de sang qui écumaient cette mer végétale. Connor et toute sa troupe se retrouvaient relayés au rang d'intrus, mais surtout, de proies potentielles.

— Je crois avoir entendu du bruit par ici ! Dépêchez-vous !

Cet accent si particulier ne mentait pas : il devait s'agir d'un garde de Las Hayas. Les pirates échangèrent un regard paniqué. Leurs adversaires étaient déjà parvenus à les rattraper ? Ils n'auraient pu recevoir pire nouvelle.

Ils prirent la fuite à toutes jambes.

Frappé par une folie inexpliquée, Connor lançait des caquètements étourdissants de temps à autre, ce qui faillit bien lui valoir un coup de poing de la part de Mishrad et d'Irum. Par chance, les soldats ne le prirent que pour un oiseau tropical de plus.

Ce fut la maladresse de Neven qui les trahit. Rendu pataud par la frayeur, le jeune mousse marcha sur un tibia qui traînait sur le sol de la forêt. L'os se brisa en deux en un craquement aussi retentissant que sinistre.

Cette fois, la discrétion n'était plus de mise. Leurs assaillants les avaient repérés et se dirigeaient droit vers eux. L'épais manteau de la forêt leur apportait encore une couverture de fortune, mais plus pour très longtemps. Il leur fallait fuir et vite.

Tandis qu'ils enjambaient les lianes, un hurlement strident parvint jusqu'à eux et ils se demandèrent alors si en plus des gardes, il n'y avait pas désormais une bête féroce lancée à leurs trousses. Un nouvel éclat de voix retentit au loin et ils accélèrent l'allure de plus belle.

La forêt défilait en un paysage vert, encore et toujours plus vert. Parfois, un anaconda paresseux essayait de planter ses mâchoires dans la jambe de l'un d'eux. Malheureusement pour ces serpents affamés, les pas des fugitifs les portaient si vite qu'ils étaient déjà loin lorsque l'animal refermait sa gueule sur le vide.

Ed s'essoufflait de plus en plus et Irum commençait elle aussi à fatiguer. Quant à Neven, même pas besoin d'en parler. Il n'y avait que la poigne de fer de Mishrad pour le tirer malgré lui.

Épuisé, Ed finit par poser la main sur un tronc d'arbre, le temps de prendre quelques goulées d'air avant de repartir. Ce fut une très mauvaise décision de sa part.

Des lianes épaisses se mirent à s'enrouler autour de son bras. D'autres appendices caoutchouteux descendirent des frondaisons, avec la ferme intention d'aller se nouer autour de la gorge d'Ed pour l'étouffer.

L'oxygène commença à lui manquer et il se crut perdu. Ses amis se trouvaient déjà loin devant et ils ne prendraient sans doute pas la peine de faire demi-tour pour lui. Pas alors que les soldats se rapprochaient inexorablement.

Sa dernière pensée lucide alla à Austin. Son ami s'était sacrifié en vain, juste pour lui offrir un misérable jour de plus à vivre.

Au moment où sa vision commençait à s'obscurcir, une lame s'abattit tout près de son visage et trancha en deux la liane enserrée autour de son cou. Un suc verdâtre s'en déversa et le membre végétal tomba au sol sans force, puis ce fut au tour de son bras d'être dégagé d'un coup sec. L'arbre persista dans son offensive, envoyant de nouvelles excroissances à l'assaut. Elles finirent toutes de la même manière, jusqu'à ce que la plante accepte sa défaite et se rétracte sur elle-même.

Ed cligna des yeux lorsqu'il reconnut le visage de sa sauveuse. Il se serait attendu à voir Mishrad ou Luiana, mais certainement pas Irum. L'étrangère balayait les alentours de son regard farouche, prête à bondir sur le premier ennemi qui oserait approcher du médecin.

— Depuis quand as-tu une hache ?

— Je l'ai trouvée sur un cadavre. Il faut repartir tout de suite !

Le médecin obéit sans discuter. Pourtant, sa gorge le brûlait et il pouvait voir des cloques blanchâtres apparaître tout le long de son bras, là où les lianes l'avaient touché.

L'espoir revint pourtant, de manière à la fois terrible et inattendue, lorsqu'ils perçurent à nouveau la voix des soldats derrière eux.

Ils hurlaient, tandis qu'un fauve rugissait son triomphe.

Les pirates virent une nuée de singes et d'oiseaux exotiques se disperser, effrayés par ce cri tonitruant. Des détonations de pistolet suivirent, alors que ce combat probablement dantesque demeurait invisible aux yeux de la petite troupe. Ils profitèrent du retard pris par leurs ennemis pour se regrouper.

— Vous pensez qu'ils... qu'ils sont hors d'état de nuire ? demanda timidement Neven.

Le raclement atroce de griffes qui déchiraient la chair parvint jusqu'à eux.

— Ça, gamin, impossible de le savoir. Tout dépend du nombre de soldats lancés à notre recherche et de la taille de la bestiole qui leur est tombée dessus...

Ils allaient reprendre leur course effrénée, mais Luiana se retrouvait embourbée dans de nouvelles difficultés. Courir ne lui posait pas de problèmes, bien au contraire. La pirate possédait un physique athlétique et elle aurait pu tenir ce rythme pendant des heures encore. Non, son véritable souci, c'était Connor.

Toute raison avait abandonné le capitaine. Il se débattait désormais pour s'envoler, en dépit de ses ailes abîmées. Le hurlement bestial entendu un peu plus tôt avait produit sur lui le même effet que sur le reste de la faune locale. Le perroquet tentait de monter vers la cime des arbres, alors que Luiana le retenait par l'une de ses pattes.

À défaut de pouvoir remettre Connor dans le droit chemin, elle le secoua avec force, espérant que cela lui éclaircirait les idées. Il ne sembla pas reprendre conscience de sa nature humaine, mais au moins il se tint tranquille, comprenant que Luiana représentait un danger bien plus imminent que le fauve derrière eux.

Ils entamèrent à nouveau leur fuite frénétique.

Arriva un moment où les bruits de lutte s'atténuèrent. Ils crurent tout d'abord s'être assez éloignés du combat, avant de réaliser leur erreur. Les fourrés bruissèrent derrière eux, leur indiquant que quelqu'un, ou quelque chose s'était lancé sur leur piste.

Le frémissement des feuilles dans leur dos laissa rapidement place au bruit d'une véritable cavalcade. Ils allaient se faire rattraper ! Irum referma la main sur sa hache, tandis que Luiana faisait de même avec son sabre. Mishrad obligea Neven à dépasser ses limites, de façon à ce qu'ils se trouvent derrière la barrière des deux femmes en cas de conflit. Le pirate pourrait user de son pistolet plus aisément s'il ne se retrouvait pas directement au corps à corps.

Une odeur rance vint s'ajouter à la moiteur de la forêt. De puissantes pattes s'abattirent sur les ossements au sol, les réduisant en miettes. À quelques mètres de lui, Ed vit apparaître entre les rideaux de lianes un terrible museau ensanglanté.

Le médecin se retourna vers ses amis, pour les prévenir du danger.

Ils n'étaient plus là.

Ed n'eut même pas le temps de s'en inquiéter. Sa main, toujours tenue par Irum, l'entraîna vers le bas. Ses pieds ne rencontrèrent plus la résistance du sol.

Une énorme patte jaillit vers lui, le manqua de peu.

Ed tomba.

CHAPITRE 14 :

Le rituel maudit

Je n'aime pas les chasses au trésor, dit le capitaine, je ne les aime surtout pas quand elles sont secrètes et que le secret est connu du perroquet.

Robert Louis STEVENSON, *L'Île au trésor*

La chute fut rapide et douloureuse. Les pirates s'échouèrent sur un sol humide et froid, leurs grognements se mêlant aux caquètements furieux de Connor. Au-dessus d'eux, ils virent la bête fouiller à l'aveuglette par le trou d'où ils étaient tombés. Par chance, l'imposant gabarit de l'animal l'empêchait de se glisser par l'ouverture. Quelques centimètres à peine séparaient les griffes acérées du visage de Neven. Allongé sur le dos, le jeune homme rampa lentement hors de leur portée. Il sentit deux bras le tirer par les épaules, l'aidant à aller plus vite. Lorsqu'il se redressa, il rencontra sans grande surprise le sourire presque paternel de Mishrad.

— Vous avez une idée d'où nous sommes ? demanda Ed d'une petite voix.

Le fauve lui répondit par un violent rugissement de colère et le médecin partit se cacher derrière Irum en tremblant. L'étrangère, Luiana et Mishrad restèrent de marbre, nullement impressionnés. Ici, l'animal ne pouvait plus les atteindre, tant qu'ils avaient la sagesse de demeurer loin de ses griffes.

Ils avaient atterri dans une gigantesque caverne souterraine. La cavité rocheuse s'étendait loin devant eux, baignée dans une intense lueur bleutée. Celle-ci provenait de champignons et de vers luminescents qui tapissaient le plafond de la grotte. Ils repérèrent également des scorpions et des araignées à la carapace céruléenne, quoique légèrement plus sombre. Ils s'en inquiétèrent pendant un instant avant de comprendre que ces prédateurs ne s'intéressaient pas aux humains, mais uniquement aux créatures qui brillaient dans le noir avec la même intensité qu'eux.

Une rivière souterraine serpentait au beau milieu de la caverne. Parfois, un poisson s'élançait de la surface de l'eau et se faisait cueillir par les pinces impitoyables d'un arthropode posté non loin.

En dépit de ce spectacle sanglant, une étrange sensation de sérénité planait sur l'antre. Les pirates n'en demeurèrent pas moins sur leurs gardes, mais ils s'accordèrent un instant de répit.

Luiana en profita pour poser une main sur l'épaule de Mishrad et ainsi attirer son attention sur Connor.

Perspicace, Mishrad comprit aussitôt le problème. Il saisit le perroquet par l'arrière du crâne et le secoua doucement.

— C'est bon, capitaine, vous avez fini votre petit numéro ? Il serait temps de se réveiller, maintenant. Nous sommes un peu perdus sans vous, là.

Connor battit des paupières plusieurs fois, clairement mécontent. Néanmoins, il se redressa sur ses pattes et reprit l'allure fière qu'il se plaisait à arborer devant son équipage. Il réarrangea ses plumes, soudain soucieux de son apparence, puis après une longue attente, il grommela enfin :

— Une grotte ! Forcément, il fallait que ce soit de nouveau une grotte !

— C'est bon, monsieur est réveillé ?

— Capitaine ? Vous êtes sûr que tout va bien ? s'inquiéta Neven.

— Oui, oui. C'est juste cette satanée malédiction qui se renforce. Nous devons procéder au rituel au plus vite. Enfin, cela ne devrait pas poser de problèmes, maintenant que nous avons trouvé l'autel.

Le capitaine suscita à nouveau les interrogations muettes de son équipage. Prenait-il ses rêves pour la réalité ?

— Capitaine, je suis désolé, mais je ne vois aucun autel ici, dit Neven. Vous devez certainement faire erreur.

— Et ça, c'est du poulet, peut-être ?

Connor étendit une aile devant lui, jusqu'à désigner une imposante pierre au fond de la caverne. En plissant un peu les yeux, Neven distingua un visage sculpté dans la roche, au milieu de grandes arabesques au tracé ésotérique.

— Une chance que nous soyons tombés dans ce trou, je suppose ? commenta Irum.

— Une chance ? Comment ça, une chance ? Bien sûr que non, ce n'était pas de la chance ! C'est moi qui ai su vous guider correctement jusqu'ici ! Je ne suis pas capitaine pour rien !

— Alors même que nous étions poursuivis par des gardes, puis par un monstre et que vous étiez occupé à brailler ?

— Mais… enfin…

— Plutôt que de ronchonner, vous feriez peut-être mieux de vous occuper de lancer le rituel, avant de devenir complètement maboule.

Le perroquet tourna la tête vers Neven. Assis sur un rocher, le mousse massait sa jambe douloureuse, ainsi que son poignet, sur lequel s'était imprimée la marque des doigts de Mishrad. Connor se racla le gosier :

— Neven, l'heure est venue. Le parchemin, je te prie.

Le jeune homme acquiesça, un peu intimidé devant tant de solennité. Il fouilla dans ses vêtements, craignant un instant d'avoir perdu l'objet au cours de leur longue fuite. Il l'extirpa de sa chemise sous le regard stupéfait de Luiana, Irum et Ed.

Connor bondit plus qu'il ne vola jusqu'à l'épaule de Neven, délaissant Luiana pour se consacrer à l'étude de la carte :

— Déroule-le donc, mon garçon. Il me tarde de pouvoir accomplir ce rituel et d'en finir définitivement avec cette malédiction de malheur.

— Bien sûr, capitaine. Tout de suite.

Docile, Neven manipula le vieux papier avec soin. Il craignait de le déchirer par mégarde. En effet, ses mains tremblaient considérablement.

Il ouvrit la carte, dévoilant les tracés des côtes de Las Hayas et d'Isla Tierna. Le regard du mousse se porta aussitôt sur la croix rouge que lui avait indiquée Mishrad. La grotte n'y était pas représentée. Pas plus que les êtres fluorescents qui la peuplaient, d'ailleurs. S'il restait des indices à décrypter, ils échappaient aux yeux de Neven.

— Attends une seconde… Ah, voilà qui est mieux !

Connor se pencha vers un coin de la carte, puis glissa son bec sous le papier. Pendant un instant, Neven le fixa, atterré. Ce perroquet fou était en train de manger le parchemin ! Il levait déjà une main pour l'en empêcher, lorsque Connor souleva une première couche de papier, dévoilant une doublure cachée.

— Aurais-tu l'obligeance de m'aider, Neven ?

Neven chassa vite sa surprise et il obéit à l'ordre de Connor, repliant la partie basse de la carte jusqu'à faire apparaître une nouvelle feuille, encore plus jaunie que les précédentes. Cette fois-ci, pas de carte mystérieuse. Rien que des longues lignes d'inscriptions étranges.

— Je te remercie, mon garçon. Tout cela devient plus clair, à présent. Ah, dire que j'ai passé des nuits entières à chercher des explications symboliques à ces mots, alors qu'il n'y en avait pas !

D'un regard, Connor embrassa toute la salle souterraine, puis il annonça le plus sereinement du monde :

— Pour commencer, il faut nous emparer d'une araignée.

— Une araignée ? répéta Neven, vaguement dégoûté.

— Oui, nous aurons besoin de verser du venin sur l'autel.

— Attendez, c'est une blague, j'espère ? s'insurgea Mishrad. Écoute, espèce de perroquet débile, si tu veux ton araignée, tu vas la chercher tout seul. Je n'ai pas échappé à des sirènes, aux gardes de Las Hayas, à des plantes carnivores et au monstre qui se balade dehors pour finir mordu par une sale bête luminescente !

Mishrad pointa un doigt accusateur juste sous le bec de Connor et ce dernier dut lutter contre la furieuse envie de le mordre.

Luiana, quant à elle, ne prit aucunement part aux débats. Il ne lui fallut pas longtemps pour repérer une araignée qui se déplaçait sur la paroi, à hauteur d'homme.

La pirate enfonça violemment sa lame dans le thorax de la bête, traversant la chitine sans mal et l'empalant sur place. L'araignée tenta bien de se retourner contre elle dans un soubresaut d'agonie, mais Luiana tenait fermement son arme. Le dernier souffle de vie quitta rapidement la bête.

Ensuite, elle détacha le bandeau qui retenait ses longs cheveux et le déchira en deux, avant d'en envelopper ses mains. Une fois cette protection de tissu mise en place, elle retira son arme de la carcasse encore chaude et saisit l'araignée à bras-le-corps. Elle ne fronça même pas le nez de dégoût. Elle emporta ensuite l'araignée jusqu'à l'autel, où elle pressa les crochets contre la pierre, jusqu'à en faire couler un long jet de venin. Enfin, elle tourna la tête vers ses amis, tout cela pour voir qu'ils en étaient toujours à se disputer au sujet de l'éventuelle capture d'une araignée.

Luiana frappa brièvement dans ses mains, assez fort pour obtenir l'attention de ses compagnons.

— Chérie, laisse-nous causer en paix...

Connor s'arrêta net en apercevant le cadavre de l'araignée sur l'autel, tandis que sa compagne les toisait avec supériorité. Mishrad et Irum croisèrent les bras, l'air de dire qu'ils auraient aisément pu exécuter cette tâche, s'ils l'avaient voulu.

— Et maintenant ? Quelle est la prochaine étape ? interrogea Mishrad.

— Il faut également placer un objet appartenant à l'une des personnes maudites sur l'autel. Rien qu'un seul, d'ailleurs, c'est bien précisé.

Luiana détacha une partie du bandeau déchiré de sa main, avant de le laisser choir à son tour sur l'autel. Elle patienta en silence, attendant de savoir quel serait le nouveau caprice du rituel. Puisqu'il fallait tout faire soi-même...

— Je te remercie, Luiana. La dernière étape est cependant un peu plus rude, j'en ai peur. Quelqu'un doit détacher un champignon du mur et souffler dessus, jusqu'à ce que sa poudre se répande sur l'autel.

— Je ne vois pas en quoi c'est difficile. À moins que ce ne soit encore une autre de vos embrouilles et que ces trucs soient hallucinogènes ? ronchonna Mishrad.

— Non, mais ils ont d'autres propriétés. Pour que leur effet s'active, il faut que la personne en question sacrifie le souvenir d'un être cher. Il faut donc que l'un d'entre nous se porte volontaire, même si je conçois que ce n'est pas un maigre sacrifice.

— Bien sûr ! Ce n'est jamais à vous de trinquer, comme toujours ! Ce que c'est beau, la vie de capitaine ! J'espère pour vous que vous n'avez pas l'intention de faire pression sur le pauvre gamin pour qu'il vous aide. Il en serait capable, le petit !

— Écoute, Mishrad...

— Moi, je veux bien le faire.

La voix d'Ed, timide, mais déterminée, résonna dans toute la caverne. Il ne payait pourtant pas de mine, avec son bras tout boursouflé.

— Toi, le guérisseur ? Tu as une âme déjà fragile, je le sens. Tu ne devrais pas lui infliger l'épreuve d'être encore modifiée par un rituel ancestral.

Le conseil d'Irum tomba dans l'oreille d'un sourd.

— Je sais ce que je fais. Crois-moi, pouvoir me défaire du souvenir d'Austin me fera plus de bien que de mal. Ce n'est pas parce que je suis incapable de courir vite que je ne peux pas prendre mes propres décisions, merci.

Irum tendit une main désolée vers Ed, afin de lui faire comprendre qu'elle n'avait pas dit cela pour le rabaisser, mais le médecin, tout à sa rancœur, s'écarta d'elle et partit cueillir un champignon luminescent.

Le chapeau de celui-ci perdit son éclat dès lors que le pied fut arraché du sol et il commença aussitôt à se flétrir. Ed se précipita jusqu'à l'autel avec le champignon, avant qu'il ne se dessèche complètement.

Une fois arrivé bien en face du visage sculpté dans la pierre, il souffla avec force sur le petit dôme bleuté, ignorant les protestations d'Irum.

Un nuage de poudre blanchâtre vint se déposer paresseusement sur l'autel, où il rejoignit le bandeau rouge et le venin d'araignée noirâtre. Le mélange de ces trois couleurs avait quelque chose de contraire à l'ordre naturel des choses. À leur vue, le reste de la troupe fut pris d'un frisson inexpliqué.

Une fumée évanescente commença à s'échapper de la bouche et des yeux gravés dans la roche.

Ed fit un pas en arrière et laissa tomber le champignon qu'il tenait en main. Il se serait effondré si Irum ne s'était pas précipitée vers lui.

— Que s'est-il passé ? demanda-t-il, déboussolé. Qu'est-ce que j'étais en train de faire ? Je me souviens qu'une grosse bête nous poursuivait, puis je me suis senti tomber et plus rien...

Irum hocha la tête, comprenant que tous ses souvenirs liés au rituel venaient également de lui être ôtés.

— Nous sommes tombés dans une crevasse et tu t'es méchamment cogné la tête. Rien de grave, toutefois, tu vas t'en sortir. Pendant ce temps, Connor a entamé le rituel pour que lui et Luiana soient libérés du sort qui pesait sur eux. D'ailleurs, tu te trouves un peu trop prêt de l'autel qu'ils vont utiliser. Viens, on va reculer.

Trop sonné pour lui désobéir, Ed suivit bien docilement Irum, solidement accroché à son bras. Un sourire en coin illuminait désormais le visage de Luiana, alors que Connor trépignait littéralement d'impatience.

— Je ne voudrais pas gâcher la fête, mais il ne devrait pas y avoir de la lumière sur cet autel ? Pour le côté magique ?

— La lumière n'apparaîtra qu'une fois que j'aurais prononcé la formule inscrite sur la carte. Par les dieux ! J'ai du mal à croire que le grand moment est enfin arrivé ! Neven, donne la carte à Luiana et recule auprès des autres. Mieux vaut que nous soyons les seuls à être sous l'influence de l'autel...

Neven tendit la carte à la pirate puis s'éloigna. Cette dernière lui répondit par un grand sourire, avant de se placer aux côtés de Connor, posé à terre. Elle ouvrit le parchemin devant lui, afin qu'il puisse en lire les formules.

— C'est bon, vous êtes tous assez loin ? Je suis convaincu que Mishrad ferait un perroquet tout à fait insupportable.

Le concerné prit un air vaguement ennuyé, mais ne releva pas la pique.

Connor rejeta sa tête d'oiseau en arrière et il se mit à chanter dans une langue inconnue, aux sonorités douces et fluides. Ses cordes vocales de perroquet lui permettaient d'atteindre les notes désirées sans le moindre problème et d'emplir la caverne d'une mélodie somptueuse. Parfois, il frappait le sol de son bec pour obtenir les sons adéquats.

Toutefois, cette symphonie merveilleuse ne fut pas du goût de la faune locale, dont le bruissement sauvage tourbillonna avec agitation.

Neven posa une main hésitante sur son couteau, craignant de devoir faire face à une vague de scorpions et d'araignées furieuses.

Finalement, il n'eut pas besoin de l'utiliser, les animaux ayant une tout autre idée en tête. Ils se réfugièrent tous dans leurs tanières, creusées au sein des anfractuosités de la roche. Certaines créatures se serrèrent même pour offrir un abri à des membres d'espèces rivales. Bientôt, il n'y eut plus que les champignons pour continuer d'éclairer la grotte.

Connor luttait de son mieux contre le stress. Ce n'était pas le moment d'avoir la gorge nouée. Heureusement, ce chant, il en avait appris les paroles par cœur. Ah, les heures qu'il avait pu passer, enfermé seul dans sa cabine, à décrypter ce langage ancien et étrange. Puis à retenir chaque sonorité, chaque intonation de la mélodie qui allait lui rendre son humanité !

Dans les bons jours, un précieux biscuit subtilisé à un membre de l'équipage l'accompagnait dans son dur labeur. Inutile de préciser dans quoi il dépenserait son tout premier butin, dès qu'il serait redevenu un pirate respectable. Des tonnes et des tonnes de biscuits !

Brusquement, sa voix commença à s'érailler. Il fut saisi de panique, mais continua à chanter coûte que coûte, bien trop effrayé par ce qui pourrait arriver si jamais il arrêtait le rituel trop tôt. De légères et harmonieuses, ses notes se firent de plus en plus graves.

Peu importait ses efforts, impossible d'inverser le processus. Sa langue semblait prendre de plus en plus de place dans sa bouche. Elle ne cessait de cogner contre un rempart solide qui l'irritait au plus haut...

Des dents ! comprit-il alors. Il avait à nouveau des dents ! Connor dut réprimer un cri de joie pour continuer à chanter. Pas question d'interrompre le rituel, alors qu'il était aussi proche du but ! Il pouvait sentir tout son corps se transformer. Le tout sans la moindre douleur, ce qu'il apprécia à sa juste valeur.

Ses ailes s'amincirent et s'allongèrent, jusqu'à se changer en bras. Ses jambes grandirent, tandis que ses griffes devenaient des orteils.

La transformation était toutefois lente et consistait en un spectacle traumatisant, s'il devait en croire les mines horrifiées de ses comparses. Connor fit le choix de fermer les yeux pour ne pas croiser leurs regards atterrés. Les paroles du rituel : il ne devait penser qu'à cela...

Ce fut à bout de souffle qu'il prononça les tous derniers mots, avant de s'effondrer à genoux.

Connor observa ses mains avec ravissement. Des mains barrées de cicatrices, aux doigts longs et épais. Il redécouvrait ses ongles courts, le tracé des veines sous sa peau mate, la rotation de son poignet. Tant de choses qu'il avait oubliées, durant ces quatre années passées dans la peau d'un perroquet.

Il ne manqua pas de noter la présence réconfortante de son vieil habit préféré de pirate, dont il aurait reconnu les boutonnières dorées entre mille. Connor avait cru ses vêtements perdus dans les limbes lorsqu'il s'était réveillé sous le coup de la malédiction. Il remercia le sort de les lui avoir rendus en ce moment fatidique. Le capitaine se serait senti terriblement humilié, s'il avait dû paraître devant ses hommes aussi nu que le jour de sa naissance. Il s'agissait clairement là d'une faille, dans son plan infaillible.

Dans cette nouvelle enveloppe corporelle, les gestes ne lui venaient pas naturellement. Il était désormais conscient de la lourdeur de son ossature. Il voulut étendre ses ailes pour s'envoler, mais ne parvint qu'à battre pitoyablement des bras.

Il finit par faire le choix de ramper jusqu'à la rivière qui coulait non loin de là. Sur sa surface limpide, il pourrait se remémorer ses traits. Ce visage qu'il n'avait plus vu depuis plus de quatre ans et qui était devenu celui d'un inconnu...

Ce qu'il y vit en premier fut un rideau de cheveux auburn emmêlés. Connor avait toujours eu l'habitude de les laisser pousser à leur guise, mais jamais ils n'avaient été si longs.

Quatre années venaient de s'écouler et leur effet s'était répercuté sur lui. De la même manière, son visage comportait quelques légères rides dont il n'avait pas le souvenir. Connor croisa ensuite son propre regard et il ne reconnut pas les pupilles acérées qui lui faisaient face. Où se trouvaient les deux billes noires auxquelles il était tant habitué ?

Prostré à terre, Connor ne se sentait pas la force de se relever. Pas dans ce corps qui lui était devenu étranger. Ce moment, il l'avait attendu avec tellement d'impatience, mais maintenant...

— Capitaine, vous allez bien ?

Il sentit bientôt la main de Neven sur son épaule. La voix du jeune mousse débordait d'inquiétude, mais également d'hésitation. Lui non plus ne reconnaissait pas Connor sous cette apparence.

— Crôa ?

Neven pâlit, alors que la capitaine éclatait d'un rire rauque :

— Je plaisantais, Neven. Oui, ne t'en fais pas pour moi. Il me faut juste un peu de temps.

Sa gorge le brûlait à chaque syllabe prononcée. Se rouler en boule par terre et attendre que toute cette confusion passe lui aurait paru un choix acceptable, s'il n'avait été entouré de son équipage. Il ne pouvait pas se montrer sous un jour aussi déplorable...

— Je suis désolé de devoir vous infliger ça, capitaine, mais malgré ce que vous venez de vivre, vous devez vous relever. Maintenant !

Le mousse soutint le capitaine du mieux qu'il put et l'aida à se redresser sur des jambes encore flageolantes. Connor fut pris d'un élan de nostalgie en voyant son grand manteau noir orné de broderies dorées pendre à ses épaules.

— Capitaine, vous aurez tout le temps du monde pour vous observer dans un miroir lorsque vous serez sorti d'ici. Regardez plutôt du côté de l'autel...

Les paroles du jeune homme forcèrent Connor à s'arracher de l'examen approfondi de son propre corps. Relevant la tête, il aperçut deux ombres accoudées à l'autel. Au début, il crut que Luiana était l'une d'entre elles. Il réalisa ensuite qu'il s'agissait de deux silhouettes masculines. Il ne voyait sa compagne nulle part... Une pierre roula jusqu'au fond de son estomac lorsqu'il fut confronté au sourire sardonique de Lawrance. Un homme masqué se tenait à ses côtés.

Les lèvres de l'ancien perroquet se plissèrent en un rictus de colère :

— Tu as amené le gouverneur avec toi, je vois ?

— Tu n'as toujours pas compris, Connor ?

Lawrance demeura immobile et continua de sourire. L'autre homme, en revanche, avança d'un pas. Pendant un instant, Connor crut reconnaître cette démarche fluide, presque hypnotique. Il voulut néanmoins se convaincre que ce n'était qu'un effet de son imagination. Le choc de la transformation, sûrement…

L'inconnu porta la main à son masque, le retirant lentement de son visage.

— Le gouverneur de Las Hayas, en effet. Mais pas que…

Il laissa l'objet choir de ses mains et s'écraser au sol.

Connor écarquilla les yeux et murmura :

— Howell…

Chapitre 15 :

Le traître et le fantôme

Alors tremblez. Car l'eau jappe
Quand le vaisseau mort la frappe
De l'aviron,
Car le bois devient farouche
Quand le chasseur spectre embouche
Son noir clairon.

Victor Hugo, *La légende des siècles*

Connor nageait en plein cauchemar. Il devait être atteint par quelque maléfice qui obscurcissait son jugement. Howell et Lawrance ne pouvaient se tenir ici, devant lui. Sans carte, trouver ce sanctuaire relevait de l'impossible.

Sa dernière rencontre avec Howell remontait à des années, mais il l'avait reconnu au premier coup d'œil. La même vieille balafre lui barrait toujours le menton en une ligne parfaitement horizontale. Cette plaie, Connor l'avait recousue de ses propres mains, du temps de leur lointaine amitié. Elle valait à Howell le surnom de démon à deux bouches. Certaines rumeurs racontaient qu'à travers cette cicatrice, il avalait l'âme de ses victimes. Rien que des inepties, mais elles révélaient la cruauté dont Howell savait faire preuve…

Ses cheveux, il les portait désormais ras. Connor n'était pas sans savoir qu'il s'agissait là d'une conséquence des graves brûlures dont il avait été victime lorsque Connor avait attaqué son navire par erreur. Son visage autrefois rondelet était devenu anguleux, mais le capitaine ne s'y trompait pas. Ce regard bleu outremer, cette posture raide, ce corps effilé, sinueux, ces mouvements lents comme ceux d'un serpent… Tout cela, c'était bien Howell. Cette tension, le reste de l'équipage la perçut également. Irum et Mishrad se tinrent sur leurs gardes, prêts à combattre s'il le fallait. À côté d'eux, Ed se tortilla maladroitement.

— Va te mettre à l'abri. Tu ferais une cible trop facile pour eux, souffla l'étrangère.

Ed fila sans demander son reste. De toute façon, l'attention de leurs ennemis n'était pas sur eux, mais sur Connor.

— Il doit encore s'agir d'un sortilège, une illusion de plus, maugréa le capitaine. Vous ne pouvez pas vous trouver ici, c'est impossible. Il n'existe qu'une seule carte !

Howell se contenta de lui répondre par un sourire mystérieux et Lawrance éclata d'un rire franc. Connor serra les poings. Il fut d'ailleurs surpris de retrouver ce vieux réflexe. Il possédait des mains à nouveau, c'était vrai !

Après s'être remis de cette saisissante révélation, il posa une main à sa ceinture, espérant y trouver la garde de son sabre. Malheureusement, il n'y trouva que du vide. Un bref voyage dans ses souvenirs lui rappela qu'il avait perdu l'arme dans la grotte de Salariffe, peu avant d'avoir été maudit. Dommage…

— Oh non, cela n'a rien d'impossible, mon cher Connor. L'une de tes connaissances a eu la gentillesse de nous indiquer l'emplacement de l'autel.

Connor sentit tout son corps se figer, alors qu'il réfléchissait à toute allure. Lawrance disait-il vrai ?

Son regard se porta aussitôt sur Neven, qui continuait de soutenir son corps flageolant. Il fixa le visage innocent du jeune mousse, y guettant une trace de culpabilité. Connor lui avait confié la carte sans la moindre hésitation, le jugeant digne de confiance.

— Neven, est-ce toi qui la lui as remise ?

Le garçon redressa aussitôt la tête et dévisagea le capitaine avec déception.

— Comment est-ce que vous pouvez croire ça ? La vie au sein de votre équipage n'est pas toujours facile, il est vrai, mais pas au point de commettre pareille trahison !

— C'est à toi que j'ai donné la carte et à personne d'autre.

— Comment voudriez-vous que je le s…

Neven s'arrêta brusquement et pivota en direction de Mishrad. Mishrad, qui avait insisté pour qu'il déroule le parchemin. Qui avait eu le temps d'examiner la carte à loisir…

— Je… je l'ai montrée à Mishrad. Je ne pensais pas à mal, je le jure.

— Une minute ! Qu'est-ce que tu vas t'imaginer, gamin ? Oui, j'ai jeté un coup d'œil à cette carte, histoire de savoir ce qui nous attendait, mais c'est tout ! Tu me penses vraiment capable d'agir de la sorte ?

Les épaules de Neven s'affaissèrent tandis que ses mots s'embrouillaient, tant il se trouvait écrasé sous le poids de cette triste révélation. Son unique ami s'était servi de lui.

— Ça suffit !

Une voix inconnue venait de résonner dans les ténèbres.

— Il est temps de dire la vérité. C'est moi qui t'ai trahi, Connor.

D'une démarche souple, Luiana sortit de l'ombre. Elle vint se placer aux côtés de Lawrance et posa un bras possessif autour de la taille de l'officier, qui se para alors de son rictus le plus triomphant.

Connor se sentit défaillir. Il se frotta les yeux, refusant de croire qu'un tel cauchemar puisse être réel. Neven dut revenir précipitamment auprès du capitaine pour l'empêcher de s'effondrer.

— Non ! Luiana, pas toi…

— Arrête donc de te lamenter, Connor. C'est ridicule. Qu'est-ce que tu crois ? Je partageais ta cabine à bord du *Boréas*, j'ai toujours eu accès à ta carte. Si j'avais pu prononcer moi-même les inscriptions au dos du parchemin, j'aurais fait de toi un oiseau empaillé depuis le premier jour.

— Il n'aurait eu que ce qu'il mérite, gronda Howell.

Là où Luiana et Lawrance s'amusaient, lui demeurait grave. Il se délectait de la souffrance du capitaine, alors que les certitudes de ce dernier s'effondraient avec fracas.

— Pourquoi est-ce que tu as décidé d'aider Lawrance ? Tu disais m'aimer ! Si j'ai fait tous ces efforts, c'était aussi pour te rendre ta voix !

— Ne me fais pas rire, Connor. Ce périple, tu ne l'as entrepris que pour toi-même. M'aider n'a jamais été la première de tes priorités, oh, que non ! Et puis, je disais t'aimer ? Oui, je le disais il y a quatre ans, lorsque je n'étais pas encore devenue muette par ta faute ! J'ai passé ces quatre dernières années à devoir faire profil bas, à me prétendre amoureuse d'un oiseau sans cervelle, tout ça parce que je ne pouvais plus utiliser mes pouvoirs. Et est-ce que tu as fait preuve de compassion ? Non, tu t'es contenté de pleurer sur ton propre sort et de réfléchir à comment tu pourrais m'employer pour mener à bien tes plans minables. Il n'y a guère eu que Lawrance pour se montrer attentionné envers moi. Enfin, avant que tu ne le bannisses, bien sûr.

Luiana fulminait et il fallut que Howell lève une main devant elle pour l'empêcher de se ruer sur Connor. Désormais, l'ambiance de la caverne était électrique.

— Vraiment, Connor, cela t'étonne qu'elle se soit tournée vers moi ?

Lawrance avait des airs de renard ravi d'être parvenu à chaparder une poule. La lumière de l'autel l'auréolait de sa clarté, comme pour souligner encore plus sa victoire. Connor n'en pouvait plus. Alors voilà comment tout cela finissait. Il affrontait l'amour de sa vie et ses deux anciens meilleurs amis dans un duel à mort.

— Je n'ai jamais voulu tout ce qui est arrivé, tu devrais le savoir mieux que personne, Lawrance. Nous étions comme des frères !

Howell leva un sourcil et posa aussitôt une main sur l'épaule de Lawrance, qui semblait bouillir de rage.

— Tu devrais peser tes mots deux fois avant de les prononcer. Je n'ai qu'un seul frère et ce n'est certainement pas toi, Connor !

— Ton fameux frère… Celui dont tu me reproches les malheurs… S'agit-il de Howell ? Dans ce cas, je comprends que tu aies eu des raisons de m'en vouloir…

Lawrance fut submergé par une hilarité presque maniaque.

— Non, Howell n'est pas mon frère, même si lui aussi a horriblement souffert par ta faute. Tu as été incapable de reconnaître l'homme aux côtés duquel tu as fait tes classes de mousse. Pas avant d'avoir incendié son navire et décimé son équipage, tout du moins.

— Tu oublies une partie de l'histoire, Lawrance. J'ai commis une erreur, certes, mais c'est aussi moi qui ai recueilli Howell à bord du Boréas le temps de panser ses brûlures. Sans compter que tu as toi aussi participé à l'assaut, ce jour-là. Comme tout le monde.

— J'ai suivi les ordres, comme tout le monde. Tes ordres, pour être précis. Quant à mon cher frère, c'était un simple marin de ton équipage. Tu te souviens sûrement de la grande porte de pierre qu'il fallait franchir, pour accéder à la grotte de Salariffe. Une porte dont il fallait payer l'entrée avec du sang. Tu as ordonné à plusieurs marins d'en donner quelques gouttes, pensant que ce serait une bonne idée. Mon frère était parmi eux.

Les prunelles vertes de Connor s'écarquillèrent, alors que la lumière se faisait enfin sur la rancœur tenace de Lawrance. Il baissa les yeux, envahi par un intense sentiment de culpabilité.

— Je ne pouvais pas savoir que la magie de la porte les tuerait tous, tout comme je ne pouvais pas prédire que ce n'était pas un trésor qui nous y attendait, mais une satanée malédiction qui allait briser nos vies. Je suis vraiment désolé.

— Je n'ai jamais dit le contraire, Connor. Tu n'en savais rien, c'est indéniable. En revanche, tu aurais pu donner ton propre sang et assumer toi-même le prix de tes décisions !

Il n'y avait que Howell pour demeurer serein. Il soupira :

— Avez-vous fini d'énumérer tout ce que vous reprochez à ce pauvre Connor ? Il me tarde d'enfin passer à l'étape suivante des opérations. Tu lui en veux pour ce qu'il t'a fait, Luiana ? Alors, débarrasse-nous de lui, une bonne fois pour toutes.

— Je ne vais pas me gêner. Quand j'en aurai fini, c'est cette île tout entière qui se retrouvera plongée sous les flots !

Luiana laissait désormais sa folie longuement refoulée s'exprimer. À ses yeux, ses anciens amis ne semblaient être que des cancrelats à la solde de Connor, des vermines qu'elle brûlait d'exterminer.

Irum comprit aussitôt les risques qu'ils encouraient. Elle parvint à surmonter sa peur et s'élança vers la pirate, hache à la main. L'ancienne esclave devait la mettre hors d'état de nuire avant qu'elle ne fasse usage de sa magie !

Ce fut l'acier qui prit tout le choc, mais au lieu de s'abattre sur le crâne de Luiana, la lame s'arrêta sur le voile de lumière qui nimbait les alentours de l'autel. Des étincelles jaillirent et vinrent brûler l'étrangère, qui poussa un cri rauque avant de s'éloigner autant que possible de la source de chaleur. Le tranchant de sa hache rougeoyait encore, comme si elle sortait tout juste de la forge.

— Pas la peine de vous donner tout ce mal. Tu es peut-être en possession de la carte, Connor, mais moi aussi, j'ai fait des recherches sur l'autel, tu t'en doutes. Sa lumière protège pendant quelques heures les personnes soumises à sa bénédiction, à condition qu'ils ne s'éloignent pas des alentours du lieu sacré.

La femme acquiesça et elle entama un nouveau chant, aux intonations graves et gutturales, cette fois-ci. Connor se réhabituait seulement à l'entendre parler et voilà qu'elle usait de sa voix dans l'espoir de les noyer tous !

Irum prit rapidement le contrôle des opérations, essayant de fendre le cocon protecteur de leurs ennemis à grands coups de hache. Mishrad aboya à Neven et Ed de se réfugier en hauteur, dans l'espoir que cela les protégerait de la montée des flots. Une fois assuré de leur obéissance, il tenta de briser le bouclier à l'aide de ses propres armes, mais en sortit lui aussi bredouille. Il tira au pistolet sur la membrane translucide qui les séparait de Luiana, mais le résultat demeurait invariablement le même.

Rejoignant Mishrad et Irum, Connor frappa le halo lumineux avec rage à l'aide d'un couteau, prêté gracieusement par Neven. Tous les trois ignoraient les éclats écarlates qui léchaient leur peau et menaçaient de mettre le feu à leurs vêtements. Bien caché derrière le dôme de magie, Lawrance souriait.

Howell connaissait mieux le potentiel de la sorcière des mers et il n'hésita pas à railler le capitaine :

— C'est inutile, Connor. Votre destin est déjà scellé. Tous ceux qui sont morts à cause de ton égoïsme et de ton incompétence vont enfin trouver le repos.

Une douleur déchirante s'empara du capitaine et il porta une main à son ventre, pour y découvrir la lame d'un sabre enfoncée profondément dans sa chair. Du sang s'écoulait de la blessure, avant d'aller s'écraser sur le sol poussiéreux en une pluie drue. Howell tenait négligemment son arme, un sourire doux sur le visage.

— Comment as-tu pu faire cela ? Tu ne peux pas quitter la lumière...

— Le dôme n'empêche le passage que dans un sens.

Howell retira son sabre d'un coup sec, tirant un cri de douleur au capitaine. Connor fit un pas en arrière, avant de s'effondrer à genoux, hors de la portée de ses ennemis, cette fois.

Mishrad et Irum se précipitèrent à ses côtés, se mettant eux aussi à l'abri. Le marin posa une main sur l'épaule de Connor, mais celui-ci la repoussa.

— Non... Ne perdez pas de temps avec moi. Il faut à tout prix arrêter Luiana, ou nous mourrons tous.

Dans le lointain, un grondement sourd commençait à résonner. La vague géante dirigée par Luiana approchait. Ce n'était plus qu'une question de minutes, avant que les flots engloutissent la caverne.

— Occupe-toi du capitaine. Moi, je vais essayer de faire tomber ces barrières ! décida Irum.

L'étrangère n'attendit pas l'approbation de Mishrad. D'un geste souple, elle se retrouva à nouveau devant le dôme luminescent, qu'elle se remit à frapper à coups de hache. Lawrance se précipita vers elle, arme à la main.

Son sabre fendit l'air, mais l'étrangère sut se reculer au tout dernier moment et son ennemi parvint tout juste à effleurer son ventre, y traçant un sillon rouge. Irum réagit aussitôt. Elle attrapa le tranchant de l'arme à pleines mains et tira vers elle aussi fort que possible.

Emporté par son élan, Lawrance fut entraîné en avant. Il chercha à se rattraper à son amie, mais Luiana s'écarta de lui, peu désireuse de l'accompagner dans sa chute.

Irum sourit, malgré ses paumes meurtries. Elle avait réussi. Désormais, Lawrance se trouvait en dehors du cercle protecteur de l'autel.

Avant qu'il n'ait eu le temps de reprendre ses esprits, elle lui plaqua sa hache sous la gorge. Elle recula avec prudence, s'assurant que Howell ne pourrait pas s'attaquer à elle.

— Je tiens votre ami ! Arrêtez votre rituel immédiatement, ou il mourra avec nous !

Un silence de plomb s'installa dans la grotte. Depuis le perchoir où Neven et Ed s'étaient réfugiés, le médecin souriait un peu bêtement, fier de la sagacité de la jeune femme. Toutefois, cela ne dura qu'un instant et après une brève hésitation, Luiana reprit son chant.

— Qu'est-ce que vous faites ? s'étrangla Lawrance. Arrêtez, vous devez me sortir de là !

— Je suis désolé, Lawrance, mais Luiana et moi n'allons pas renoncer à notre vengeance pour toi. C'est malheureux, bien sûr, mais tu n'avais qu'à être plus prudent.

Lawrance se lança dans de vaines supplications, essayant de toucher le cœur de son amante. Celle-ci demeura tout aussi inflexible que Howell, se concentrant sur son invocation. Elle ne daigna même pas baisser le regard sur lui.

Des larmes commencèrent à se former dans les yeux de l'officier et il se tut, comprenant que tout cela ne servait à rien. Lui aussi était désormais condamné.

— Si quelqu'un a une bonne idée pour nous sortir de là, ce serait le moment de la partager, intervint Mishrad.

Il avait les mains plaquées sur l'abdomen de Connor, bataillant de son mieux pour empêcher le sang de s'en échapper. Malgré cela, le capitaine continuait de s'affaiblir à grande vitesse, ses sens s'émoussant à mesure que les secondes s'écoulaient.

— Nous pourrions prier tous ensemble. À ce stade, c'est la dernière chose qu'il nous reste à faire.

Dans d'autres circonstances, une telle proposition aurait valu à Neven une bourrade de la part de Mishrad, mais ils pouvaient déjà entendre l'eau s'engouffrer dans la caverne dans un bourdonnement funeste. Percer la protection de Howell et Luiana ne servirait plus à rien, maintenant. Leur fin était proche.

— Je crois que c'est toi qui as raison, petit. Il ne nous reste plus que ça.

Il ferma les yeux et tenta d'imiter au mieux la posture de Neven, à genoux et les mains jointes. Son geste fut maladroit, mais l'intention y était. Ed se livra au même exercice. Irum ne pouvait faire de même sans relâcher Lawrance et elle se contenta donc de clore ses paupières et d'adopter une attitude de recueillement. Même leur prisonnier ânonna quelques paroles sacrées dont il avait le vague souvenir, le tout entrecoupé de soubresauts et d'œillades larmoyantes lancées à Luiana.

Howell ne se gêna pas pour railler leur ultime résolution, mais ils l'ignorèrent. Il s'agissait de leurs tous derniers instants : pas question qu'il les leur gâche.

Un gigantesque mur d'eau s'abattit sur la grotte avec fracas. Il balaya tout sur son passage, emportant avec lui une multitude de créatures fluorescentes. Stalactites et stalagmites se brisèrent sous la force des flots et allèrent se mêler à ce tourbillon grouillant. Les animaux qui ne moururent pas noyés finirent écrasés entre les blocs de pierre charriés par le courant dans d'ignobles bruits de craquement, tandis que leurs carapaces cédaient sous la pression de la roche.

Le rugissement de l'onde balaya les dernières intonations de la litanie de Luiana. Les langues d'eau s'élancèrent vers les pirates, prêtes à les dévorer. La plupart d'entre eux portèrent leurs bras à leur visage, dans un vain réflexe pour se protéger. Neven ne bougea pas, pris dans sa prière. Il fut bien le seul.

Au tout dernier moment, la mâchoire bleutée de l'onde se figea, à quelques mètres d'eux. Elle s'éleva vers le ciel, comme arrêtée par un mur invisible. Elle continua à envahir le reste de la caverne, passant au-dessus de leur tête, jusqu'à retomber de façon tout aussi abrupte un peu plus loin. Tout l'équipage de Connor demeura au sec et parfaitement sain et sauf, de manière semblable à ceux qui étaient protégés par le sanctuaire.

— Luiana, qu'est-ce que cela signifie ? Tu m'avais dit qu'ils n'auraient aucune protection magique ! gronda Howell.

— Et je t'ai dit la vérité. Je ne sais pas pourquoi ils s'en sont sortis !

— Tu ne le sais pas ? Je suis vexée. J'espérais au moins que tu me reconnaîtrais. C'est toi qui m'as tuée, après tout !

Irum toisait Luiana du regard, mais il y avait quelque chose de changé chez elle. Neven la fixa aussitôt et deux images finirent par se superposer. Celle de l'ancienne esclave, avec ses cheveux mordorés et son teint mat, mais aussi celle d'une jeune femme aux yeux verts et aux longues boucles blondes que le mousse ne connaissait que trop bien.

Avec nonchalance, elle relâcha Lawrance et le poussa à terre. L'officier retomba à genoux et se contenta de fixer le sol, tremblant. Dans son dos, il pouvait sentir le regard meurtrier et empli de vengeance de la vigie morte prématurément. L'apparition spectrale saisit un peu plus fermement la hache dans sa main, une aura pleine de colère émanant d'elle.

— Waëlle ? C'est toi ?

À son appel, elle se tourna vers le mousse, toute velléité soudain oubliée, un doux sourire sur le visage. Elle s'approcha de lui, mais garda néanmoins un œil sévère sur Howell et Luiana.

— C'est bien moi, Neven. Je dois te remercier. Cela fait plusieurs jours que je cherche à vous contacter par l'intermédiaire de cette voyante, mais je n'en avais pas la force. Votre ferveur religieuse, à l'article de la mort, m'a enfin donné l'énergie dont je manquais.

Les pirates acceptèrent rapidement toute l'étrangeté de la situation. Durant leur périple, ils avaient dû affronter tant de menaces surnaturelles que plus rien ne les étonnait. Pour une fois que les forces occultes jouaient en leur faveur, ils n'allaient pas s'en plaindre.

Ed profita de l'accalmie pour descendre de son abri et se rendre au chevet de Connor. Le capitaine blêmissait à vue d'œil, malgré tous les efforts de Mishrad. L'ancien perroquet observait Waëlle, le visage plein de regrets.

— Vous ne sortirez pas vivants d'ici. Waëlle vous protège peut-être pour l'instant, mais cela ne durera pas. Ce n'est qu'un fantôme.

La menace de Luiana raviva la colère de la vigie. Waëlle abattit un poing rageur sur la barrière qui la séparait de la pirate, ses traits déformés par la fureur.

— Vraiment ? Assassin !

— Attends, Waëlle, qu'est-ce que tu racontes ? balbutia Neven. Ce sont les sirènes qui t'ont tuée !

— Les sirènes ? Je doute fort qu'une sirène ait pu m'enfoncer un sabre dans le ventre. J'étais à deux doigts de découvrir ce qu'ils manigançaient, elle et Lawrance. C'est pour ça qu'elle a décidé d'en finir avec moi de la façon la plus traîtresse qui soit. En m'attaquant dans le dos, avant de faire passer sa félonie pour un accident !

— Cesse immédiatement de protéger Connor et ses amis de mon maléfice, ou je te jure que je trouverai un moyen de m'en prendre à ce qu'il reste de ton âme.

— Il n'en est pas question. Je ne te laisserais pas tuer Connor et Neven. Tes forfaits prennent fin ici et maintenant.

Pendant ce temps, Ed avait eu la brillante idée de confectionner un bandage de fortune à Connor, à l'aide de toiles d'araignée des cavernes. Ce dernier se redressa et interrogea Luiana d'un ton détaché :

— Dis donc chérie : tu ne trouves pas que l'autel, derrière toi, dégage une drôle de couleur ?

Les yeux de Connor étincelaient d'un tout nouvel éclat, malgré la douleur. Il se mit à chanter, répétant de mémoire les paroles qui figuraient sur le parchemin. Des vers qui traitaient d'un deuxième objet déposé sur l'autel, quoiqu'incompréhensibles pour l'oreille de non-initiés.

— Ce n'est pas la peine de t'évertuer ainsi, Connor. La malédiction est plus complexe que cela, tu le sais bien. Tu ne nous auras pas si facilement, ricana Luiana.

— Attends une seconde, Luiana. Souviens-toi de ce qu'il a dit. Si deux objets se trouvent sur l'autel…

— Comment voudrais-tu qu'il y ait deux objets ? Il est coincé de ce côté, nous n'avons rien à craindre. Il bluffe !

Loin d'être aussi serein, Howell se retourna vers le grand visage sculpté dans la roche. Il découvrit avec horreur que de la bouche de pierre s'échappait désormais un filament de lumière rouge. Il se mit à genoux pour mieux examiner les objets au pied de l'autel. Il y dénicha que le champignon et le bandeau de Luiana.

— Ce n'est pas possible, je ne vois rien ! paniqua-t-il.

Mais si. Il la voyait, à présent.

Une maudite plume rouge de perroquet, posée bien en évidence sur l'autel.

Waëlle éclata de rire ;

— C'en est fini de vous. Une fois un processus magique d'une telle envergure lancé, il ne peut être arrêté. Vous devriez profiter des quelques minutes qu'ils vous restent pour vous repentir de vos crimes.

— Répète un peu ça, espèce de...

Luiana n'eut jamais l'occasion de terminer son insulte. Son cri de rage se changea en un glapissement animal, tandis que son corps se ratatinait. Elle se tordit de douleur et tomba à terre, où ses ongles raclèrent le sol de pierre. Ses bras et ses jambes se raccourcirent et son visage s'allongea. Les vêtements abîmés de la pirate disparurent, pour laisser place à une épaisse fourrure grisée. Elle dévoila de petits crocs étincelants.

Howell subit une métamorphose semblable, à l'exception qu'il adopta une forme bien plus familière à Connor. Ses yeux s'écarquillèrent de surprise lorsqu'il vit le dos de son ennemi se couvrir de plumes.

— Forcément, c'est lui qui a assez de chance pour devenir un aigle. C'est vraiment injuste !

— Ne vous plaignez pas trop, capitaine. Vous êtes de nouveau humain, alors vous n'avez rien à lui envier. Et personnellement, je trouve que cette apparence de putois va plutôt bien à Luiana.

— Mishrad, je te prierais de ne pas parler ainsi d'elle. Elle demeure ma compagne, malgré tout.

— Il n'empêche qu'à votre place, j'en ferais un manchon en fourrure. Mais c'est vous qui voyez.

Au-dessus d'eux, l'eau commença à refluer. Elle serpenta sur le plafond de la grotte jusqu'à retrouver le chemin de la surface. Déliée de l'influence de Luiana, l'onde retourna gonfler le corps massif de l'océan, rappelée par d'obscures divinités marines. Bientôt, il ne demeura que des cadavres d'arthropodes à terre pour témoigner de son passage. Fort heureusement, car la bulle de protection de Waëlle faiblissait de plus en plus.

— J'ai été ravie de vous revoir et de pouvoir vous aider, mais je crains que le temps ne soit venu pour moi de repartir. Inutile de nous épancher en adieux et en regrets. Capitaine, essayez d'écouter un peu plus votre équipage.

Lawrance, choisis mieux tes combats et tes fréquentations. Mishrad, ne jette plus de seau d'eau de mer sur les jeunes recrues.

— Oh, ça va ! Je ne l'ai fait qu'une fois...

Derrière ses plaintes, le marin cherchait à dissimuler le chevrotement de sa voix. Il se refusait à perdre Waëlle une nouvelle fois. Toutefois, sa peine faisait pâle figure à côté de celle d'un certain mousse. Neven agrippa le poignet de Waëlle, atterré de voir qu'il commençait déjà à reprendre la teinte café de la peau d'Irum, dont l'apparition empruntait le corps.

— Ne dis pas ça, il doit bien y avoir un moyen pour que tu restes !

— Neven, je suis morte. Je ne devrais même pas être ici. Je ne dis pas que je n'aurais pas aimé mieux te connaître, mais ton avenir se trouve ailleurs. Sache toutefois que j'ai été ravie de naviguer à tes côtés.

Waëlle déposa un baiser fantomatique sur sa joue. Neven voulut reproduire son geste, mais il rencontra le regard dur et confus d'Irum.

Waëlle s'en était allée.

Il recula, alors qu'Ed accourait vers leur amie afin de vérifier le moindre de ses signes vitaux.

Les barrières magiques de la grotte s'effondrèrent les unes après les autres.

Mishrad s'empressa d'aller saisir Luiana et Howell par la peau du cou, avant que les deux bêtes ne parviennent à s'enfuir. Il se pencha également vers le sol, attiré par l'éclat du masque du gouverneur. En bon pirate, il le ramassa, refusant de laisser la moindre richesse derrière lui.

— Sortons d'ici, nous n'avons plus rien à y faire et il faut que le capitaine reçoive des soins au plus vite, déclara Ed.

— Je veux bien, mais j'espère que quelqu'un a une idée pour quitter cet endroit, soupira Neven.

— Oh oui, j'en ai une. Ne te bile pas pour ça, gamin.

Le sourire de requin de Mishrad voyagea du masque de Howell vers Lawrance et le mousse sut l'affaire réglée. Son ami saurait quoi faire.

Épilogue

Ah ! Monsieur, vivez, vivez au sein des mers !
Là seulement est l'indépendance !
Là je ne reconnais plus de maîtres !
Là je suis libre !

Jules VERNE, *Vingt mille lieues sous les mers*

Les voiles des bateaux frémissaient au vent dans le port de Las Hayas. Des dockers aux bras épais acheminaient de lourdes caisses de bois riches de tous les trésors de la Mer Archaïque sur le pont d'un gros vaisseau de guerre. En contrebas, un homme au visage acéré comme la lame d'un couteau surveillait le chargement. Sur sa main gantée se tenait un rapace à l'air fier, occupé à labourer le gantelet de son maître à coups de serres.

Les quais fourmillaient d'une agitation sans précédent. Jamais une telle expédition n'avait levé l'ancre depuis le comptoir pirate. Les curieux en tous genres s'amassaient non loin pour avoir un aperçu de ce fier aventurier dont tout le monde parlait, ainsi que des forbans qui l'accompagneraient dans son prochain périple.

Accablé par la chaleur tropicale, Connor ne portait que des bandages en dessous de son imposante veste de capitaine. Un tricorne fermement enfoncé sur le crâne, il se sentait prêt à affronter toute la flotte du roi d'Ilésie et à en sortir victorieux. Il n'hésita pas à assener une légère pichenette au rapace, histoire que celui-ci se tienne tranquille. Ses doigts n'échappèrent que de justesse au bec cruel de l'animal et il poussa un petit soupir. En dépit de son tout nouvel optimisme, il y avait des choses qui ne pourraient jamais être réparées.

— Vous êtes certains de vouloir reprendre la mer, capitaine ? Après tout ce que vous avez enduré pour arriver jusqu'ici ?

Neven se tenait à ses côtés, comme au premier jour de leur voyage. Il avait beau encore porter le titre peu prestigieux de mousse, il suffisait d'observer l'étincelle de fierté dans les yeux de Connor pour comprendre que celui-ci le tenait en haute estime.

Autour d'eux, tous les survivants d'Isla Tierna se trouvaient réunis sur le port, affairés à préparer leur bâtiment à prendre la mer. Ed rougissait légèrement, sa main dans celle d'Irum, tandis que sa toute nouvelle petite amie lançait des ordres aux marins récemment engagés par Connor.

Lawrance demeurait à l'écart, la tête basse. Connor n'avait pas jugé utile de le garder attaché dans la cale, cette fois. Depuis sa défaite, celui-ci avait choisi de faire profil bas, sans doute dans l'espoir d'obtenir le pardon du capitaine. La trahison de Luiana avait suffi à lui faire perdre son animosité et à supplier Connor de ne pas lui tenir rigueur de ses méfaits perpétrés sous le feu de la vengeance.

Mishrad surveillait toujours les arrières de Neven, un masque blanc plaqué fermement contre son visage. L'artifice rendait ses expressions et ses sentiments indéchiffrables et suffisait à persuader les curieux de se tenir à l'écart, de peur de recevoir une sentence pire que la mort. Les habitants voyaient en lui le cruel gouverneur de Las Hayas : un homme dont ils préféraient ne pas s'attirer le courroux.

Quant à ses amis, ils ne pouvaient désormais plus se fier qu'à sa voix et à sa gestuelle pour deviner ses états d'âme. Heureusement pour eux, il avait toujours été assez expressif de ce côté-là.

Les bras croisés, il attendait tout comme le mousse la réponse de leur capitaine.

— Oui, Neven. Je suis un pirate, je ne supporterais pas de rester confiné à terre jusqu'à la fin de mon existence. Il est temps pour moi de remettre les voiles et de quitter la Mer Archaïque. Ensuite, j'irai là où le vent me portera. Peut-être m'en prendrai-je aux côtes ilésiennes. Je suis certain que Lawrance serait ravi de pouvoir réintégrer la marine royale et d'y œuvrer pour moi en tant qu'espion. Enfin, ce ne sont que des projets.

— Vous êtes bien sûr de vouloir offrir une deuxième chance à cette pourriture ? Il a essayé de vous tuer une fois, il pourrait bien recommencer. Vous feriez mieux de lui attacher une ancre aux pieds et de l'envoyer dire bonjour aux poissons de votre part.

— Un peu de compassion ne te ferait pas de mal, Mish... Gouverneur de Las Hayas. C'est grâce à lui si nous en sommes là. En outre, je doute qu'il tente quoi que ce soit contre moi tant que je détiendrai Howell et Luiana en captivité.

Il n'en fallut pas plus pour que l'aigle agite ses ailes avec fureur. Pas beaucoup plus satisfait par la réponse de son capitaine, Mishrad lâcha un « tss » incrédule, sans pour autant pouvoir démentir la version de Connor. Sans l'officier ilésien, jamais ils n'auraient pu fuir Isla Tierna. Le raz-de-marée invoqué par Luiana avait dévasté une grande partie de l'île, la transformant en un marécage bourbeux et impraticable. Par chance, les gardes de Las Hayas leur avaient mis la main dessus avant qu'un crocodile à l'air affamé ne le fasse.

En les entendant venir, Mishrad avait eu la bonne idée de revêtir le masque abandonné par Howell. Par la suite, il avait encore dû convaincre les gardes qu'il ne souhaitait plus tuer Connor et son équipage, mais simplement les emprisonner. Autant dire que sans l'appui de Lawrance, ce plan bancal de toutes parts n'aurait jamais pu fonctionner.

Ainsi, Mishrad était rentré en triomphe à Las Hayas, investi d'un nouveau titre qu'il ne méritait pas vraiment, mais qu'il portait avec orgueil.

Grâce à son influence toute récente, le forban avait pu appeler au chevet de Connor les médecins les plus chevronnés de tout Las Hayas pour prendre soin du capitaine blessé. Aujourd'hui, l'ancien perroquet rayonnait, plus en forme que jamais. Dès la minute où les guérisseurs l'avaient autorisé à quitter sa chambre, il avait commencé à recruter des hommes pour entreprendre une expédition de grande ampleur. Après des semaines d'attente, le grand jour était enfin arrivé.

— C'est comme vous voulez. De toute façon, ce sera votre problème si Lawrance se retourne contre vous, pas le mien.

— Alors tu ne seras vraiment pas des nôtres, Gouverneur ? J'espérais te voir changer d'avis, je dois bien l'avouer.

— Allons, Coco, un peu de sérieux. Ici, j'ai la belle vie, un grand palais et toute une ville qui m'adule. Je suis l'un des premiers hommes à m'être aventuré sur Isla Tierna et à en être revenu en un seul morceau. Je serais bête de retourner risquer ma vie en mer pour quelques pièces d'or, alors qu'elles affluent par milliers jusqu'ici et qu'elles tombent tout droit dans mes caisses. Les taxes sont une chose magnifique une fois qu'on se retrouve de l'autre côté de la barrière, vous savez ?

Connor haussa les épaules, pas complètement convaincu. Bien sûr, un seul regard autour de lui suffisait à le persuader de la richesse et de la prospérité de Las Hayas. Des bateaux de toutes tailles et provenant de tous horizons étaient amarrés le long de la jetée. Des pirates portant de lourds colliers d'argent et aux sourires sertis de dents d'or déambulaient d'une taverne à l'autre d'un pas enjoué. Ils tenaient à la main des chopes remplies d'alcools raffinés, qu'ils engloutissaient pourtant d'une seule traite, comme s'il s'agissait de vulgaires bières. Les pavés menant au cœur de la cité étaient taillés dans le plus pur des granits et ils brillaient d'un bel éclat iridescent à la lumière du soleil.

Mishrad se plairait peut-être ici, mais le destin de Connor l'appelait ailleurs, là où il pourrait vivre de grandes aventures et se lancer à la recherche de nouveaux trésors.

Mishrad siffla, assez fort pour attirer l'attention de Neven. Le jeune homme avait délaissé les deux pirates à leur conversation pour aller s'entretenir avec Irum, mais il revint aussitôt vers eux :

— Eh bien ! Je vois que tu es de plus en plus réactif, gamin. Viens donc par-là, j'ai une offre à te faire.

— De quoi s'agit-il ?

— Je t'offre de rester vivre ici, à Las Hayas. Irum et Ed ont peut-être cédé à l'appel de la mer et refusé les postes que je leur proposais, mais j'ai le sentiment qu'avec toi, ce sera différent.

À ces paroles, Neven devint soudain sourd aux cris des pirates sur le port, aux chants des mouettes et à la mélodie de l'océan. Seuls comptaient les mots de Mishrad, car il sentait qu'ils allaient sans doute marquer un grand tournant dans son existence. Sa concentration fut toutefois brisée par le toussotement de Connor :

— Tu en es réduit à cela Mishrad, vraiment ? À vouloir me subtiliser les hommes de mon équipage, tout cela dans mon dos ? Après tout ce que nous avons vécu ensemble ?

— Ce n'est que justice, capitaine. Vous allez partir en mer après avoir rallié à votre cause plusieurs centaines de mes concitoyens. Je peux bien vous prendre un de vos matelots. Même pas le meilleur en plus !

— Est-ce que vous pourriez avoir la gentillesse d'arrêter de me traiter comme de la vulgaire marchandise et de m'expliquer enfin la proposition ?

— Oh, c'est très simple. J'ai récemment mis la main sur un grand palais qui a des allures de temple, selon les dires d'un ami qui s'y connaît en religion. Alors je cherche quelqu'un qui pourrait s'en occuper correctement.

— Attends, tu parles vraiment de reconvertir le palais en temple ? Et ce serait moi qui m'en occuperais ? Ce n'est pas encore une blague, dis ?

Neven trépignait sur place, sous les regards amusés de Mishrad et Connor. À le voir ainsi, le capitaine dut accepter la vérité : le jeune mousse n'était pas fait pour être un pirate.

— Cette fois, je ne plaisante pas, gamin. Si tu le veux, tu pourras réaménager le nouveau temple à ta guise. Enfin, à condition de laisser quelques pièces à ma disposition, je ne pourrai pas rester le gouverneur de Las Hayas si je me retrouve à la rue ! Cette décision t'appartient pleinement. Si tu préfères rester avec Connor et partir à la recherche d'or et de gloire, libre à toi. Prends juste en compte les risques du métier. De ce que j'en sais, il est assez rare pour un prêtre de finir transformé en perroquet, mais fais comme si je n'avais rien dit. Je ne voudrais pas contrarier notre cher capitaine.

Le capitaine en question n'appréciait pas vraiment son attitude et il se serait fait une joie de le faire savoir si Lawrance ne l'avait hélé du haut de son nouveau navire juste à ce moment-là. Les problèmes de manutention étaient légion en ce jour de départ.

— Bon, je vous laisse le temps de gérer ça. Neven, essaye de me donner ta réponse assez rapidement. J'ai besoin de savoir si je pourrai compter sur ta présence ou non.

Connor s'éloigna dans un claquement de tissu, le vent se prenant dans son manteau et dans les voiles de son nouveau navire. Plus grand et plus imposant que le *Boréas*, celui-ci surpassait tous les autres bâtiments du port de Las Hayas. La proue se terminait sur le visage joliment sculpté d'une jeune femme aux traits aimables. Son cou et ses bras étaient ornés de véritables pierres précieuses et bracelets d'or qui venaient égayer le bois sombre. Le nom de la frégate s'étalait sur son flanc en lettres noires.

La Vigie Fantôme.

Un nom qui s'était imposé aux survivants comme une évidence. Parfois, lorsque Neven levait le regard vers le haut du mât, il lui semblait voir un visage rond entouré d'une couronne de cheveux bouclés.

Mishrad posa une main sur l'épaule du mousse. Neven se détourna du navire pour rediriger son attention vers lui. Encore à mi-chemin, Connor le remarqua et sourit avec mélancolie. Il pressentait déjà la réponse du jeune homme.

— Pourquoi as-tu toujours été si gentil avec moi, Mishrad ? Si nous devons diriger Las Hayas ensemble, nous ferions mieux de ne pas avoir trop de secrets l'un pour l'autre.

— Tu me rappelles mes jeunes années, tout simplement.

La gorge de Neven se serra. Il observa Connor pendant un bref instant. Le capitaine s'exprimait avec de grands gestes sur le pont du navire, de toute évidence en désaccord avec Irum. Connor semblait lutter de toutes ses forces pour résister à ses vieux instincts qui lui criaient de lui donner un coup de bec pour avoir le dernier mot.

— Je vais rester ici, mais ne t'attends pas à mener la belle vie !

— Toi non plus ! Tu vas commencer par retaper le palais en cathédrale, ou temple, le nom importe peu. Ne crois pas que ça va être facile. Je te donnerai un peu d'argent, mais ce sera à toi de recruter les travailleurs et tu devras mettre la main à la pâte avec eux. J'ai dit que j'allais faire de toi un missionnaire religieux, pas un assisté !

Depuis la balustrade, le capitaine en avait entendu assez pour savoir que son équipage compterait un membre de moins que prévu.

— Tu aurais dû t'y attendre. Tout le monde n'est pas aussi fou que moi, à vouloir risquer sa vie en voguant à nouveau à tes côtés.

— Vas-tu donc continuer à me provoquer sans cesse, Lawrance ?

— Je venais simplement te dire que nous sommes enfin prêts à appareiller. Un mot de ta part et nous larguons les amarres.

— Les cages de Luiana et de Howell ont-elles bien été amenées à bord ?

— Évidemment. Tu sais que je ne les aurais pas laissés derrière moi, en dépit de ce qu'ils m'ont… De ce qu'ils nous ont fait.

L'aigle perché sur le bras de Connor les gratifia de son regard le plus noir et les deux pirates restèrent à bonne distance de son bec et de ses serres acérées.

— Très bien. Ordonne aux hommes de lever l'ancre. Notre route sera longue ! Autant ne pas perdre de temps.

— Tu ne veux pas donner l'ordre toi-même ?

— Je préfère réserver ce rôle à mon second.

Lawrance en eut le souffle coupé de gratitude, surpris de se voir offrir ce titre prestigieux malgré ses nombreuses errances. Lawrance opina du chef et recula, avant d'aller crier ces nouvelles directives aux pirates sous leurs ordres. Aussitôt, tout l'équipage se mit en branle. La *Vigie Fantôme* n'était pas encore une machine très bien huilée, mais cela ne saurait tarder.

Connor alla se poster au-dessus du bastingage. Il leva tout d'abord une main en l'air, dans l'espoir d'attirer l'attention de Neven et Mishrad, mais les deux hommes étaient bien trop pris par leur querelle pour lui accorder leur attention. Il songea alors à les appeler, puis se souvint qu'il ne pouvait plus sortir de sa gorge le cri strident de perroquet qu'il aurait souhaité émettre. En fouillant dans sa poche, il trouva néanmoins la solution à son problème.

Le biscuit fusa rapidement vers le visage de Mishrad et le marin ne dut qu'à ses réflexes vifs de ne pas le recevoir en pleine tempe. Il le saisit au vol, avant de porter vers Connor un air outré.

— Non, mais ça ne va pas, espèce de perroquet décérébré ! Les bonnes manières, tu connais ?!

— Je m'excuse d'avoir eu recours à cette méthode, mais vous sembliez plongés dans votre conversation et je souhaitais tout de même vous faire des adieux en règle.

— Mais je ne vous ai même pas encore donné ma réponse ! s'écria Neven.

— Je t'ai entendu en parler avec Mishrad, ne t'en fais pas. Je compte sur vous pour installer une voie commerciale entre Las Hayas et l'Ilésie. Afin d'être le premier à pouvoir la piller, cela va de soi !

La *Vigie Fantôme* commença à appareiller et la voix de Connor se fit de plus en plus inintelligible. Ses amis ne purent répondre à son au revoir que par des gestes du bras, alors que le navire s'éloignait déjà pour aller s'enfoncer dans les brumes du large.

À nouveau, Neven crut apercevoir la figure de Waëlle, cette fois installée fièrement aux côtés de Connor.

Puis le bâtiment disparut et il se retrouva seul au milieu de la foule, avec Mishrad pour unique compagnie.

— Tu l'as vue, toi aussi ?

— Peut-être bien que oui. Ou peut-être que j'ai trop bu avant de venir dire au revoir au capitaine. En toute honnêteté, je préfère encore ne pas savoir. Tu me connais, ces choses-là me dépassent. Ne traînons pas ici. Nous n'avons plus rien à faire au port et nous avons une ville à faire tourner !

Neven acquiesça avant d'emboîter le pas à Mishrad, vers le futur temple de Las Hayas.

Le jeune homme monta vers les hauteurs de la ville, se sentant à sa place, enchanté de l'immense tâche qu'il avait désormais à accomplir.

Tandis que *La Vigie Fantôme* disparaissait à l'horizon, Neven sourit, heureux.

TABLE DES MATIÈRES

Vous avez aimé découvrir les aventures de Connor et de son équipage ? Cher lecteur, chère lectrice, n'hésitez surtout pas à nous faire parvenir votre opinion et avis sur

La Malédiction du Perroquet

Des réactions ? Un avis que vous souhaiteriez partager avec nous ?
La Mer Archaïque et l'Ilésie vous attendent sur :

la page facebook : Éditions Le Héron d'Argent
le mail : contact@editions-leherondargent.com
le site : www.editions-leherondargent.com
Instagram : Editions le Héron d'Argent
Twitter : @LeHerond_Argent

Merveilles du Monde Hurlant

Diptyque

Julien Hirt

Tome 1 : La Ville des Mystères

ISBN : 979-10-94173-33-6

Tome 2 : La Mer des Secrets

ISBN : 979-10-94173-37-4

Un petit conseil : même si vous en voulez à la Terre entière, si un gros poisson rouge flotte peinard dans votre rue, ne le suivez surtout pas !
Moi, Tim Keller, seize ans et un peu paumée, ça a été la pire erreur de ma vie. Résultat, je me retrouve piégée dans un monde rempli de magiciens, de filles-plantes incroyablement agaçantes et de chevaliers Luminars. Ici, à Entremer, tout le monde me prend pour une dangereuse révolutionnaire. Pourtant, tout ce que je veux, c'est rentrer chez moi ! Mais avant, je dois retrouver la trace de Voland, le mec qui m'a tapé dans l'œil : même si tout le monde me dit qu'il pourrait causer la destruction de l'univers...
Plongez dans une fantasy steampunk hallucinée, à la découverte des Merveilles du Monde Hurlant !

Les Sept Portes de l'Apocalypse

Trilogie

VANESSA & DIANA CALLICO

Tome 1 : La Croisade des Carpates

ISBN : 979-10-94173-12-1

Tome 2 : Le Graal de l'Inframonde

ISBN : 979-10-94173-02-2

Tome 3 : L'Arche du Ragnarök

ISBN : 979-10-94173-48-0

La Croisade des Carpates

Au crépuscule du Moyen Âge, le prince roumain Vlad Drakul voit déferler sur ses terres les féroces janissaires de l'Empire Ottoman. Dans la lugubre citadelle des Carpates de Vlad l'Empaleur, un émissaire du pape envoyé sur le front du Djihâd commence à porter les stigmates d'une terrible métamorphose...

De nos jours, une jeune étudiante passionnée par l'Apocalypse voit le monde s'effondrer dans des cataclysmes effroyables. Partie enquêter sur le phénomène dans une étrange île surgie des flots, elle se retrouve mystérieusement propulsée dans le passé et réincarnée dans le corps de la promise du cruel prince Drakul : mais comment épouser un être aussi sombre ?

Entre les deux armées qui s'affrontent aux confins de l'Occident dans un duel sans merci, des créatures assoiffées de sang commencent à surgir des ténébreuses brumes de la plaine du Danube.

Comment survivre à l'Enfer, sans y perdre son âme ?

Désormais investie d'une mission, Éva traversera ensuite différentes époques, à la recherche des Cavaliers de l'Apocalypse : les dangereuses terres aztèques au moment de la Conquista espagnole, mais également la période troublée des vikings, à l'aube de l'empire de Charlemagne...

La Croisade des Carpates
Vanessa et Diana Callico
Les Sept Portes de l'Apocalypse
Tome 1
Éditions Le Héron d'Argent

LE GRAAL DE L'INFRAMONDE
VANESSA ET DIANA CALLICO
Les Sept Portes de l'Apocalypse
Tome 2
Éditions Le Héron d'Argent

L'ARCHE DU RAGNARÖK
VANESSA & DIANA CALLICO
Les Sept Portes de l'Apocalypse
Tome 3
Éditions Le Héron d'Argent

L'apprentie Faucheuse

J. Robin

Rouge Sang & Noir Corbeau

Tome 1

« Aujourd'hui, je suis morte. »

Amélia Pratt était une simple domestique, pauvre et sans avenir. Mais par une froide nuit d'hiver de l'année 1850, un homme la précipite dans la mort.
Elle renaît alors sous les traits de Red Death, l'une des sept petites faucheuses. Désormais, son rôle est de pourchasser les esprits errants et les fantômes. Et à ce petit jeu-là, elle est la meilleure !
Pourtant, elle n'a pas choisi l'Ankou le plus docile pour la seconder dans sa tâche. En effet, le beau Rain n'est autre que son propre meurtrier, désormais contraint de lui obéir pour l'éternité…
Entre complots, dangers et trahisons, parviendra-t-elle à accomplir son rêve : devenir la prochaine Grande Faucheuse du Sanctuaire de la Mort ?

ISBN : 979-10-94173-37-4

LE CYCLE D'ÉKYSSE

ARIANE BRICARD

La Cité des Abysses

Entre l'écume et les abysses reposent les morts d'Ékysse.
L'histoire se déroule sur la planète Thétys, un monde aquatique en cours de colonisation par les humains.
Huit ans plus tôt, Istalle a échappé de justesse à la mort durant la Catastrophe qui détruisit Ékysse, une ville sous-marine des profondeurs. Adulte, elle revient sur les lieux pour défendre la mémoire de son père, accusé de l'anéantissement de la cité. C'est alors qu'elle découvre d'étranges créatures qui hantent les ruines englouties par l'océan : les dauphins d'Ékysse...

ISBN : 979-10-94173-21-3

Imprimé en juillet 2019
sur les presses de l'imprimerie Liberdúplex
à Barcelone, Espagne.